怪谈

かいだん

[日]小泉八云 著

(1850—1904)

王新禧 译

读客三个圈经典文库

经典就读三个圈　导读解读样样全

海南出版社

·海口·

图书在版编目（CIP）数据

怪谈 / (日) 小泉八云著 ; 王新禧译. -- 海口 : 海南出版社, 2023.5

（读客三个圈经典文库）

ISBN 978-7-5730-1102-2

Ⅰ. ①怪… Ⅱ. ①小… ②王… Ⅲ. ①民间故事—作品集—日本 Ⅳ. ①I313.73

中国国家版本馆CIP数据核字(2023)第046433号

怪谈
GUAITAN

作　　者　[日] 小泉八云
译　　者　王新禧
责任编辑　胡守景
执行编辑　徐雁晖
特约编辑　车　童　　黄　婧　　李颖荷
封面设计　吴浩演　　白益凡
印刷装订　三河市兴博印务有限公司
策　　划　读客文化
版　　权　读客文化
出版发行　海南出版社
地　　址　海口市金盘开发区建设三横路2号
邮　　编　570216
编辑电话　0898-66817036
网　　址　http://www.hncbs.cn
开　　本　880 毫米 × 1230 毫米 1/32
印　　张　11.75
字　　数　260千字
版　　次　2023年5月第1版
印　　次　2023年5月第1次印刷
书　　号　ISBN 978-7-5730-1102-2
定　　价　65.00元

如有印刷、装订质量问题，请致电010-87681002（免费更换，邮寄到付）

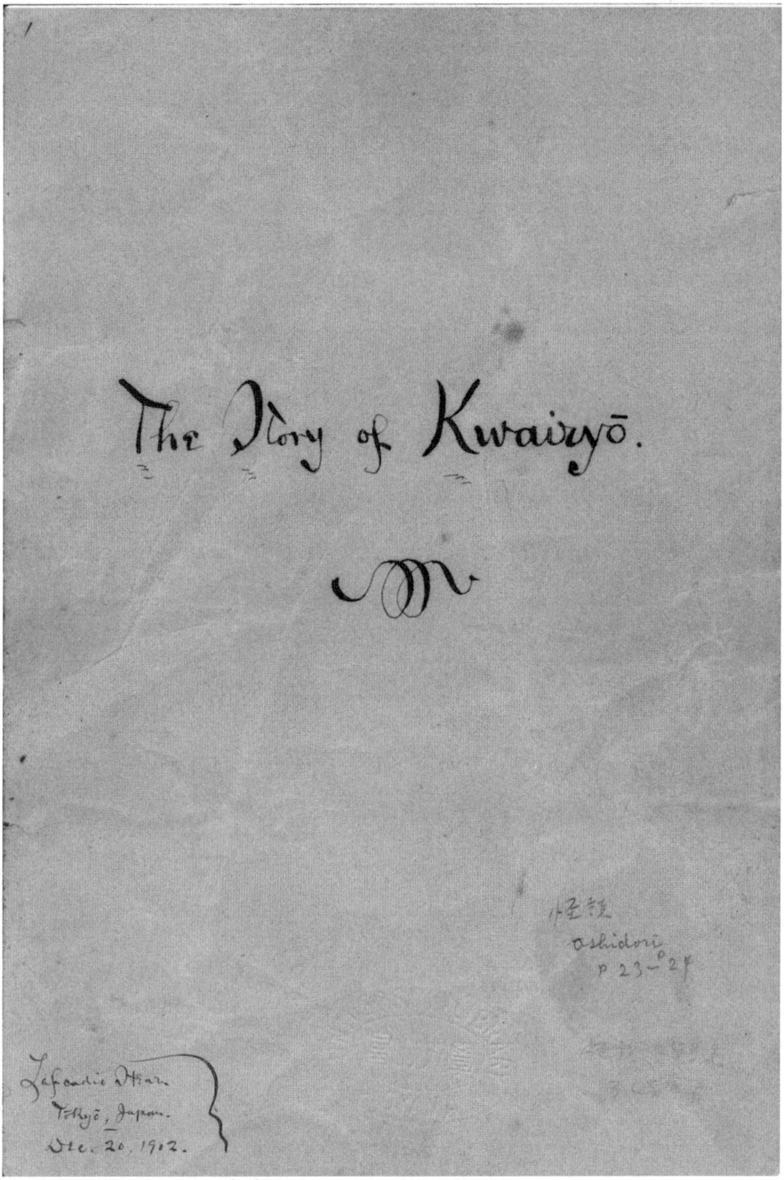

小泉八云手稿 《辘轳首》片段

（日本富山大学图书馆 藏）

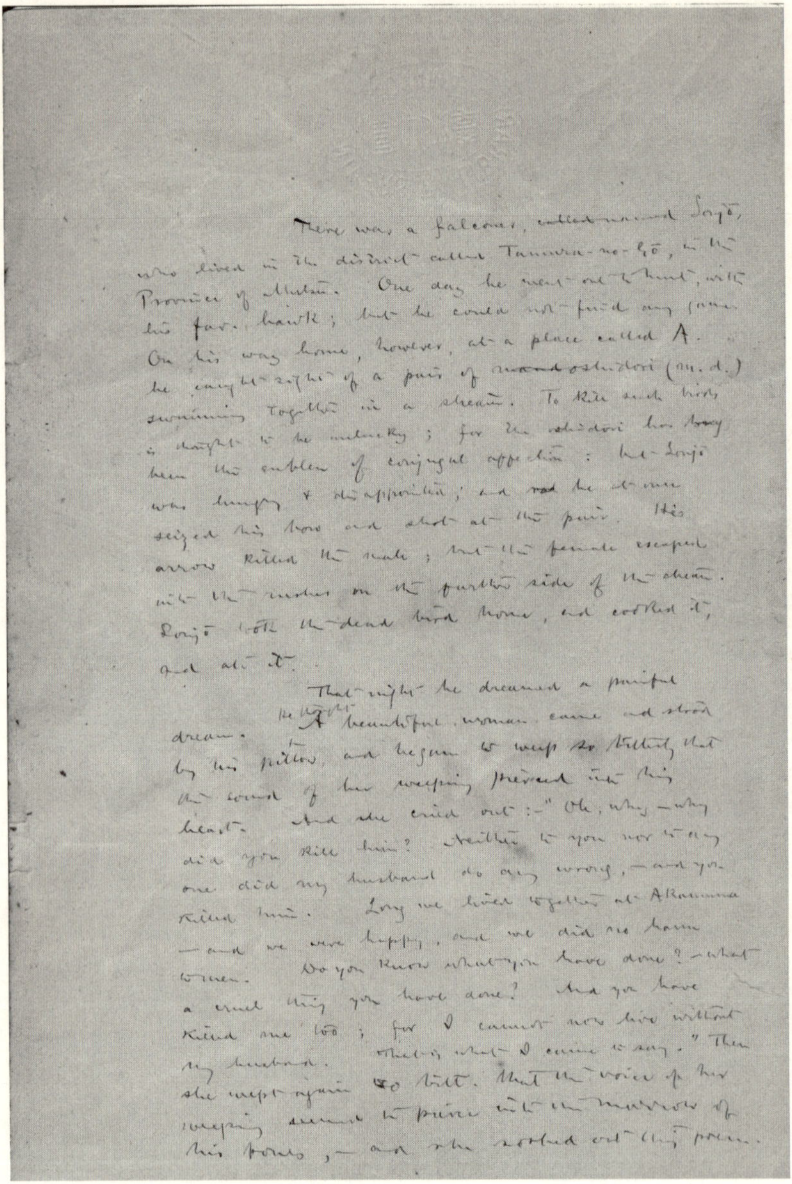
There was a falconer, called named Sonjō, who lived in the district called Tamura-no-Gō, in the Province of Mutsu. One day he went out to hunt, with his fav. hawk; but he could not find any game. On his way home, however, at a place called A. he caught sight of a pair of mand oshidori (m. d.) swimming together in a stream. To kill such birds is thought to be unlucky; for the oshidori has long been the emblem of conjugal affection: but Sonjō was hungry & disappointed; and so he at once seized his bow and shot at the pair. His arrow killed the male; but the female escaped into the rushes on the further side of the stream. Sonjō took the dead bird home, and cooked it, and ate it.

That night he dreamed a painful dream. He thought A beautiful woman came and stood by his pillow, and began to weep so bitterly that the sound of her weeping pierced into his heart. And she cried out:—"Oh, why,—why did you kill him? Neither to you nor to any one did my husband do any wrong,—and you killed him. Long we lived together at Akanuma —and we were happy, and we did no harm to men. Do you know what you have done?—what a cruel thing you have done? And you have killed me too; for I cannot now live without my husband. That is what I came to say." Then she wept again so bitterly that the voice of her weeping seemed to pierce into the marrow of his bones,—and she sobbed out this poem.

小泉八云手稿 《辘轳首》片段

（日本富山大学图书馆 藏）

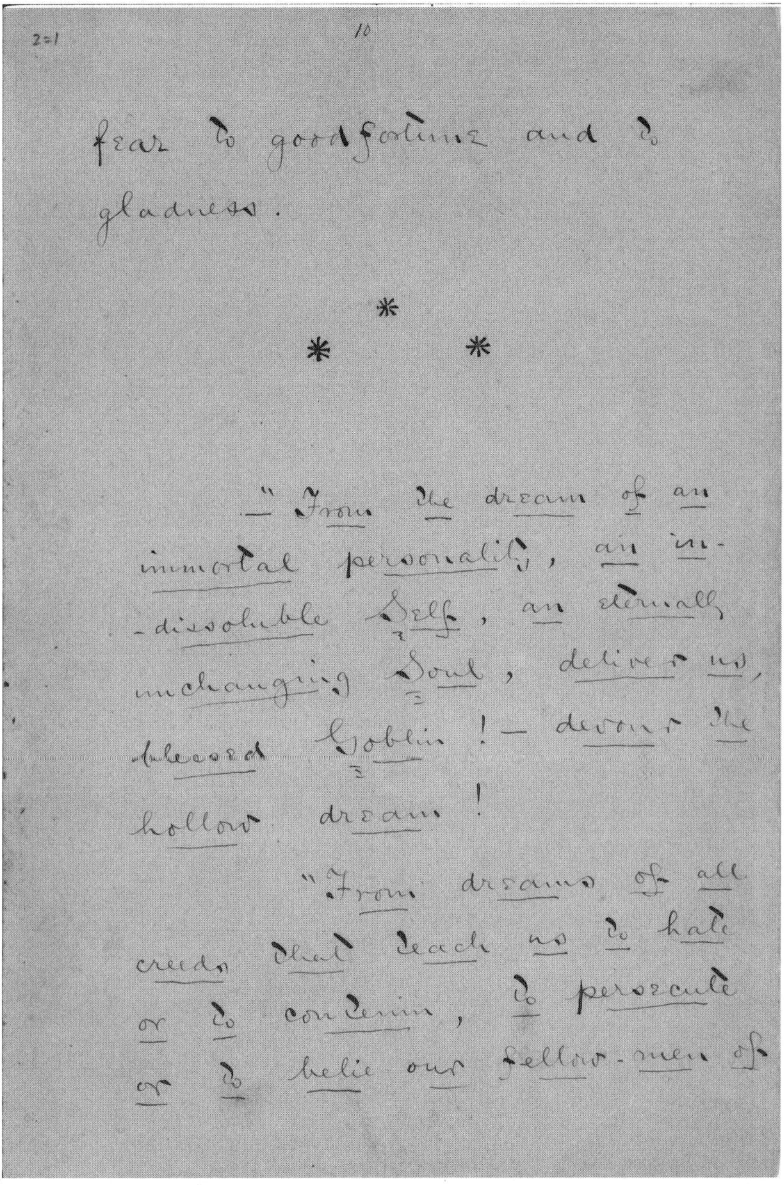

小泉八云手稿　《食梦貘》片段

（日本富山大学图书馆　藏）

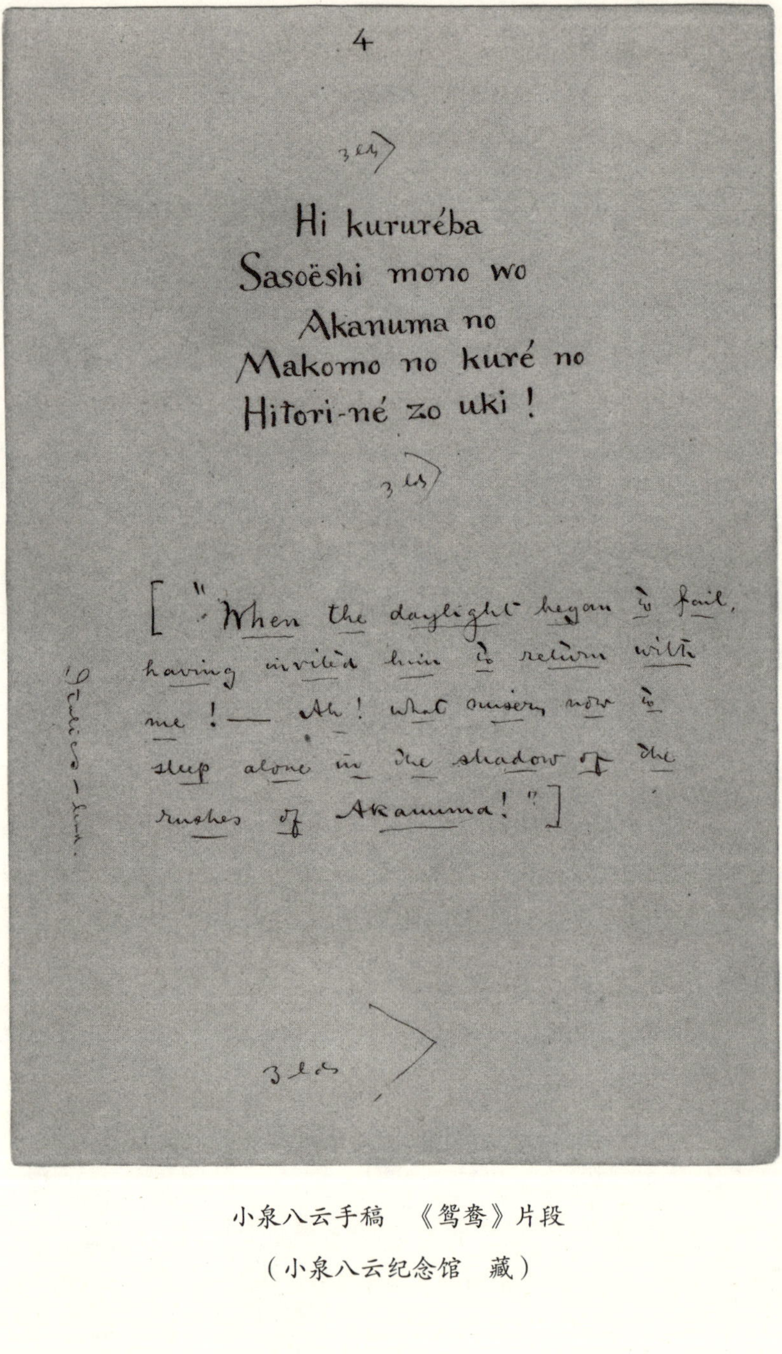

4

Hi kururéba
Sasoëshi mono wo
Akanuma no
Makomo no kuré no
Hitori-né zo uki !

["When the daylight began to fail, having invited him to return with me!— Ah! what misery now to sleep alone in the shadow of the rushes of Akanuma!"]

小泉八云手稿 《鸳鸯》片段

（小泉八云纪念馆 藏）

小泉八云自绘 《海坊主》

（小泉八云纪念馆 藏）

作者序[1]

以下大部分怪谈，或英文中所谓的“Weird Tales”（奇异故事），来源于日本古籍，例如《夜窗鬼谈》《佛教百科全书》《古今著闻集》《玉帘》《百物语》等。有些故事还可能有中国血统，像《安艺之助的梦》就是一个非常显著的例子。它肯定源自中国，但故事的讲述者对故事进行了改头换面般的重塑，令故事“归化”成日本式。那个奇特的故事《雪女》，是武藏国西多摩郡调布村的某个农夫告诉我的。作为他家乡的传说，我不清楚该故事是否曾用日文记录过，然而它所展现的独特信仰一定存在于日本的大部分地区，而且各有其不同的形态……至于《力马鹿》则是我的亲身经历，基本上是按事情的原貌予以记述，仅改变了一个日本讲述者提到的姓氏。

L. H.

日本东京　1904年1月20日

1　本书内容主要为日本传统怪谈故事，借由神佛鬼怪等特殊设定宣传惩恶扬善的思想，劝人向善。现今阅读时，在感受日本传统文化的独特魅力之外，更要取其精华、弃其糟粕，摈弃迷信内容，欣赏其中的善与美。——编者注

目录

选自《怪谈》

选自《骨董》

选自《日本杂录》

选自《影》

选自《灵之日本》

选自《佛田的落穗》

选自《来自东方》

选自《陌生日本的一瞥》

选自《天河绮谭及其他》

选自《日本童话集》

三个圈独家文学手册

选自《怪谈》

无耳芳一的故事[1]

距今七百多年前[2]，在下关海峡的坛之浦海湾，平家一族与源氏一族之间长期的争斗[3]终于画上了句号。平家在这场决战中全军覆没，彼时在位的幼帝安德天皇与平家妇孺俱丧生于此役。此后的七百余年间，平家的怨灵就一直在坛之浦及其附近的海边徘徊游荡。我曾在另一篇作品[4]里讲过，那里有一种奇怪的蟹，被称为“平家蟹”，背壳上可以看到酷似人脸的花纹。传说这些蟹就是平家武士的亡魂所变。此外，在这一带的海岸边，还能耳闻目睹许多诡异的事。每当黑夜降临，海滩上总有数以千计的青白色火球在飘荡燃

1 本篇怪谈最早可追溯到宽文三年（1663）刊行的《曾吕利物语》，以及本多良雄的《大和怪谈物语集》。小泉八云以一夕散人所著《卧游奇谈》第二卷《琵琶秘曲泣幽灵》为范本改写而成。——译者注（本书注释若无特殊说明，均为译者注）

2 本书中所有“距今多少年前”，一律为自小泉八云身处的十九世纪末二十世纪初起向前回溯的时间。

3 日本平安末期源、平两氏争夺政权的斗争。保元之乱（1156）、平治之乱（1159）后，源氏失势，平氏专权。平清盛的施政，引起地方武士不满。源氏利用武士，并联合部分皇族和僧俗贵族，于1180年进攻平氏。经过多次战事，至1185年平氏一门几尽消灭。1192年源赖朝开创镰仓幕府。

4 指《骨董》一书中的散文《平家蟹》。

烧，或者在浪涛之上盘旋飞舞——渔夫们管这叫“魔之火”或“鬼火”。每当狂风大作时，海上还会传来凄厉的号叫声，仿佛千军万马正在呐喊厮杀，喧嚣扰攘。

据说很早以前，平家亡灵的狂躁、恐怖更盛今时。它们会在半夜从夜航船只的船舷边突然冒出，把船弄沉。在该海域游泳的人，一个不小心，也会被正在窥伺的亡灵拖入海底溺死。地方上的民众为了平息这些鬼魂作祟，就在赤间关[1]建造了一座阿弥陀寺。寺院建好后，人们又依傍海岸，为投海的幼帝和平家重臣们设了墓地，立起刻有名衔的墓碑，并定期举办佛事，替往生者祈冥福、求平安。自从佛寺和墓地造好后，与以往相比平家亡灵稍微平静了些，但这一带仍然会时不时发生令人毛骨悚然之事。这说明它们尚未得到真正的安息。

几百年弹指一挥间。在赤间关住了一个名叫芳一的盲人，他因善于弹奏琵琶[2]、传唱长曲而远近闻名。从童年起，他就苦练弹唱之技，少年时技艺便超越了师长，成了一名职业的琵琶法师。他最拿手的节目就是弹唱以源平合战为主题的《平家物语》，其功力已臻化境，在当时无人能及，据说连天地鬼神听了也都为之动容涕泣。每当他和着琵琶声，说唱平家一族在坛之浦英勇而悲壮的故事时，听众无不为之摧肝断肠、潸然落泪。

---

1 今山口县下关市，又称“马关”，《马关条约》即在此签订。坛之浦战后，源氏军队将安德天皇的遗体打捞上岸，葬于赤间关。

2 一种四弦乐器，主要用于给说唱伴奏。从前，传唱《平家物语》和其他悲剧史诗的专业吟游艺人被称为“琵琶法师”。这一称谓的起源尚不清楚，但有可能是因为琴师和盲人按摩师一样，都剃光了头，就像佛教的和尚一样，故而被称为“法师”。日本的琵琶通常是用一种由牛角制成、名为“拨子”的拨片来弹奏的。——作者注芳一刚出道时十分贫困，幸亏得到一位知音相助。这位知音是阿弥陀寺的住持，喜好诗歌雅乐，经常邀请芳一到寺里弹奏吟唱。后来，住持被芳一的高超的技艺打动，干脆就让芳一长住寺里。芳一欣然接受，搬进阿弥陀寺的一间僧房中安顿了下来，从此食宿不愁。作为回报，他自然也竭尽全力为住持弹唱。住持一般在晚间闲暇时前来欣赏芳一的技艺。

某个夏夜，阿弥陀寺的住持带着小沙弥去一位过世的檀越家里做法事，寺中只留下芳一一人。当晚天气闷热，芳一便摸索着来到寝室前的走廊上乘凉，走廊正对着阿弥陀寺后进的一个小庭院。芳一在走廊上静静地坐下，等着住持回来。为排遣自身的孤寂，他随手弹起了琵琶。弹着唱着，不觉过了子夜，住持还未归来，而屋里又闷热得很，令人无法入眠，芳一只得继续留在走廊上。忽然，后门外传来一阵脚步声，有人正穿过庭院，靠近走廊，径直走到芳一面前停了下来。不过，这脚步声不像是住持的。一个嘶哑低沉的声音叫道："芳一！"口吻粗鲁无礼，就像是武士在使唤下人。

芳一吓了一跳，一时没反应过来。那声音变得更严厉了："芳一！"

"在！"芳一被对方语气中的威吓吓住，战战兢兢地答道，"请问是哪一位？我的眼睛看不见。"

"不要怕。"陌生人的语气缓和了一些，说道，"我就住在附近，来此有事相商。我家主公乃身份极尊贵之人，这两日率家臣们出游，正好在赤间关驻留，游历坛之浦会战的遗迹。听说你是弹《平家物语》的名手，所以想请你去弹奏一曲。请立刻带上琵琶，随我去主公下榻的行馆走一趟。”

在那个时代，平民百姓是不能违抗武士命令的。芳一只好穿上草鞋，抱起琵琶，和陌生人一道出发。武士拉着芳一的手在前带路，芳一必须加快步伐才能跟得上他。他感觉武士的手坚硬冰冷，似铁铸一般。伴随着大步行走时的脚步声，武士身上还发出了铿锵的咔嚓声，一听便知是身穿甲胄。芳一猜测，他可能是某位公卿贵藩府上的值夜武士吧。念及此，芳一初时的恐惧便被平息了，反而有些受宠若惊——因为他记得武士说过，那位主公乃身份极尊贵之人。那么，要听他弹唱的人，地位绝不会低于第一等的大名[1]!

不久，武士停住了脚步，芳一感觉好像是被带到了一扇大门前。他感到有点儿奇怪：这个镇里除阿弥陀寺正门外，怎还会有如此巨大的门呢?

“开门！”武士喊道。接着传来了门闩被拉开的声音。武士牵着芳一走进门里，穿过宽敞的庭院，好像又在某个门口停了下来。武士大声喊道：“里面的人，还不快点儿出来迎接？我带芳一来了！”里面顿时响起了急促的脚步声、障子滑动声、雨户[2]开启声，以及女性交头接耳的低语声。从女子们的言谈中，芳一判断她们肯定都是大公卿府里的女侍。但自己到底身处何地却仍然不知，不过也没时间容他多想了。他被人搀扶着走上石阶，一级又一级，到了

1 日本古时对拥有较多较大土地或较大庄园的领主的称呼。

2 装在纸糊的障子外面用来挡雨的木板，可以水平滑动，平时收在靠外墙的户袋里。雨户不但可以防雨，还能夏天防晒、冬天防寒，大风时可防强风吹破门窗，从里面锁起来则能防盗。

最后一级时，被命令脱掉草鞋。一名女侍牵着芳一的手，引领着他踩在精心洒扫的光滑地板上，绕过难以计数的廊柱转角，再通过空旷惊人的榻榻米厅堂，终于来到一个似乎是宽敞大厅的地方。芳一感到众多贵人正聚集于此，因为他听到了只有高级丝绸才会发出的沙沙摩擦声，就像森林中风拂叶落的声音。四周有不少人在低声交谈，说的都是宫廷里的文雅敬语。

有人吩咐芳一不要紧张，并在他身前铺上一张柔软的坐垫，芳一坐了上去，调好琵琶的音弦。一个像是统领女侍的高级女官用苍老女声说道："请唱一段平家的故事吧！"

由于《平家物语》很长，全部唱完需要不少夜晚，因此芳一壮起胆子，恭敬地问道："平家的故事恐怕短时间内难以唱完，不知诸位想听哪一节呢？"

"就《风雨坛之浦》这一节吧！那是平家诸曲中，最令人心伤肠断的一节。"女声答道。

芳一领命，手挑琴弦，口中放歌，缓缓弹唱起来。弦音凄切、歌声悲凉，宛若此役重现眼前。琵琶在他手里发出了摇橹声、船只前进的破浪声、箭矢横飞的嗖嗖声、兵士奋勇厮杀的呐喊声、践踏惨呼声、刀剑砍在兜鍪上发出的脆响声、被杀者坠入海中的扑通声……芳一周围时不时传来阵阵赞赏的低语："真是太出色了！""我在自己的领地内，还从未听过如此动人的弹奏呢！""普天之下，再没有像芳一这样优秀的歌者了！"芳一受到鼓舞，大为振奋，弹唱得越发卖力，渐入佳境。周围的贵人们大气也不敢出一口，四周又宁静了下来。

终于，芳一唱到了平家悲剧的最高潮——二位尼[1]怀抱安德小天皇投水自尽的那一幕。歌曰：

> 战焰滔天，血染波痕。尼怀幼帝，哀诉诸源，再三拜饶，声声凄绝。可怜孤寡，胆寒心裂。诸源如狼，持械以胁：“刀兵碧波，尔可择一。”尼乃静默，转拥幼帝。安德稚言：“携朕何去？”哀哀老尼，泪似雨落：“携汝共赴，净土极乐。”幼帝之母，建礼门院[2]，手捧神器，声声凄切：“传国神剑，勿入于贼。”语毕涌身，共赴洪波。平氏一门，于焉族灭。

和着唱词，芳一的琵琶弹得如泣如诉，时如万丈狂涛怒吼，时如锋利刀剑交鸣，周围的听众都听入了神。当芳一唱到安德天皇跳进波涛汹涌的大海时，周围一齐发出了啜泣声，其中还夹着悲怆的叹息。慢慢地，啜泣和叹息都变成了撕心裂肺的凄切恸哭，贵人们失态地大放哀声。自己的弹唱竟引起如此强烈的悲伤，芳一心中大为震惊。过了好一阵，哀哭声才渐渐停息。一片死寂中，芳一听到那苍老的女声赞道：

“唱得真好。阁下琵琶名手之誉，我等事先虽有耳闻，但今日亲耳聆听，方知远胜传言。阁下真是世上首屈一指的琵琶法师啊！

---

1 平清盛之妻平时子法号“二位尼”，她是安德天皇的外祖母。

2 建礼门院即平清盛次女平德子（1155—1214），1171年入宫，1178年生下后来的安德天皇。

“敝上对此相当满意，令我重重酬谢于你。芳一，敝上还想聆赏其他唱段，接下来的六天，请你每晚都来为他弹唱，直至敝上起驾。因此，明晚你务必要在同一时间前来此地。今晚带领你的武士，将继续负责接你。

“不过，你须谨记，此事绝不可告诉他人！因为敝上是微服出游来到赤间关，不想让别人知道。今晚辛苦你了，那么，请回吧！”

芳一双手触地，深深地行了一礼，以示答谢。随后一个女侍牵着他的手，带他走到门口，之前带路的武士已在此等候。武士将芳一送回寺院的走廊上，两人相互道别。

芳一回到寺里时，已是晨曦渐明，但谁也没注意到他。因为住持自己回来得也很晚，以为芳一早去歇息了。对于昨晚发生的奇事，芳一未向任何人说起。白天，他稍事休息；到了子夜，那武士如约前来，引领他来到贵人云集的行馆弹唱平家曲。和上回一样，芳一的献艺再次博得了齐声赞叹。但是，这次有个小沙弥无意中发现他离开了寺院。当芳一在清晨归来时，便被住持唤去谈话。住持和善而不失责备之意地对芳一说道：“芳一君，我们都很为你担心啊！你眼睛不方便，还在半夜里独自出门，这样太危险了！为何不知会我一声呢？我可以差遣一个杂役照顾你啊。芳一，你晚上究竟上哪儿去了？”

芳一闪烁其词，搪塞道：“还请大师见谅，我有些私事要处理，并且只能在晚上办，无法安排在其他时间。”

看着芳一不愿道出实情的神色，住持的惊讶更甚于痛惜。他觉得事有蹊跷，芳一必定有什么事情瞒着自己。他心头涌起一种不祥的预感，担心这个目盲的青年可能被什么妖魔恶灵附体了。于是他不再追问，暗中吩咐寺院的杂役们监视芳一的一举一动。如果芳一晚上再悄悄出寺，就立即尾随其后，探个究竟。

当晚，杂役们暗中留心，果然发现芳一再次离开了寺院。他们立刻提着灯笼，紧紧尾随着芳一。那晚大雨滂沱，天色昏暗，道路漆黑一团。杂役们刚转过一个街角，前面的芳一就已没了踪影。真是怪事！一个盲人在泥泞的道路上，怎能行得如此之快？杂役们快步跑到镇上，挨户向芳一常去的人家询问，都没结果，谁也不知道芳一在哪里。杂役们无可奈何，只好沿着海岸边的小路返回寺院。突然，从阿弥陀寺的墓园方向，传出阵阵高亢激越的琵琶声。杂役们举目眺望，只见墓园周围有两三簇鬼火在闪动，深处则晦暗不明。他们心中惊讶，立刻奔入墓园。

杂役们就着灯笼的昏黄灯火一看，顿时愣住了。只见芳一独自冒雨坐在安德天皇的墓前，失魂落魄地弹着琵琶，声嘶力竭地唱着《风雨坛之浦》。在他四周的每一块墓碑上，都有一团泛着青绿色幽光的鬼火，在不住地摇曳飘动，像蜡烛的火光一样。鬼火团团簇簇，数量之多，当真前所未见……

“芳一君！芳一君！”杂役们鼓起勇气喊道，“你被鬼魂缠住啦……芳一君！”

但是，芳一充耳不闻，依然痴痴地拨弄着琵琶弦，在铮铮弦声中，越发卖力地唱着《风雨坛之浦》。杂役们顾不得凶险，上前一把抓住芳一，在他耳边大喊：

“芳一君！芳一君！请立刻跟我们回寺里去！”

芳一神色怪异，斥责道："太失礼了！竟敢在诸位贵人面前出言无状，实是不可饶恕。"

尽管事情显得那么诡异，杂役们还是忍不住笑了起来。他们确信芳一是被鬼迷了心窍，不由分说，合力拖着芳一回到了寺里。住持吩咐先给芳一换掉湿衣裳，接着，便坚持要求他对自己反常的举止做出解释。

芳一踌躇良久，心知已然惹恼了好心的住持，无法再隐瞒下去，便从最初的武士来访说起，一五一十地将经历全讲了出来。

住持叹息道：

"芳一，可怜的人哪，你为什么不早点儿将此事告诉我，实在是糊涂。现在你已身陷险境了！你在琵琶上令人惊叹的造诣，已给自身带来了离奇的灾祸。此刻你大概也猜到了，你不是到什么贵人行馆去弹琵琶，去的只是寺院后面那个平家墓园而已。今晚寺里的杂役就是在安德天皇的墓前发现了坐在雨中的你。从亡灵来接你开始，你所耳闻的种种，皆是幻象。一旦你听从了鬼魂的召唤，鬼魂邪灵就会附着在你身上。如果你继续服从鬼魂的差遣，或迟或早，你必定会被撕成碎片，送掉性命……糟糕的是，今晚我又不能留在你身边，因为我还要主持一场法事。不过，在走之前，我会在你身上写下辟邪经文，这样便能保你安全。"

日落之前，住持准备好朱砂、毛笔，叫小沙弥脱去芳一的衣服，沐浴净身，然后用毛笔蘸满朱砂，在芳一赤裸的全身——头、脸、颈、胸、背、腹、手、脚、股——密密麻麻地写满了《般若波罗蜜多心经》的经文。写完后，住持告诫芳一：

“今晚，等我出门之后，你立刻去后院走廊坐下，静静等候，那个鬼武士会再来唤你。但是有了经文的庇护，阴世的鬼魂看不到你的肉体。切记，无论发生任何事，你都必须保持安静，绝不能开口说话，也不能挪动身体，只管以入定之心静坐即可。倘若你动了，或者发出一丝声响，鬼魂就会发现你，把你撕成碎片。别害怕，也不要试图呼救——因为没有人能够救你。你必须照我说的去做，才可逃过此劫！今后再也不用担惊受怕了。”

夜幕降临，住持和小沙弥都出门了。芳一依照叮嘱来到走廊，他把琵琶放在身边的地板上，自己则以坐禅的姿势静坐着，一动也不敢动。同时特别留心不让自己咳嗽或喘粗气。

就这样过了几个时辰，远处传来了脚步声。那足音沿着甬道，进寺门穿庭院，来到走廊边，在芳一面前停了下来。

“芳一！”一个低沉的声音唤道。芳一屏息静气，一声不响地坐着。

“芳一！”那个声音再次呼唤，语气变得严厉。

“芳一！”武士第三次呼唤，语气变得极其凶暴粗野。芳一仍然像石头一样，一动不动。

那个声音抱怨道：“不回答吗？那可不行！你究竟在哪里？我一定要把你找出来！”

武士一面嘟囔，一面搜索着走廊，沉重的脚步在芳一周围徘徊。随后，脚步声在芳一身旁停了下来。芳一十分害怕，觉得全身都似乎在随着心跳而颤抖。

缄默死寂中，那个粗野的声音自言自语道：“咦？琵琶就放在这里，琵琶师怎么不见了？奇怪，只有两只耳朵飘浮在空中。噢，怪不得他没有应答，他已经没有嘴巴了，看来他的身体也没有了，只剩下一对耳朵……也罢，人既不见了，那就把这对耳朵带回去给主公看，好歹算是找过法师的证据！”

霎时间，芳一只觉得双耳被一对铁钳般的手攥住，生生地拧了下来。那痛苦简直难以言说。芳一强忍剧痛，一声不吭，听那沉重的脚步声沿着走廊渐渐远去，到了花园，穿过寺外的道路，直至再也听不见。芳一觉得脑袋两边热乎乎的，肩膀上有黏糊糊的液体流淌下来，但他依然不敢抬起手……

天快亮时，住持赶回来了。他匆匆到后院走廊察看，脚下突然踩到一摊黏稠湿滑的东西。“糟了！”住持惊呼一声，提灯一照，脚下是一摊鲜血。再一看，芳一身子僵直，仍保持着坐禅的姿势，从耳根伤口处流下来的鲜血将他全身都染红了。

“啊，可怜的芳一君！真是罪过……”住持急切地问道，“怎么回事？你受伤了？”

听到住持的声音，芳一才感到安全，松弛下来，随即放声大哭，流着泪讲述了昨晚的遭遇。

“唉！可怜可悲啊！”住持叹道，“全怪我，都是我的错，我犯了大错！我在你身上每个地方都写满了经文，除了耳朵。因为我捏着你的耳朵往脸上写经文，所以把耳朵漏写了。后来虽吩咐小沙弥给两耳补写经文，却又没仔细检查，终究是疏漏了。这个错让你受苦啦……不过，现在后悔也无济于事了，还是尽快治伤要紧……振作起来吧，危险总算过去了，那些亡魂再也不会来纠缠你了！”

芳一的伤口经良医悉心治疗，不久就愈合了。这件奇闻很快便传遍天下，芳一的名字顿时变得尽人皆知。许多达官显贵特意赶到赤间关来听芳一弹唱，芳一得到大笔酬金，成了富有的人。自那以后，人们便称他为“无耳芳一”。

鸳鸯[1]

在陆奥国[2]的田村乡，有位名唤村允的豢鹰猎人住在那儿。一天，他照常出门打猎，却毫无所获，沮丧而返。归途中，村允需要在赤沼渡河，就在此地，他发现了一对相偕相伴的鸳鸯[3]正在戏水。尽管明知猎杀鸳鸯是不吉利的事情，但恰巧村允实在是太饿了，便张弓搭箭，瞄准那对鸳鸯射去。利箭射中了雄鸳鸯，惊慌的雌鸳鸯慌忙向较远岸上的菰草丛里逃去，不见了踪影。村允将死掉的雄鸳鸯带回家，烹为佳肴，饱餐了一顿。

当晚，村允做了一个可怕的梦。梦中，一个清丽婉约的女子走进屋来，站在他的枕边低声啜泣。其声哀绝悲恸，村允闻之，只觉肝肠欲断。那女子对着村允，愤恨地大声哭诉道："到底为什么？你为什么要杀死他？他做了什么错事吗？在赤沼，我俩双宿双飞，

1 本篇改编自日本三大物语集之一的《古今著闻集》卷第二十《马允射杀某陆奥国赤沼鸳鸯而出家事》。

2 陆奥国，属东山道，俗称奥州，今福岛、宫城、岩手、青森、秋田诸县。

3 在东方，自古以来，鸳鸯就被视作夫妻感情的象征。——作者注

过着幸福的日子——可你却残忍地杀死了他！他到底犯了什么不可恕的罪，你要杀害他？啊——你知道自己所做的蠢事，是多么无情、狠毒吗？就连我，你也想杀掉！可是夫君既逝，我也不愿苟活于世……我来此，就是想告诉你这事罢了。”语毕，女子又潸然泪下，哀声之悲戚痛彻，直渗入村允的骨髓里。她一边呜咽，一边吟起了和歌：

薄暮冥冥夕阳斜，低唤良人期相伴。

无奈赤沼菰草深，形单影只凄惶眠。

吟罢悲歌，女子厉声叫道：“啊！你不懂的！你不会知晓自己做了些什么事！不过，只要你明天来赤沼，就会明白——就会明白了……”说完，她凄楚地哭着，转身离去。

次日清晨，村允醒来，梦中景象仍历历在目。他烦恼万分，心绪不宁，想起女子所说的：“不过，只要你明天来赤沼，就会明白——就会明白了……”他决定立刻动身去赤沼，探查这到底是否只是一场梦。

村允再度来到了赤沼。他走到河岸边，看见一只雌鸳鸯孤零零地在水里游着。与此同时，雌鸳鸯也认出了他。但是，雌鸳鸯这次并没有惊慌逃窜，反而用异样的眼神怒视着村允，笔直地冲着他迎面游来。紧接着，雌鸳鸯突然以尖利的鸟喙，使劲地戳啄自己的身体，直至肚腹破裂，在猎人的眼前死去……

经此惨变后，村允剃度出家，做了和尚。

阿贞的故事[1]

很久以前，在越前国[2]的新潟[3]町，住着一个名叫长尾长生的年轻人。

长尾是一位医生的儿子，从小就受到了良好的教育，准备继承父亲的职业。他在幼年时，订下了一门婚约，女方是父亲一位好友的女儿——阿贞。双方家长约定，只要长尾一完成学业，就立即为两人操办婚礼。可惜体弱的阿贞在十五岁时，竟不幸得了肺痨[4]。在当时，这可是不治之症，无药可医。健康状况日益恶化的阿贞，明白自己时日无多，便想在临终前，与长尾见最后一面。

长尾来到阿贞的床前跪下，泣不成声。阿贞对他说道：

“长尾君，我的未婚夫啊，我俩自幼姻缘早定，本想年尾即

---

1 本篇改编自石川鸿斋所著志怪小说集《夜窗鬼谈·怨魂借体》。

2 越前国，属北陆道，又称越州，今福井县东北部。

3 实际上，新潟町位于新潟县见附市，按日本分国制度，属于越后，而非越前。《夜窗鬼谈·怨魂借体》中也写为越后。但此处日文版原文为“越前”，英文版亦为“Echizen”，应系小泉八云的笔误。特此说明。

4 即肺结核，是由结核分枝杆菌引起的慢性传染病。在二十世纪前肺痨属于绝症，被称为“白色瘟疫”。

行合卺之礼。怎料我染此绝症，命在顷刻，死神已在彼岸召唤我。纵然我能多活些日子，也只是给他人徒增悲烦。如此羸弱的身子，已注定我不能成为一个好妻子。因此，即使为了你，渴盼能再活几年，也只是我自私的奢望罢了。请原谅我自私地离去，你一定不要悲伤！不过，请别难过，我想告诉你，我们会再度相逢的。"

"是的，我们一定会再见面的。"长尾真切地说道，"到那时，我们会在极乐净土重逢，再无别离之苦。"

"不，不是！"阿贞虚弱地说，"我指的不是极乐净土，而是现世。我们命中注定，会在现世重逢，即使明天我已被深埋于地底。"

长尾诧异地望着她，她的嘴角浮现出一丝微笑，随后虚弱地发出梦呓般的温柔细语：

"是的，我的意思就是指现实的人世——你所生活的这个阳间。长尾君，你娶我为妻的愿望一定会实现的。只不过，请再等我十五六年，我将再次转世为女子。也许这段时间很漫长，不过幸好，我命定的夫君啊，你今年也才十九岁……"

长尾温柔地安慰着已然气息奄奄的阿贞，说道：

"我的未婚妻啊，我会一直等你的，这是我的责任。我俩天意注定要做七世夫妻呢！"

"你不怀疑吗？"阿贞凝视着长尾的面容，问道。

"至爱啊！"长尾答道，"我唯一担心的是，你或许将借他人的肉身归来，又或者换成了另外一个名字，届时只怕相逢不相识。有什么标记能用来识别你吗？"

"没有，我办不到。"阿贞叹息道，"只有神佛才知晓我们将如何相遇，会在哪儿重逢。但可以确信的是，只要长尾君不嫌弃阿贞，阿贞一定会回到你身边的。千万要记住我说的话……”

阿贞强撑着说到这儿便再也支持不住，闭上了双眼，与世长辞。

* * *

长尾打心眼儿里爱着阿贞，眼见恋人过世，禁不住哀毁逾恒。他亲自为阿贞立了个灵位牌，刻上俗名[1]，供奉在家中的佛堂里，每日焚香祭拜。他对阿贞临死前所说的不可思议之事，无时无刻不在回味思索。为了不负阿贞的在天之灵，他提笔写下一纸誓书，并摁下手印：“如果阿贞借由他人的躯体归来，无论是谁，我都一定会与其结为夫妻。”随后，庄重地将誓书密封好，藏于阿贞的灵位牌旁。

然而，长尾毕竟是家中的独子，肩负传继香火之责，结婚是必需的。迫于家人不断催逼的压力，长尾不得不屈服，迎娶了父亲挑选的一个女子为妻。婚后，长尾依然每天都到阿贞的灵位牌前祭拜。他对阿贞的爱慕之心，并未因为时光的流逝而稍有递减。尽管阿贞的一颦一笑，早已如梦般消逝，暗淡在他的记忆深处。

岁月如梭，就这样过了好多年。

---

1 佛教术语“俗名”，指的是人生前所使用的名字，与死后给出的戒名或法名不同，后者通常刻在墓碑或寺院所供奉的牌位上。有关这些描述，请参见我在《异国情调与回想》（*Exotics and Retrospectives*）一书中的《亡者的文学》（The Journal of the Dead）一文。——作者注

这些年头里，似乎所有的厄运，都降临到了长尾的头上。双亲、妻子、唯一的幼子，相继与他阴阳永隔。天地虽大，长尾却已是举目无亲，孤零零的一个人活在这世上。为了忘却丧亲之痛，他决定离开冷寂空荡的家，踏上旅途，云游四海。

一日，行经伊香保村。此地四面环山、水汽氤氲，以温泉及周边秀丽的风光而闻名遐迩。长尾决定在此多留数日赏玩景致，遂到当地的客栈投宿。客栈里，有一位年轻的女侍，长尾和她虽只是初次见面，却不知为何，第一眼看到这女子，他的心就扑通扑通直跳。更奇的是，细看那女子的容貌，竟与阿贞极为相似。我不是在做梦吧？惊讶的长尾狠狠地掐了掐自己，确定这不是梦！

女子提灯送酒、铺床叠被，在房间里忙忙碌碌、进进出出，举手投足间，活生生便是与长尾有过婚约的阿贞。年轻时的甜蜜记忆苏醒了，长尾低声唤住了她。她温柔地回应着，声音清脆甜美，令长尾一扫这段日子以来的忧伤阴霾。

带着疑惑，长尾鼓足勇气，询问道：

“这位姑娘，真不好意思，其实，你长得很像我的一位故人。你第一次进房间时，我就几乎吓了一跳。恕我冒昧，你的出生地和芳名，能否见告呢？”

女子默然片刻，忽然似魂灵附体一般以昔年阿贞的口吻答道：

“我名叫阿贞，而你，是越后国的长尾长生，我的未婚夫。十七年前，我在新潟离世，那时，我们约定你要等我再度归来。你还写下誓书，并摁上手印，就藏在佛堂里刻有我名字的灵位牌旁。现在，为了这个约誓，我回来了……”

说完最后一个字，女子突然失去了知觉。

后来，长尾与女子结了婚，两人情投意合，美满幸福。但每当长尾问起她在伊香保村的事，或者与阿贞有关的前尘往事时，她却完全记不起丝毫来。

过往的一切，在二人相会的那一瞬间，被神秘之火点燃。但此后女子的记忆随即消失，再难恢复。

乳母樱[1]

三百年前，在伊予国[2]温泉郡的朝美村里，住着一位名叫德兵卫的大善人。这德兵卫是村里及周边最有钱的财主，也是该村的村长。多数时候他都诸事顺遂，颇为幸运。然而美中不足的是，德兵卫到了四十岁，还未体会过身为人父的幸福。为摆脱膝下无人承欢之苦，他和妻子常到朝美村有名的西法寺里，向不动明王烧香许愿，期望求得一子半女。

正所谓“心诚则灵”，德兵卫的妻子终于怀孕，怀胎十月，产下一女。女娃生得粉嫩可爱，人见人夸，德兵卫替她取名“小露”。因为母亲的奶水不足，德兵卫便请了名唤作阿袖的女子，来当小露的乳母。

小露在父母与乳母的关怀呵护下逐渐长大，出落成一个亭亭玉立的美女。可是，十五岁那年，小露不幸生了场大病，虽然多方寻医问药，但所有医师都认为已经无药可治。将小露视如己出、像亲

1 本篇改编自《诸国奇谈·姥樱》。
2 伊予国属南海道，俗称予州，今爱媛县。

生母亲一样疼爱她的乳母阿袖焦急万分，于是便暗中来到西法寺，在不动明王神像前诚心诚意地为小露祈祷。整整二十一天，阿袖日日虔诚膜拜，到了满愿之日，小露竟奇迹般地痊愈了。

德兵卫一家上上下下，无不喜出望外。为了庆贺爱女康复，德兵卫把亲戚邻居好友等全部请来，热热闹闹地摆宴款待。然而，就在大宴宾客的当晚，乳母阿袖却突然染上急病。隔天一早，诊病的医师说，阿袖已病危。

德兵卫全家都悲伤不已。他们聚在阿袖的病榻边，唏嘘流泪，准备同阿袖告别。阿袖强撑着病体，缓缓道出隐情：

“现在，是时候把真相告诉诸位了。事实上，我曾向不动明王许下誓愿，只要小姐能安然无恙，我愿意代小姐而死。如今，神明已经实现了我的愿望，那么，就该轮到我实践诺言了。各位，请不要为我的死而感叹悲哀……不过我有一个小小的请求。原本，我想把一株樱树，作为谢神之礼及纪念之物，供奉到西法寺内。这也是我当时向不动明王立下的誓言。但如今我已无法亲手种下樱树，就请替我完成这最后的心愿吧……阿袖在此先告别了。能代露小姐而死，我心满意足，还请各位多多珍重。”

阿袖的葬礼结束后，小露的双亲择了个吉日，亲手将一株精选的上好樱树苗栽种在西法寺内。这棵樱树茁壮成长，枝繁叶茂，并在来年的二月十六日——阿袖的忌日，开出了美丽、灿烂的花朵。此后的二百五十四年间，这棵樱树总在二月十六日如期开花，从未间断过。其花素白中泛着粉红，酷似女子因分泌乳汁而濡湿的乳头。是以，人们将此树称为“乳母樱”。

计略

死刑已经定在屋敷的庭院里执行，因此那个男人被押了过来，跪在庭院里的一片空旷沙地上。那里有一条用踏脚石铺成的甬路，就像你现在还能在日式庭院中看到的一样。他的胳膊被反绑在身后，家臣们在桶中装满了水，又在米袋里塞满了石头。他们将米袋堆在那跪着的人的四周，挤得他无法动弹。屋敷的主人来了，见到这般安排，对家臣们的工作很满意，便不再多言。

突然，那个罪人对主人大声喊道：

“尊贵的大人啊，我并非有意犯下这致命的罪过。我是因为太愚蠢，才铸下大错。都是因为命定的报应，我才生得这么蠢，我才不得不犯错。但是杀掉一个蠢人，就是您在犯错了——犯下这种错是会遭到报应的。如果您狠心杀掉我，我肯定会报复的——冤冤相报，罪恶必将由罪恶来偿还……”

任何怀着强烈的怨恨而被杀死的人，他的鬼魂必定会来找凶手复仇——主人明白这一点。于是他面容温和地回应道：

“等你死了以后，倒是可能如你所想的那样，让我们感到畏惧。不过，我们很难相信你所说的话。因此，你能在被砍头后，给我们一点儿关于你强烈怨恨的证明吗？”

“我一定会的！”那人回答。

“很好。”主人抽出太刀说道，“现在我就要砍下你的头。在你面前有一块踏脚石。等你的头颅被砍下后，你试着咬一咬这块石头。如果你愤怒的灵魂能帮你做到这一点，我们可能会感到害怕……你能试着咬一咬这块石头吗？”

“我会咬的！”那人愤怒到了极点，大喊着，“我会咬的！我会咬的！”

一道寒芒嗖地闪过，伴着断裂声和撞击声，死囚被捆绑的身体佝偻着倒在米袋上，两道鲜血从脖颈处喷涌而出，头颅则滚到了沙地上，骨碌碌地朝踏脚石滚去，然后，突然跃起，两排牙齿咬住了石头的上缘，绝望地坚持了一会儿，最后毫无生气地落了下来。

家臣们惊恐地看着他们的主人，没有人说话。主人面不改色，将他的刀递给了离得最近的侍从。侍从用一把木勺舀水，从刀柄至刀锋细细清洗着，而后用一张柔软的怀纸认真地擦干刀刃。至此，行刑正式结束。

此后数月，家臣和族人们无时不在担心鬼魂会前来骚扰，他们毫不怀疑会遭到死囚所言的报复。无休无止的恐慌使他们产生了幻听与幻视，听到和看到了许多根本不存在的东西。他们害怕风吹竹子的声音，甚至害怕花园中晃来晃去的影子。最后，经过一番协商，他们决定去恳求主人为那个死囚做场施饿鬼[1]法事，超度并安抚他渴望复仇的魂灵。

“完全没有必要。”当家臣代表把大家的愿望告诉主人时，主人说，“我知道将死之人强烈的复仇怨念会造成恐惧，但是这一次，却全然无须恐慌。”

家臣满脸恳求的神色望着主人，接着吞吞吐吐地问主人，为何会有这样坚定的信心。

“哦，原因很简单。”主人用武士特有的果敢坚毅说出一番话，解答了家臣们的疑惑，“那家伙只有最后一个念头才是最危险的。当我故意挑衅他，让他给我一个证明时，便把他复仇的对象给转移了。他死时怀着一个明确的目标，就是要咬踏脚石。他达到了这个目的，就无法再实现别的愿望了。其余的怨念他都忘记了……因此，对于此事，你们不必再担忧了。”

果然，那个死囚没有制造出任何麻烦。此后太太平平，什么事情也没有发生。

1 施饿鬼又称施食会、水陆法会、冥阳会等，是为堕于恶境之饿鬼施与诸种饮食的经忏法事。

镜与钟[1]

八个世纪之前，在远江国[2]的无间山上有座寺院，寺里的僧人们想在正殿里安放一口青铜大钟。为此，他们请求女施主们能踊跃捐赠旧青铜镜，襄助寺里打造一口大钟。[3]

那时候，无间山上住着一位年轻的农夫之妻，为了响应熔镜铸钟的号召，将自己的铜镜捐了出去。然而，铜镜刚刚捐出，她就后悔了。她想起母亲曾经告诉她，这面镜子不单是她母亲所有，还是由祖母、曾祖母、高祖母等先人，世代相传下来的。此镜承载了家族太多的记忆，并映照过诸多幸福的笑靥，实在弥足珍贵。当然，她也可以给寺院送去一定数目的金钱，用以赎回传家之宝。但她很穷，根本拿不出足够的钱来。因此，她只好天天跑到寺院去，透过

1 本篇改编自石川鸿斋所著志怪小说集《夜窗鬼谈·祈得金》。

2 远江国属东海道，俗称远州，因境内的滨名湖又称“远之淡海”而得名。在今静冈县西部。

3 甚至到了今天，在日本某些寺庙的院子里，你还可能看到为了这一目的而收集来的、堆积如山的青铜古镜。我所见过的拥有最多青铜古镜的寺庙，是位于九州岛博多的一座净土宗寺庙，这里的铜镜是为了铸造高达三十三尺的阿弥陀像而募化来的。——作者注

中庭的隔离栅栏，在高高堆积的几百面铜镜里，极目搜寻自家的那面镜子。铜镜的背面镂刻有象征吉祥喜庆的松竹梅图案，一眼就能认出。每当此时，她总会回想起母亲第一次将镜子拿给自己看时，年幼的自己那眉开眼笑、愉悦喜慰的情景。她寻思着只要有机会，一定要把镜子偷回来，爱护它、珍藏它，直到永远。可惜，这样的机会并不是说有就有的。渐渐地，她变得郁郁寡欢起来，觉得自己愚蠢至极，竟然将生命中最珍贵的东西拱手送给了他人。

此时，她想到了一句古老的谚语：镜子是女人的灵魂（在众多古镜的背后，都刻有汉字“魂”，所表达的就是这句神秘古谚）。她害怕这是真的，害怕这种真实造成的可怕后果会超乎自己的想象。然而，她又不敢向他人诉说内心的痛苦。

当为铸造大钟而募化来的数百面青铜镜全部被送进了锻铸场后，怪事发生了：铸造师们发现里面有一面镜子，连续数次被送入熔炉中都无法熔化。这面镜子似有灵魂般，在极力抗拒着。显然，有个女人后悔了，她捐出铜镜给寺院，并非出自衷心所愿。因此，镜子上附着了她自私的执念，从而在火炉中变得坚硬冰冷，自然无法被烈火熔化。

这件事一传十，十传百，迅速传播开来，大伙儿都想知道，到底是谁出尔反尔，使得铜镜无法熔化！真相很快大白于天下，乡人们都知道了原来是由于那个女子的过失，才导致铜钟难以铸造。可怜的女子羞愧难当，无颜面对这难堪的耻辱，在留下一封遗书后，投河自杀了。遗书如此写道：

在我身死之后，铜镜熔化自会轻而易举，大钟也当铸

成。来敲此大钟者，若能将大钟敲破，我将以幽玄之力，
赐予他大富贵。

要知道，任何衔怨而死或含恨自杀的人所留下的最后愿望或誓约，通常都具有超自然的神秘力量，这在当时是被广泛认可的。女子死后，铜镜果然被顺利地熔化了，青铜大钟亦随之顺利铸成。人们想起女子的遗书所言，对此深信不疑，便蜂拥到寺里，个个都想试试看能否将大钟敲破。他们使尽吃奶的力气，拼命地摇撼撞钟槌，沉重清脆的钟声响彻四方，无时或歇。事实证明，那大钟的质量也实在是好，无论多么猛烈的撞击，都不能损其分毫。

尽管如此，在“敲破大钟者，可得大富贵”之言激励下的人们是不会轻易气馁的。日复一日，由早至晚，从四面八方涌来的人潮，依然前赴后继地不停敲钟。僧人们不堪其扰，屡次劝阻均无效，钟声变成了痛苦的折磨。

终于，忍无可忍之下，住持下令，让僧人们将造成巨大困扰的青铜大钟抬到悬崖边，推了下去。悬崖之下，是幽深的沼泽，大钟被彻底吞噬。钟声就此成了绝响，只留下这个传说代代相传。而这口钟，则被人们称为“无间之钟”。

时至今日，对于某种因精神作用而导致的难以置信的效果的信仰，在日本依然是个古老而神秘的存在。这种信仰很难表述，只能用“拟”（なぞらえる）这个动词来稍加形容。这个词本身也无法用英语中的词语来充分表现，因为它与许多种关于拟态的巫术有关，也与许多密教里的信仰行为的施行有关。在字典中，“拟”通常的意思是“模仿”“比较”或“模拟”，但是它的深层含义却是

借助冥想和念力，将一种物体或行为“替代”为其他的物体或行为，以便取得某种不可思议的神奇效果。

举例来说，你无力去建造一座寺庙，但你可以轻易地在你所信仰的佛像面前放上一颗鹅卵石。与此相类似的虔诚之心，即可促使你在富有的时候去建造一座寺庙。这种供奉一颗鹅卵石的功德与建造一座寺庙的功德是同等的，或者说是几乎同等的……你无法遍读六千七百七十一卷佛经，但是你可以建造一座转轮藏阁，把它们放置其中，如同绞辘轳一般使其转动。只要你怀着想读六千七百七十一卷佛经那样的热忱，那么你就会获得如同读了六千七百七十一卷佛经那样的功德……这些例子，差不多就可以解释“拟”的宗教含义了。

不过，没有大量例子的话，这种神秘的含义依然无法完全解释清楚。为了理解这种观念，举出下面这个事例是必要的。如果你像“丑时之女”[1]诅咒草人那样，做个小稻草人，到了丑时，用五寸钉将草人钉在神社附近的树林里，只要你想象这个稻草人代表某个人，那么此人就会在极大的痛苦中死去[2]。这也可以说明“拟”的含义……或者，让我们想象有个强盗深夜闯入你家，把你的财物席卷一空。如果你能在你的花园里发现强盗的脚印，并迅速地在每个脚

1 此处的英文原文是“Sister Helen”，可能是指英国诗人兼画家但丁·加百利·罗塞蒂写于十九世纪中叶的叙事诗《海伦姐姐》，其故事情节与“丑时之女”有相似之处。但某些日文译本这里直接译作“丑时参”。

2 丑时，凌晨一点到三点，传说中地狱之门开启，鬼怪、幽灵活动频繁之时。丑时之女，又名“丑时参”，因其固定于丑时出现而得名。她是日本的知名女妖，凶残狠戾。据说“丑时之女”标准的穿着是身披白衣，胸口挂一面铜镜，脚踩单齿木屐，脸上涂抹着朱红色的粉底，嘴里衔一把木梳，头顶三根点着了的蜡烛，蜡烛代表着感情、仇恨、怨念三把业火。火势越大，则丑时之女越凶恶。

印上点燃一大捆艾绒，那么强盗的脚底就会着火，除非他回来，心甘情愿地接受你的处置，否则巫术就不会解除。这便是“拟”所表达的另一种拟态的巫术。至于第三种不可思议之处，可以在以下这个无间之钟的后续传说中找到例证。

青铜大钟被僧人们推入崖下的沼泽后，当然再也不能被敲破了。人们在惋惜之余，又开始想象，敲破的哪怕只是青铜钟的替代品，仍能使女子的魂灵赐予己身大富贵。其中有一个名叫梅枝的妓女，对此说法亦深信不疑。梅枝与出身平家的武将梶原景季[1]关系密切。某次他们结伴同游，途中，因景季盘缠用尽，二人陷入窘境。梅枝忽然想起了无间之钟的传说，便找来一只青铜水钵，心中默默存想，将青铜水钵想象成那口大钟，一边用力敲打，一边高呼：“黄金三百两，黄金三百两！”直至将水钵敲碎。有一位与景季、梅枝同宿一间客栈的富商，听到梅枝边敲钵边念念有词，便饶有兴致地上前询问原委。当他得知两人的窘况后，竟然慷慨地资助给他们三百两黄金。事后，梅枝敲钵得金的经历被编成了歌谣，由歌妓们传唱至今：

梅枝敲铜钵，
百金唾手得，

1 梶原景季（1162—1200），镰仓前期关东名将。梶原家在血脉上本属平家，但在承治四年（1180）的石桥山合战中，隶属于平家军的梶原景时（景季之父），放走了败逃的源赖朝，后来又在源赖朝起兵时前去投奔，成为源氏御家人。梶原家从此追随源氏奋战，立下不少大功。景季曾在“强渡宇治川”和“一之谷会战”中大展武威，被平家武士称为“厉鬼景季”。从开头的“八个世纪之前”到梶原景季的登场，可推知本文的故事，当发生于平安时代末期至镰仓幕府初期。

劝女应如是，

赎取自由身。

梅枝的成功，使得无间之钟再度声名大噪。众多凡夫俗子纷纷效仿梅枝，希望成为她那样的幸运儿。其中有一个住在无间山大井川土堤上的农夫，整日里好吃懒做、游手好闲，过着放荡的日子。在把财产败光后，他也幻想着能借助无间之钟来发财。于是，他就在自家的院子里挖来泥土，照着无间之钟的样式塑了一口泥钟，随后一边敲碎泥钟，一边喊着："钱来、钱来，钱快来。"

随后，从他面前的地底冒出了一位身穿白衣、长发披肩的女子。她手执一个有盖的粗口壶，朝着农夫颔首微笑，说道："汝之殷殷祈恳，吾俱已知悉。而今赐汝此壶，以示回应。"语毕，女子将粗口壶塞到农夫手里，随即消失不见。

农夫高兴得合不拢嘴，急忙飞奔入屋，将这个好消息告诉妻子，而后将粗口壶放在妻子面前。粗口壶颇为沉重，夫妻俩一起兴奋地翻开盖子，只见到壶里的东西迅速充盈，溢过边缘，然后不断地漫出来、漫出来……

那是什么东西呢？抱歉，我真的不能告诉你。

食人鬼[1]

昔时，禅宗有得道高僧梦窗国师[2]，孤身一人云游至美浓国[3]化缘，不知不觉在人迹罕见的山里迷了路。他彷徨良久，始终寻不到出山的路径，也找不到可以借宿的人家。失望之下，他忽然望见一座山顶上有间小庵室，笼罩在西沉日影的余晖中。这庵室是孤身隐居的僧侣的住所，虽然外观看上去似乎荒废已久，但梦窗依然急匆匆赶了过去，只见里面住着个上了年纪的僧人。梦窗恳求老和尚让自己寄宿一晚，不料老和尚毫不犹豫地无情拒绝了。不过，他另外给梦窗指点了一个去处，邻近的山谷里有个小村子，在那里或许能找到食宿的地方。

梦窗无奈，唯有依照老和尚的指点，找到了那个村子，村里零

1 本篇改编自《通俗佛教百科全书》中卷。

2 “国师”是日本历代封建统治者对佛教中德学兼备的高僧所赐予的称号。梦窗国师（1275—1351），日本临济宗高僧，俗姓源，名疏石，宇多天皇九世孙。他一生不求名利、不进权门，精研佛法，大扬禅风，曾被朝廷敕赐“梦窗正觉心宗国师”尊号，称“七朝帝师”。其法系后来形成梦窗派（又称嵯峨门派）。他不但是日本一代名僧，更是修建庭园的巨匠，对日本诸多名寺名园的建造都做出了卓越贡献。

3 美浓国，属东山道，俗称浓州，今岐阜县南部。

散住着十几户人家。村长热情地接待他，带他回到自己家。梦窗甫一进门，就见四五十个男子围坐在正厅中，随即有人上前，将他领到了隔壁的一间小屋里，屋内被褥、干粮俱全。梦窗此时已非常疲乏，饱餐一顿后，躺倒便睡，不久就进入了梦乡。睡到将近子夜时分，忽地被从隔壁屋中传来的阵阵号哭声惊醒。过了片刻，梦窗所住房间的纸障门被轻轻拉开，一个后生提着灯笼进到屋里，谦恭地行了一礼，说道：

“大师，深夜叨扰，在下实感不安。但有一事，须当告知于您——家父已不幸于数个时辰前辞世了。在下身为家中长子，现已是一家之主。您风尘仆仆前来投宿，旅途劳顿，我等不敢立即奉告。适才正厅中所坐者，皆是村里乡邻，专为送家父最后一程而来。依照本地风俗，每当有人去世后，任何人都不得待在村中，只能留下亡者的遗骸。因此，我等祭拜完毕、备好供品后，即刻就要离开本村，到一里外的另一村去了。而留有遗骸的死者家中，当晚总会有不可思议之事发生。所以，虽颇难启齿，但在下还是恳请大师，和我们一道去邻村吧，那里可以提供更好的食宿。当然，大师乃得道高僧，在您法眼观来，妖魔鬼怪不过等闲，又何惧之有？倘若您不介意独自与家父遗骸为伴，那么此间屋子尽可供您歇息。不过，今晚除了您，绝不会再有人敢留下来了。”

梦窗闻言，答道：

“施主盛情厚意，老僧铭感于心。先前老僧入屋之际，若蒙告知令尊辞世消息，老僧虽略有疲乏，但诵经为亡者超度却是分所当为，本可赶在你们离去前做场法事。不过如此也罢，就容老僧留在此处，略尽绵薄之力，待诸位施主离去后，为令尊诵经直至天明吧。至于幽灵鬼怪之事，老僧并不畏惧，请施主不必挂怀。”

那后生听了梦窗一席话，欣喜感激之情溢于言表，急忙道谢。不一时，他的家人和聚集在正厅里的村邻们也都知道了此事，纷纷入屋来致谢。随后，主人又说道：

“大师，留您独自一人在此，我等心中实在抱歉万分，但现在必须动身了。村约规定，子夜过后，便不得再停留。我等离去期间，您身边无人照拂，望您多加保重，如果听到或看到什么怪异之事，等我们明晨归来后，万乞告知！”

言毕，一众村人尽皆告辞离去，只剩下梦窗国师。他起身来到殓尸间，但见遗体前摆满了供品，一盏小明灯荧荧燃照，便在尸首旁低声诵起经文。法事完毕，梦窗盘腿而坐，冥想入定，就这样过了几个时辰，四周逐渐一片空明，村子内更无丝毫声响。

凉夜已深，周遭越发静寂。突然，一个巨大且模糊的黑影无声无息地飘进屋来。登时，梦窗感到自己四肢麻痹，喉咙里也发不出声来，只能僵坐在原地，眼睁睁地看着黑影飘到尸体旁。只见那黑影伸出手爪，如猫吃老鼠般抓住尸首，狼吞虎咽地啃吃起来。从头发开始，继而脸部、骨头、四肢，甚至寿衣，都被飞快地吃了个精光。吃完尸体后，黑影又转向供奉的祭品，也一口气吃了个干干净净。然后像来时一样，无声无息地飘走了……

次日清晨，当村民们返回时，大老远就望见梦窗站在村长家门前等着大伙儿。大家逐一向梦窗行礼后，相继入屋查看，但是竟无一人对尸体和祭品的消失不见而感到意外。屋主对梦窗说：

“大师，大概昨夜您见到了什么不愉快的事吧？我们一直在担心您，现在见您平安无恙，实在令人欣慰。如果有可能的话，我等十分乐意留下陪伴您，但正如昨晚在下所言，本村村规必须遵行，我们不得不留下遗体离开。如果有谁违背了这一规定，接下来村里就会大祸临头。要是遵守了规定，遗体和祭品便会消失。不知大师有否看到遗体和供品是如何不见的？”

于是，梦窗便将看到那个巨大而朦胧的影子入屋啃食尸体的事情说了一遍，在场的人默默听完，却似乎并不感到惊讶。屋主解释说：

“大师，适才您所叙述的情形与我们村里世代流传下来的传说完全一致啊！”

梦窗询问道：“在山上的庵室里，不是有位老和尚吗？难道他从来不为亡者做法事吗？”

“什么老和尚？”屋主颇感诧异，反问道。

“昨日傍晚贫僧就是得他指点，才找到贵村投宿的。”梦窗答说，“我本意在那山上的庵室里寄宿一晚，不料被他一口回绝。幸而他还指引了来此的路径。”

村民们闻言面面相觑，都露出了惊愕的表情。沉默片刻后，屋主才说道：“大师，向来都不曾有什么庵室在那座山上。祖祖辈辈居住于此的村民们，也从来没见到过附近有什么老和尚。”

梦窗见屋主如此说，便不再多问。很显然，眼前的村民们都认为他被传闻中的妖怪迷惑了。梦窗索性辞行，向村人询问了道路，打定主意再去山上的那座庵室瞧瞧，以确定自己是否真的受了诓骗。他毫不费劲就找到了庵室，这回，那个老和尚非常有礼貌地邀请他入内。

梦窗刚踏入庵室，老和尚就毕恭毕敬地跪倒在地，惶恐地说道：“惭愧，惭愧！真是惭愧万分！”

“不过是昨日婉拒贫僧借宿罢了，何须惭愧？”梦窗道，“也多亏您的指点，贫僧方能在那村中受到殷勤招待。贫僧感激不尽，今番特来致谢。”

“这里实是无法容留他人过夜。”老和尚说道，“老衲惭愧的并非拒绝借宿之事，而是惶恐真面目被人窥破啊。大师，您昨晚所见到的那个啃食死尸与祭品的黑影……正是我。其实，我是个食人鬼，专吃人肉……望大师大发慈悲，容我详述往事，忏悔我是如何堕落到此等地步的！

“那是很久以前的事了。那时候，我是这偏僻地方唯一的僧人，方圆数十里，没有任何其他的僧侣。因此，但凡周边有人亡故，都会被翻山越岭地抬上山来，由我来诵经引导，往生极乐。有些尸体甚至来自很远的地方。就这样，日复一日，单调乏味的诵经法事，令我感到厌烦无比。而且这样的千篇一律，也仅能给我刚够温饱的衣食而已，我不由得深感不平。这些自私的念头在我脑中不断滋长，经年累月，终于变成贪婪的执念，种下恶因。在我死后，果报降临，导致我的灵魂变成了食人鬼。

“自此，只要这一带谁家死了人，执念就逼迫我，一到深夜非吃那死尸不可，无法逃避也无从选择。正如大师您昨夜所见一般……

“大师，现在您已经知道了前因后果，我恳求您，为我做场‘施饿鬼会’超度我吧！这样我就能早日脱离苦海秽界，转世为人了……”

话刚说完，老和尚立即消失不见，庵室也在顷刻间消散无形。只剩下梦窗国师独自一人，若有所思地跪坐在草丛中。他的身旁，是一座遍生青苔、年久失修的五轮塔[1]。看上去就像是某位僧人的坟墓。

1 “五轮塔”是以五种分别象征宇宙五大元素“地、火、水、风、空”的石头逐层堆叠而成的塔。从下至上分别是：方形（代表地）、圆形（代表火）、三角形（代表水）、半月形（代表风）、宝珠形（代表空）。

貛[1]

在东京的赤坂，有条坡道名为“纪国坂”——意为“纪伊国[2]的坡道”。为什么要把坡道叫这个名字，我并不清楚。在这条坡道的一侧，有一道从古老年代留存下来的壕沟，既深且宽。长满青草的高高土堤，蜿蜒向上直通某座屋宅的庭院；而坡道的另一侧，则一路伸展至皇宫那绵延不尽的巍峨高墙下。在街灯和人力车出现之前的时代，一到天黑，此地就变得冷冷清清，寂静无声。因此，晚归的行人，日落后宁可多绕几里弯路，也不愿单独爬上纪国坂。

这都是因为有貛常在附近出没。

最后一个看见貛的人是住在京桥的一位年迈商人，他已在约三十年前去世了。以下就是他讲的故事。

某日傍晚，日影西斜，天色渐暮，商人步履匆匆爬上纪国坂。这时候，他发现一名女子孤零零地蹲在壕沟边，难过地抽泣着，一

---

1 本篇改编自町田宗七所编《百物语》第三十三席。日文翻译本篇时，篇名皆为《貉》。但日文的“貉”，是穴熊的别称，即貛，不能直译为貉。

2 纪伊国属南海道，俗称纪州，今和歌山县及三重县南部。

副将要投河自尽的样子。商人担心不已，便停下脚步，想尽力向女子提供帮助或安慰。那女子身材窈窕、气质优雅，衣着也颇为体面，梳着整整齐齐的发髻，看上去像来自富贵人家。

“这位姑娘，”商人边说边靠近那女子，“姑娘，别哭啦！有什么烦心事请告诉我，如果能帮得上忙，我很乐意助一臂之力。”此话确实出自他的真心，因为他本来就是个古道热肠的人。可是女子并不答话，依然哭个不休，还用一只长袖遮住了脸。“姑娘，”商人以更柔和的口吻轻声说道，“请听我说，夜已深，此地不是你这种年轻女子晚上能久留的地方。我恳求你，别再哭了。该怎么做才能帮到你？你只管说。”

女子缓缓站起身子，依然背对着商人，继续用长袖掩着脸哭泣。商人把手轻轻地搭在女子肩膀上，恳切地说：“姑娘……姑娘，请听我说，哪怕就一小会儿。姑娘……喂……姑娘！”

终于，那女子转过身来，放下了袖子，用手朝脸上一抹！商人顺势一看，登时吓得面色苍白。原来，那女子的脸面光光的，眼睛、鼻子、嘴巴统统都没有。商人惊叫一声，拔腿就跑。

他沿着纪国坂拼命向上逃，前方一团漆黑，什么都看不见。他连滚带爬，不停地跑啊跑，一眼都不敢往后瞧。好不容易远处出现了一点儿荧光，商人忙不迭地奔过去，原来是一个亮着灯笼的卖荞麦面的小摊子。在经历了那么可怕的遭遇后，任何光亮和人类，都会让人感觉宽心。他扑倒在摊主的脚下，嘴里上气不接下气地喊着：“啊——啊——啊！！！”

“喂，喂！”荞麦面摊主粗鲁地问道，“怎么了？发生什么事啦？有人要害你吗？”

“不——没人害我。”商人气喘吁吁地说，“只是……哇——啊！”

“只是什么？吓成这样？”摊主冷冷地问，“是强盗？”

“不是强盗，不是强盗！”被吓坏的商人边喘边答，“我看到……我看到一个女子——就在壕沟旁——她往脸上这么一抹，就……就……我真不知道该怎样跟你形容我看到了什么！”

“哦，那女人给你看的，是这个样子吗？”荞麦面摊主朝着自己脸上一抹，顷刻间，摊主的那张脸变得像鸡蛋一样光滑，脸上也是什么都没有……

与此同时，灯灭了。

辘轳首[1]

五百多年前，有一个武士，名叫矶贝平太左卫门武连，是九州大名菊池氏的家臣。矶贝的祖先英勇尚武，矶贝也继承了先辈们的尚武精神，勤练武艺，身强力壮。还在少年时，他就在剑道、射箭和长枪上击败了授业恩师，显示出勇武卓越的武士才能。此后，在“永享之乱”[2]中，矶贝武连又屡立战功，威名显赫。但后来菊池氏没落，矶贝失去了主家，虽然他能轻而易举地投奔另一位大名，可他并不贪恋自我的功名，内心依然忠于前主家菊池氏，因此他甘愿放弃了世俗的一切，削发出家，成为一名行脚僧，法号回龙。

尽管身披僧袍，但回龙仍葆有武士的勇敢与热忱。当年他藐视危险，如今依然故我。无论什么季节，他都风雨无阻地四处传法，

1 本篇改编自十返舍一九所编《怪物舆论》卷四《辘轳首悕念却报福话》。十返舍一九是江户时代后期的滑稽小说作家、浮世绘师。

2 室町幕府第四代将军足利义持去世后，因无子继嗣，诸将决定让其弟义教继任将军。关东管领足利持氏对此甚为不满，遂于永享十年（1438）举兵反叛幕府，后事败自杀。“永享”是日本年号之一，时在1429年至1441年。

没有其他的僧人敢这么做。那是个战乱频仍、无法无天的时代，单身行者，即使是僧侣，在路上的安全也毫无保障。

在回龙大师的首次长途旅程中，他曾经去过甲斐国[1]。那天晚上，他孤身一人，翻越甲斐国的群山，四周漆黑一片，抬眼不见人烟。他见夜色已深，就想在星光下度过漫漫长夜，正好路边有一片草地，便和衣躺倒休憩。对于艰难困苦，他一向甘心如荠，一块光秃秃的岩石便可以当成一张好床，松树根也能当成一个好枕头。他体魄强健，如钢似铁，从不畏惧露宿时风霜雨雪的侵袭。

回龙未及入睡，一个樵夫手持斧头，身背大捆木柴，从山路上经过。樵夫见回龙躺在荒野中，十分好奇，便停了下来，一言不发地盯着他。过了一会儿，樵夫用极其惊讶的口吻对回龙说：

"大师，您是什么人？竟敢独自一人躺在这种地方！这里时常有许多鬼魂出没，您不害怕那些多毛的妖物吗？"

"朋友，"回龙轻松地答道，"我只是个云游四方的僧人，也就是俗话说的'云水僧'而已。如果多毛妖物是指狐妖、怪兽什么的，我倒是一点儿也不怕。至于像这种人迹罕至的地方，其实我是挺喜欢的，因为很适合静思。我已经习惯露天而眠了，并且还学会了不为自己的生活担忧。"

"您真是个勇敢的人，大师。"那个樵夫道，"敢躺在这里的人都不简单！这一带的各种传闻可都不怎么好。我跟您说，就像俗话里讲的：'君子不立于危墙之下'，睡在这里是非常危险的。所以，尽管我家只有一间茅草屋，还是请您赶快跟我回家吧。虽然没

1 甲斐国属东海道，亦称为甲州，今山梨县。

有什么吃的招待您，但至少我家的屋顶能让您毫无危险地睡上一觉。”

回龙见樵夫说得如此恳切，态度又十分和善，便接受了他善意的邀请。樵夫领着他从一条捷径穿越深山老林。这条小路崎岖不平，险象环生，有时紧邻悬崖，有时盘曲如蛛网，有时又四壁皆是巉岩。最后，回龙发现自己来到了山顶的一片空地上，当头一轮满月，清辉泻地，眼前一间小小茅草屋，沐浴在如水月色之下。樵夫带回龙来到屋后的一间小棚子里，在那里，有从邻近泉眼处用竹管引来的清水，两人用水洗了脚。离棚子不远有一小片菜园，还有一片杉林和竹林。林后有一条小瀑布从高处飞流而下，在月光下如一匹白练垂挂悬崖。

回龙和他的向导走进茅屋，看到了四个人，有男有女，正围在屋中间的炉火旁烤手。见到回龙，他们都向他鞠躬致意，礼数周全。回龙颇感诧异，这些人这么穷，又住得如此偏远，怎会懂得如此优雅的礼节呢？他心下自语：“看来肯定有哪位懂规矩的人，教过他们这些礼数。”他转向那个樵夫——四名男女都称他为主人，说道：

“从您的谈吐和您家人的彬彬有礼来看，我想您不是一个樵夫。也许您以前是个有身份的人？”

那个樵夫笑着回答：

“大师，您说对了。尽管现在境况窘迫，以前我还真是个有地位的人。我的故事，是一个没落的故事——由于我的过错而造成的没落。从前，我是一个大名的家臣，地位还挺高的。但是我既好色又贪杯，因此变得行为乖张，终于闯下大祸。我的自私导致了家族的毁灭，也连累死许多人。报应如影随形，迫使我不断逃亡，隐居于此。为此我经常祈祷，希望自己能够赎罪，并重振家风。但恐怕没什么机会了。现在，我只希望能尽力帮助那些不幸的人，通过自己的忏悔去洗脱业报。”

回龙听了樵夫这番话，深受感动，说道：

“朋友，既然我有机会见到您忏悔年轻时的过错，并想在往后的日子里追求新生，那么，我毫不怀疑您有一颗善良的心。佛经亦云，恶极者若能以大愿力弃恶从善，必能证大菩提。我希望您会获得好运。今晚，我将为您念诵佛经，祈祷您能获得力量，以摆脱恶业之报。”

说完，回龙向樵夫道了晚安，主人把他带到一间小偏房里，那里已铺好了床褥。除僧人外，大家都去睡了。借着灯笼的光亮，僧人开始念诵佛经，直念了一个多时辰。随后，他打开偏房的小窗户，准备临睡前再看一眼月夜风光。但见黑夜如此美丽：月朗星稀，静谧无风，植物在明亮月光的照映下留下黑黢黢的影子；菜园的露珠闪闪发亮，蟋蟀与铃虫唧唧鸣唱，瀑布的声音在暗夜中更显清越。听着水声，回龙突然觉得口很渴。他记得屋后的竹管里有水，便想不打扰熟睡的主人家，自己去那里找点儿水喝。他轻轻推开小偏房和正屋之间的拉门，借着灯笼的光芒，竟看到正屋里有五个身体斜躺着——都没有头！

霎时间，回龙呆呆地伫立着，心下困惑异常，还以为遇到了强盗杀人。但很快他就意识到，地上没有血渍，无头的脖颈也不像是被砍断的。他喃喃自语道：“这要么是妖怪造成的幻觉，要么就是我被骗进了辘轳首[1]的巢穴……《搜神记》中曾写道，如果有人发现了没有头的辘轳首的身体，只要把身体挪到别处，头就无法再与肢体连接了。书中还说，如果头颅回来，发现身子被移动了，就会在地板上猛撞三次，像个球那样上下蹦跳，愤恨地喘着粗气，最终死去。现在，如果这是辘轳首的话，定然对我不怀好意，我要按书上说的那样去做。”

回龙抓住茅屋主人的双脚，将他的身子拖到窗边，抛了出去。然后又走到后门，发现门被闩上了。回龙猜想那些头颅是从屋顶的烟囱飞出去的，因为只有烟囱敞开着。他轻轻地取下门闩，来到菜园里，再小心翼翼地走进小树林。树林里有谈话的声音，他尽量走近些，这样听得更清楚。借着树荫的掩蔽，回龙躲在阴暗处，从一棵树的树干后面，窥看话声的来处。只见五颗头颅飞舞在空中，一边吃着它们在地面或树丛间发现的虫子，一边闲聊。不一会儿，那樵夫的头颅停止吃虫，说道：

“哎呀，那个半夜来的行脚僧，长得多肥啊！要是吃了他，咱们的肚子早就饱了……我太蠢了，不该跟他讲那些话——让他为了我的忏悔而去念什么佛经。只要他在念经，我们就没法儿靠近他。不过天快亮了，说不定他已经睡熟了……你们谁去屋子里看看那家伙在干什么。”

一颗年轻女子的头颅，立即快速地朝茅屋飞去，轻盈得像只蝙蝠。片刻后，它慌慌张张地飞回来，惊恐地大喊道：

---

1 日本民间传说中脖子会伸长但不脱离身体，或者头颅与身体可以分离，并四处游走的长颈妖怪，称作“辘轳首”或“飞头蛮”。其特征是脖子伸缩自如，与井边打水时控制汲水吊桶的辘轳颇为相似，故名。

“那个行脚僧不在屋子里，他走了！但这还不是最糟的，他还移动了主人的身体，我不知道他把身体弄到哪里去了！”

一言甫毕，茅屋主人的头颅，在月光下须眉怒张，变得万分狰狞。它双眼圆睁，头发直竖，咬牙切齿，然后大喝一声，泪落如雨，叫道：

“完啦，我的身体被移动了，再也连不上头颅了，我要死了！这都是那和尚干的！我死之前一定得抓住那和尚！我要撕碎他，把他吃掉！我看到了，他就在这里，就躲在树后！快，把这个肥家伙揪出来！”

说着，茅屋主人的头颅率领其他四颗头，向回龙的藏身处猛扑过来。强壮的回龙随手拗断一棵小树当作武器，迎击五颗疯狂咬噬的头颅。四颗头经不住击打，飞逃而去，但那樵夫的头尽管遭到多次重击，仍然绝望地不断狠扑上来攻击，最后咬住了僧袍的左袖。回龙抓住它的发髻，挥拳连续重殴，那头无法摆脱，发出一声悠长的呻吟，随即不再挣扎。它死了，但牙齿仍然紧紧咬住袖子。这种垂死前用尽全力的咬噬，使得回龙无论如何使劲也无法将它的下颌掰开。

樵夫的头颅就这样挂在回龙的袖子上，回龙回到茅屋后，那四个鼻青脸肿的辘轳首头颅已经跟身体连到了一起，正缩成一团蹲在角落里。看到回龙进屋，它们哇的一声尖叫起来：“和尚来了！和尚来了！”慌忙从另一个门狼狈逃出，消失在树林里。

天光大白，回龙心知妖怪的力量只能在黑夜时存在，惊怖之心渐去。他看着挂在自己袖子上血肉模糊、沾满尘土的头颅，不禁大笑道：“这个辘轳首也算是甲斐国的土产了！”接着，他收拾行李，从容不迫地下了山，继续他的旅程。

他阔步前行，来到信浓国诹访[1]，大摇大摆地走在主街上，那颗头颅一摇一晃地挂在他的肘部。女人们见了无不昏厥倒地，小孩子则尖叫着四散奔逃，一群人吵吵嚷嚷地围在他身边，直到捕手（那个时代的警察）抓住他，把他投进了监狱。人们都认为那颗头的主人是被他谋杀致死的，死者在临死前，用力咬住了僧人的袖子。捕手询问回龙是怎么回事，回龙只是微笑着，一言不发。在监狱里度过一夜后，回龙被带到地方官面前。地方官责令他对此事做出解释：为什么一个僧人，袖子上会挂着一颗人头，而且还不知羞耻地带着罪证，大摇大摆地走在街上？

面对这些责问，回龙纵声大笑，答道：

“大人，我没法儿把这颗头从我的袖子上扯下来，是它自己咬在上面的——这大违我的本意。我没有任何过错，因为这不是一颗人头，而是一颗妖怪的头。我杀死了这个妖怪，却不是让它流血而亡。我只是自卫罢了。”然后他就把自己在树林里的全部经历告诉了地方官——当讲到与那五颗头颅的战斗时，他忍不住再次发出了豪迈的笑声。

但地方官和其他审讯者均神情严峻，他们认定回龙是一个身负血案的罪犯，所讲的妖怪故事是在侮辱执法者的威严。因此，没有过多审问，所有的官吏——除一位年长的官吏外——一致同意判处回龙死刑。那位老官吏在整个审判过程中都一声不响，但是，等听完同僚们的裁决后，他站起身，说道：

1 信浓国属东山道，俗称信州，今长野县。信浓地分南北，南部为诹访，号称神国，寺社林立。

“先让我们仔细瞧瞧那颗头吧。这是最关键的一点，却没有人提议。如果这和尚说的是实话，这颗头本身就能做证——把头拿上来！”

那头还咬着僧袍的袖子不松口，差役将袖子从回龙的肩膀上撕下来，呈上公堂。老官吏来回翻转头颅，细细检查，发现在脖子的颈背处，有几道奇怪的红印。他连忙招呼同僚们过来，大家一齐细观，都没有找到脖子边缘有被利器砍斫的痕迹。相反，那红印仿佛落叶从枝头自然掉落般，光滑平整。

老官吏道：“现在，我确信这和尚说的是实话。这是一个辘轳首，《南方异物志》有载：‘有飞头蛮，项下有赤痕。’[1]这就是它的特征。你们看，红印可不是涂抹上去的。自古相传，这种妖怪向来住在甲斐国的山里……不过，大师，”他转向回龙问道，“您可真了不起啊，您显示出的勇气绝非一般僧人所能拥有的，更像个武士。您以前的身份也是武家中人吧？”

“您猜对了，大人。”回龙说道，“出家为僧前，我一直持刀舞枪征战沙场。那时候，我从不畏惧任何人，也不怕妖魔鬼怪。我的俗家名字，叫矶贝平太左卫门武连，侍奉于九州大名，或许你们当中有人听过。”

听到他的名字，堂上登时传来阵阵敬畏的惊叹声。原来不少人还记得矶贝武连的事迹。回龙立刻发现他已置身于一群朋友当中，不再是个犯人了。这种氛围说明官吏们正以兄弟般的情谊对他表达钦佩之情。他们友善地护送回龙去了当地大名的府邸，大名对

1 此处所引《南方异物志》原文为：“有飞头蛮，在岭南溪峒间，项下有赤痕，夜晚以耳作翼，飞去吃虫物，将晓飞回还原。”

他热烈欢迎，并设宴盛情款待，还送给他大量礼物。当回龙离开诹访时，他恐怕已是这短暂人世最幸运的僧人了。至于那颗头颅，他一直带着——为此，他诙谐地打趣道："就当是留个土产作为纪念吧！"

最后，还需要说说那颗头颅的归宿。

离开诹访一两天后，回龙遇到了一个强盗，强盗在一个人迹罕至的地方拦住了他，要他脱掉衣服。回龙立刻脱下僧袍，递给强盗。强盗见有什么东西挂在衣袖上，定睛一看——尽管他颇有胆色，还是吓了一跳。他急忙扔下僧袍，往后跳了一步，大喊道："你，你真的是和尚？你竟然比我还要凶恶！我虽然杀过不少人，但从来没有把人头系在袖子上招摇……天哪，你这和尚，太狠了。我想我们是一路人，我得说，我很佩服你！这个头对我十分有用，我可以用它去吓人。你把它卖给我怎么样？我愿意用我的外衣来换你的僧袍，再给你五两银子买这颗人头。"

回龙答道："要是你坚持的话，我可以给你人头和外衣。不过，我必须告诉你，这不是一颗人头，而是一颗妖怪的头。如果你要了它的话，后患无穷。记住，这不是在骗你。"

"好和尚！"强盗喊道，"你杀了人，还要取笑他人！我真的很想要这颗人头。给你，我的外衣，这是钱。把头给我吧，何必开这种玩笑呢！"

"拿着。"回龙说，"我不是在开玩笑。你竟然愿意为妖怪的头颅掏钱，这才是大大的玩笑！哈哈！"说着，回龙大笑着扬长而去。

强盗拿着人头和僧袍，兴冲冲地去吓唬不知情的路人，倒也被他蒙混了一段时日。但是，等他到了诹访附近，听说了头颅的来龙去脉后，便开始害怕辘轳首的头颅会给自己带来灾难。于是，他下决心要把这颗头颅物归原主。他在甲斐国深山里找到了那间茅屋，但屋内已空无一人。他也找不到樵夫的身体，只好把头颅单独埋在了茅屋旁的小树林里，在坟前立了一块墓碑，并请来僧人诵经，以超度辘轳首的亡魂。那块墓碑，就是众所周知的“辘轳首之冢”，可能直到今天尚能见到（至少在日本民间传说中是这么认为的）。

被埋葬的秘密[1]

很久以前，在丹波国[2]住着一位名叫稻村屋源助的富商。他有个女儿，唤作阿园。阿园生得乖巧美丽，惹人怜爱。源助觉得，如果让女儿在乡下由迂腐的老学究教导，仅略微识几个字，未免太可惜了。于是，他派了几位可靠的仆从护送阿园去京都，让她向京都的名门闺秀学习上流社会的优雅谈吐、仪礼乐艺。学成归来后，阿园嫁给了父亲的商人朋友。小两口在一起度过了三年多温馨幸福的时光，还生了一个儿子。哪承想天有不测风云，婚后第四年，阿园却染病不治，撒手人寰了。

阿园下葬后的当晚，她的儿子忽然神神秘秘地对家人说："妈妈回来了，就在楼上的房间里。她微笑地望着我，却无法开口说话。我好害怕，所以赶忙跑下楼来了。"于是，家里的大人们纷纷跑上楼，半信半疑地到阿园的房间里查看。借着屋内神龛前点燃的一盏小灯发出的微弱亮光，他们惊奇地看到了死去的阿园的身影。

---

1 本篇改编自《新撰百物语》卷三。

2 丹波国属山阴道，俗称丹州、丹南，今兵库县东北部、京都府中部及大阪府北部。

她站在置放自己首饰和衣服的橱柜前，头部与肩膀的轮廓十分清晰，但自腰部而下逐渐模糊，甚至于消失不见——就像是水里倒影的不完全投射，朦胧透明。

家人们非常恐惧，争先恐后地逃下楼，而后聚集在楼下七嘴八舌地商讨对策。阿园的婆婆说："女人啊，总舍不得自己收藏的小玩意儿。阿园平日里就十分喜欢这些首饰、脂粉，她回来，八成是为了看看生前心爱之物吧！许多人过世后，都会这样做——除非把这些东西布施给菩提寺。咱们也赶紧收拾下，把阿园的衣物、束腰等统统舍给寺里，她的灵魂应该就能安息了。"

大家商量妥当后，立即着手清理阿园的遗物。翌日早上，橱柜的抽屉就被整理一空，阿园的首饰、衣裳、脂粉等物品，全被送进了寺里。但是，隔夜阿园又回来了，和前晚一样，仍然痴痴地站在橱柜前，望着空空如也的抽屉。就这样夜复一夜，每天晚上阿园都会回来。家中上下为此心神不宁，惊恐不已。

为此，阿园的婆婆只好来到菩提寺，将经过一五一十地告知住持，并寻求安息鬼魂的方法。住持大玄法师，年高德劭，是位博学的老僧。他听完事件的前后原委，思索片刻，说："在橱柜里面或是附近，一定有什么东西令她念念不忘，这才一再地回来。"

"可是抽屉早被我们清空了。"阿园的婆婆回道，"橱柜里已经完全没有任何东西了。"大玄法师说道："那好吧，既然如此，今晚老衲就到尊府走一趟，守在那个房间里，看看会发生什么事。请叮嘱您的家人，在此期间除非得到我的呼唤，否则谁也不准进入房间。请你们务必遵守约定。"

日落后，大玄法师如约来到阿园家，房间早按他的意思准备妥了。大玄法师进屋关上门，独自坐在屋子里诵经。子时之前，屋内寂然无声，平静如常。然而子时一过，橱柜前方就慢慢地显出了阿园模糊的身影。她满脸迫切的神情，直愣愣地凝视着橱柜。

大玄法师从容自若，高诵经文，然后喊出阿园的戒名[1]，说道："老衲来此，诚心诚意想帮你脱离执念之苦。在这柜子里，大概有令你牵挂的东西，能让我帮你找找吗？"只见阿园的鬼魂幽幽地点了点头，仿佛在表示同意。大玄法师便站起来，走到橱柜前，拉开最上层的抽屉，是空的；又按顺序拉开第二层、第三层、第四层的抽屉，在各层的后侧和底部细细地翻找，就连柜子的内部也认真查过，可结果还是什么都找不着。而阿园仍跟先前一样，焦虑地盯着橱柜。

"她到底想要什么呢？"大玄法师低头沉思。突然，他的脑海中灵光一闪，一个念头油然而生：抽屉所铺的纸垫下，可能藏有什么东西吧！于是他揭开最上层抽屉的白色纸垫查看，依旧没有任何异样。第二、第三层的纸垫下也没有。最后，他在最底层的抽屉纸垫下赫然发现了一封信。

"让你忧心烦恼的东西，就是它吗？"大玄法师问道。阿园的鬼魂转过身面向法师，以焦急迫切的眼神注视着那封信。"我现在就帮你把信烧了，可好？"大玄法师问她。阿园的鬼魂立即躬身低头，似乎在向大玄法师致谢。

"好，那等到天一亮，我立刻回寺里烧掉它。"大玄法师郑重

---

1 戒名原本是僧侣出家得度时，由师父授予的"修行名字"，用来表示发誓严守戒律。而去世后才冠上的"死后戒名"，是在江户时代"寺请制度"下诞生的。人死以后，都要取一个戒名刻在墓碑上，能否得到堂皇出色的戒名，成为衡量一个人社会地位的标准。

地承诺道，“世上除我之外，再也不会有第二人看到这封信了。”阿园听完，如释重负，欢然一笑，消失于空气中。

大玄法师从楼梯走下来时，天已破晓吐白。阿园的家人们都在着急地等待他。大玄法师对大家说：“不用担心啦，她绝不会再出现了。”果然，从此以后阿园再也没有出现过。

那封信，被烧掉了。那原本是阿园在京都学艺时，某人写给她的情书。信的内容唯有大玄法师知道。其中的秘密，伴随着大玄法师的圆寂被永远地埋葬了。

雪女

武藏国[1]的某个村庄里，住着两个樵夫：茂作和巳之吉。在我们这个故事开始的时候，茂作已经老态龙钟，而他的徒弟巳之吉则是个年仅十八岁的后生。每天，他们都一块儿到离村子二里远的森林中伐木。途中要经过一条宽广的大河，只有一个渡口可供坐船过河。虽然在渡口的附近也曾多次搭架过木桥，但每次洪水泛滥，桥就总被冲毁。因此，这条河上一直没有桥。

此事发生在一个异常寒冷的傍晚，茂作与巳之吉在归途中遇到了猛烈的暴风雪。他们顶风冒雪来到渡口，却发现摆渡的船夫已经把小船拴在对岸，人也离开了河边，不知到哪里避风雪去了。这样恶劣的天气，实在没法儿游过河，两人只好躲进船夫的小屋里，并暗自庆幸能在风雪交加下找到个挡风避雪的地方。

小屋里没有火盆，无法生火取暖，除两张榻榻米和一扇门之外，连窗户也没有。茂作与巳之吉把门紧紧闩死后，便披上蓑衣，

1 武藏国属东海道，俗称武州。领域大致包括今之东京、埼玉县东部、神奈川县东北部。

躺到榻榻米上休息。起初，他们还不觉得有多冷，心想暴风雪也许很快就会过去。

年迈的茂作躺下不一会儿就睡着了，但年轻的巳之吉听着屋外呼啸的风雪不断拍打在门板上的声音，翻来覆去怎么都不能入眠。河水汹涌地上涨，小屋就像在大海中摇晃的一叶孤舟，发出叽叽嘎嘎的声响。真是可怕的暴风雪啊！仿佛连空气都在瞬间凝结成冰。巳之吉在蓑衣下颤抖着，虽觉寒气彻骨，但终究抵不过倦意，也渐渐睡去。

迷迷糊糊间，巳之吉觉得有雪花扑洒到自己脸上，不由得睁开了眼睛。不知何时，屋门竟已无声无息地被打开了。借着雪光的映照，他看到一个浑身沾满晶莹雪花的女子正站在小屋里。女子一身素白，正弯腰对着熟睡的茂作吹气，吐出的气息好似一缕缕白色明亮的轻烟。随后，她转过身，走到巳之吉身边，俯下身子盯着巳之吉。巳之吉害怕得直想大喊，却发不出半点儿声音。白衣女子缓缓弯低身子，越来越低，直至脸颊几乎与巳之吉相触。这下子巳之吉看清了，那女子美若天仙，竟是说不出的娇艳动人——尽管她冰冷的眼神令人畏惧。

女子凝视着巳之吉，片刻后，幽幽地笑了，轻声说："我本打算像对付其他男子那样对你，却又不禁为你感到惋惜，因为你是如此年轻俊美！巳之吉，我现在不会伤害你。但是，你绝不能将今晚见到我的事告诉任何人，包括你母亲在内。如果你说出来，无论何时何地，我都会知晓，到时候，我一定会杀掉你。记住我说的话！"

说完，白衣女子便转身从门口出去。不久，巳之吉发觉自己僵硬的身子可以动弹了，赶忙爬起来向门外望去，但哪里还有白衣女子的踪影。

狂风裹挟着飞雪刮进屋来，巳之吉急忙关上门，又拿了几块粗大的木柴，将门牢牢顶住。冷静下来后，他细细一琢磨，感到不可思议。明明睡前已经把门闩死了，又没有窗户，女子是如何进来的呢？难道是风将门吹开的？又或许，这仅仅是个梦，自己错把门口积雪的白光，看成了白衣女子？到底孰真孰幻，巳之吉无法确定。他摇了摇茂作，想把师父叫醒，但老人家却声息全无。巳之吉一惊，连忙在黑暗中伸出手去摸师父的脸，那脸竟然如冰块般僵硬。原来茂作已死去多时了……

拂晓来临，暴风雪终于停了。船夫回到渡口，在阳光的照耀下，他惊讶地发现巳之吉躺在茂作冻僵的尸体旁，失去了知觉。船夫急忙施救，不久巳之吉就恢复了意识。不过这个雪夜的严寒令他大病一场，卧床良久，心中对师父的离奇死亡疑惧不已，但他未向任何人提及那如梦似幻的白衣女子。病体康复后，巳之吉独自往返于森林，继续干着老本行。他每天早上去伐木，薄暮时分带着成捆的薪柴回来。这些木柴就交由母亲拿出去卖。

转眼到了第二年的冬季。这天黄昏，巳之吉和往日一样，走在回村的道上，邂逅了一位同路而行的少女。少女身材高挑苗条，容颜清秀娇媚，巳之吉忍不住向她打了声招呼，少女也温婉地应了一声。那声音宛若莺声细语，绵软甜腻，巳之吉不由怦然心动。

两人并肩而行，一路上随意闲聊。少女说她名叫雪子，近期由于双亲亡故，所以打算去江户投奔一位穷亲戚，亲戚已答应帮她找份帮佣的活儿。巳之吉很快就对这陌生的少女心生好感，越看她越觉得美丽动人，于是小心翼翼地问她，是否已经有了婚约？雪子脉脉含羞，笑答尚未婚配。接着，她反问巳之吉是否已婚，或是有了中意的女子。巳之吉回说，家中只有一位老母相依为命，对于娶妻之事，自己尚年轻，并未想过。

说完这些话后，两人默默无语，又缓步同行了很久。可是正如谚语所言：“心中若有情，双眸亦有语。”他们四目交投，眉目传情，浓情蜜意尽在不言中。等到回到村里时，两颗心已被情丝紧紧相连，彼此难舍难分了。巳之吉邀请雪子去家里坐坐，雪子犹豫了一会儿，娇羞地答应了，便和巳之吉一起回家。

巳之吉的母亲热情地欢迎雪子，还煮了热腾腾的可口饭菜招待她。雪子举止得体，老母亲相当满意，对她爱怜不已，就极力劝说她莫去江户，不如留在这里。在此情势下，雪子也就顺水推舟，应承了下来。之后，她也不再提去江户的事，自然而然地入了门，嫁给了巳之吉。

婚后的雪子真是个好媳妇，将里里外外打理得井井有条，小两口恩爱异常。五年后，巳之吉的母亲临死前还留下遗言对雪子赞不绝口。

村民们也都觉得雪子与众不同，令人惊异。农妇们通常都老得快，可雪子即使生过十个小孩，容颜仍然娇嫩，看上去和刚到村里时一样年轻，当真不可思议。

一天晚上，孩子们都睡下了，雪子就着灯光在补衣服。巳之吉盯着雪子，突然说道：

“你这副低头做针线活儿的模样，还有你在灯光中的脸，让我想起了十八岁那年发生的一件怪事。当时，我曾见过一个身穿白衣的美貌女子——实在是，实在是长得太像你了。”

雪子头也不抬，问道：“哦，能详细告诉我关于那个女子的事吗？你是在哪里见到她的？”

于是，巳之吉就把那个可怕雪夜里，发生在渡口小屋的骇人之事——包括白衣女子俯身望着自己浅笑着发出警告以及老茂作离奇的死亡等——一股脑儿地告诉了雪子。最后他说：

“除那时以外，之后不管是睡是醒，我都没再见过那么漂亮的美人儿。仔细想想，她定然不是人。我非常害怕她，特别是她浑身的雪白，令我一想起就战栗不安。可是，这到底是我在做梦呢，还是真的看到过那女子，我至今仍无法确定。”

雪子猛地丢下针线站起身走到巳之吉身边俯下腰，悲伤地贴近丈夫的脸，幽怨地说道：

“那个白衣女子，就是我啊！就是现在的雪子啊！我曾经警告过你，如果你对任何人说出了我的事情，那我一定会杀了你。如今，你已违背了誓言，但是看在孩子们的面上，我就饶你一命吧！自今而后，你要好好照顾他们，疼爱他们，如果孩子们受了委屈，我将让你立刻得到报应！”

说完，雪子厉声尖叫，哀怨的声音像呼啸的风般越变越细。随后，她的身子逐渐透明融化，变得像白雾般朦胧模糊，飘上屋顶的椽梁，颤抖着越窗而去。从此，再也没有人见到过她。

青柳的故事[1]

日本文明年间[2]，能登国[3]守护畠山义统麾下有位年轻武士，名唤友忠。友忠虽然生于越前国，但自小就进入能登守护的藩邸做了贴身内侍。在主公的监督教导下，他勤勉向上，精修武艺，逐渐成长为一名优秀的武士和主公的得力助手，深受畠山义统的赏识。友忠生性随和、俊朗英伟，风度与修养俱佳，因此极受同侪的钦佩推爱。

友忠二十岁那年，接到主公的一道密令：出使京都，觐见威权赫赫的畠山同族细川政元[4]。去京都的途中将会经过越前，友忠获准可以顺道回家探望守寡的老母。

当他启程时，正是一年里最寒冷的日子，道路上布满冰霜雪

1 本篇改编自《玉帘》卷三第三话《柳情灵妖》。

2 “文明”是日本的年号之一，时在1469年至1486年。此时期的天皇是后土御门天皇，室町幕府的将军是足利义政、足利义尚。

3 能登国属北陆道，俗称能州，今石川县北部的能登半岛。

4 细川政元是室町末期权臣。“应仁之乱”后，足利幕府彻底衰败，趁将军家虚弱之际，细川政元废立幕府将军，就任幕府管领，一举掌握了室町幕府的实权，有“半将军”之称。

凌，他的坐骑虽然骏逸非凡，却也只能步步缓行。在他上路的次日，经过几个时辰的艰难前行，穿过一个山口，来到了山区。这里前不着村，后不着店，根本找不到地方过夜。天色又渐渐暗了，友忠不由得心急起来。他的担忧不无道理，凛冽的寒风越刮越猛，暴风雪马上就要来了，自己人困马乏实在撑不住了。就在进退维谷之际，他突然发现不远处的小山顶上竟然有间茅草屋，屋旁三株柳树低垂丝绦，随风拂动。友忠急忙策马奔了过去，用力敲打着因大风而紧闭的木门。门开了，一位老妪探出脸来，上下打量着这个英俊的陌生人，说道："哦，年轻人，这么糟糕的天气还在赶路啊？真可怜。不嫌弃的话，进来歇歇吧！"

友忠下了马，将马牵进屋后的柴房里，而后迈步跨进正屋。他看到一位老翁和一名少女正把木柴丢进火盆中取暖。老翁和少女见有武士进来，赶忙谦恭地请友忠到火盆边暖暖身子。两位老人温好米酒，又准备起食物，顺便问起旅途中的事。那个少女隐身于屏风后，尽管穿的是粗布陋裳，头发也很随意地披散在肩头，但友忠仔细一看，还是被她惊人的美貌深深吸引。他心里直纳闷儿，怎么如此美丽的女子，竟会住在这样一个荒凉幽寂之地！

老翁对友忠说道："尊驾到此，实是我等的荣幸。前村距离此处颇为遥远，外边风大雪厚，道路必定十分难行。倘若冒雪夜行，只怕危险至极。您若不嫌敝舍简陋，没什么好招待您的，不妨留下歇宿一晚，待雪停了再走。您的马我们也会尽心照料的。"

友忠对老翁的提议暗暗高兴，其实，他心里一直在想着能多瞧瞧那美女，哪里舍得立即离开呢？

不一时，老妪摆上了虽简单却可口的饭菜，少女也从屏风后出来，在一旁斟酒侍候。她穿着一件洗得很干净的简朴的手纺布衣，长发柔滑，飘逸撩人。斟酒时微微浅笑，露出编贝玉齿，直把友忠瞧得神魂颠倒，只觉一生所见之女子，绝无一人能比这少女更为美丽。她优雅的一举一动，都令人心醉神迷。

两位老人见友忠这番模样，致歉道："贵殿，这是小女青柳，打小就在山里长大，不懂规矩，礼数不周，让您见笑了。请原谅她的失礼。"友忠慌忙回礼，坦言能遇到二老的女儿，实是三生有幸。友忠说着话，目光一直注视着青柳，把青柳羞得粉面绯红，垂首忸怩。

老妪提起酒壶，说道："虽然我们乡下人酒微菜薄，但还是请您多尝尝。外头寒风刺骨，多喝点儿酒身子骨儿暖得快。"友忠自知失态，连忙收敛，向二老举杯敬酒后，便放开吃了起来。但青柳娇怯的倩影依然挥之不去，她甜美的声音，清丽的脸庞，实在使人迷醉。尽管她在山里长大，但她的双亲一定身份高贵，因为她的气质修养都像一个大家闺秀。猛地，友忠灵感一闪，一首和歌跃然于心中，便试探地唱道：

> 四方寻觅梦中花，今日得闻花幽香。
> 不知名花绽何处？朝阳炽照放芳华。

青柳羞赧一笑，亦以一首和歌相和：

> 若将吾袖蔽曙光，晨辉一至盼君留。

友忠大喜，知道青柳已经明白了自己的暗示。同时他也为青柳迅速唱和的才华感到惊讶、欣慰。可以肯定的是，这世上再也没有比这个既美丽又聪明的女子更值得自己去争取的了。仿佛有一个细渺的声音在他耳边喃喃催促着："幸运儿，这是天赐良缘啊！"

于是，趁酒酣耳热之际，友忠下了决心，请求老夫妇将女儿许配给自己。接着又将自己的姓名、家世、籍贯，以及在能登所担任的职务，一口气全说了出来。

两位老人为友忠的诚意所感动，躬身致谢，但神色间似乎仍有疑虑。过得片刻，老翁踌躇道：

"友忠大人，您是有身份、有地位的武士，前程似锦。承蒙不弃，愿娶小女为妻，我等感激不尽。然而婚配之事，讲究门当户对，我等皆是山野草民，小女又荆钗拙笨，实在是高攀不上。哪怕只在口头说说，都是对您的大不敬……不过，既然您对小女有意，只要您能宽恕她的无礼粗俗，我们十分乐意让她服侍您。她能有个好归宿，都源自您的恩典啊！"

当晚，友忠就宿于青柳房中，一夕欢好，如胶似漆，极尽缠绵之美事。

翌日清晨，暴风雪过去了。一轮红日冲破重云，从东方升起。即使青柳能用袖子掩住情人的眼睛，遮蔽黎明的红霞，却也留不住友忠了。他必须上路了。

尽管恋恋不舍，友忠仍然理好了行囊，向两位老人说道：

"佳惠盛泽，铭感于心，本不该再添烦请。但青柳此际已是吾妻，情深义重，若要分离，实是难舍。望二老成全，让青柳与我一同上路。前路虽遥，但我绝不会让令千金吃苦。若能答允，友忠当奉二老如亲生父母般孝敬……这里有区区薄礼，略表寸心，还请笑纳。”

说着，友忠从包裹中取出一锭黄金，放在二老面前。老翁连连摆手，轻轻地推回金子，谢绝道：

“大人，金子对我们来说没什么用。现在天气寒冷，您还要赶那么远的路，这金子您留着自用吧。我们老两口儿即使要买点儿什么，也用不了这许多……倒是小女，已经是您的人了，适才她禀知我俩，愿意随侍大人赴京，只要您不嫌麻烦，那么一路上就劳您多费心了。这里穷乡僻壤的，我们也置办不出体面的嫁妆，况且我们都老了，迟早要撒手归西，小女能终身有托，实在欣慰得很。你们这就去吧！”

友忠再三恳请二老收下黄金，但他们坚持不收。由此可见，这两位老人并非贪财之人，他们所牵挂的，只是友忠能否真心善待女儿。友忠扶青柳上了马，真诚地向二老致礼道别，感激之情溢于言表。

老翁挥泪告别，说道：“友忠大人，不要再行礼了，应该致谢的是我们，而不是你。相信你会对我们的女儿很好，我们可以放心了……”[1]

……在那个时代，武士若未经过主公允许，是不能擅自在外成

1 故事到了这里，在日本的原作中，突然奇怪地中断了，以至于产生了一种古怪的不协调。本来友忠是要去探母的，但故事里再也没有提及他的母亲。后来青柳的父母、能登的大名，也都被遗忘了。很显然，作者写到此处时已经厌倦了他的工作，只急于仓促地将故事那吓人的结尾讲出来。我无法弥补他的疏漏，或者修正他的结构错误。但是，我必须大胆地加上些解释性的细节，没有这些细节，接下来的故事就无法黏合在一起……明显地，友忠壮起胆子把青柳带到了京都，惹上了麻烦。不过，我们还是无法确定他俩后来住在哪里。——作者注

婚的。友忠也不例外，更何况他的使命尚未完成。因此他担心在这种情况下，美貌的青柳会引来危险，那就意味着，届时她将不得不离开自己。所以到了京都后，友忠竭力掩人耳目，隐瞒着青柳的身份。然而纸包不住火，终于有一日，细川家的一名家臣无意中见到了青柳，并发现了她与友忠之间不寻常的关系。于是家臣赶忙向细川政元禀报了这件事。细川政元此时年纪正轻，知好色则慕少艾，一闻青柳貌美，便即刻下令将青柳召入府邸中。青柳无力抵抗，被强行带进了细川官邸。

友忠闻讯悲伤不已，一筹莫展。他只是远国大名的一个使者，身份卑微。而且，此刻就连主公都要庇荫于更强势的细川家，自己又怎么敢跟细川政元争辩呢？武士阶级是等级森严的，有着错综复杂的关系和禁忌，行差踏错一步都无疑是愚蠢的。自己与青柳的关系又不可告人，轻举妄动只能给自己带来致命的厄运。现在，他唯有一线希望，就是让青柳偷偷溜出细川府邸和自己远走高飞。

经过一番深思熟虑，友忠决定给青柳写一封信，当然，这是极其危险的，因为信件可能落入细川政元手中。情书一旦暴露，那将是不可饶恕的罪行。不过，友忠已经下定决心，即使凶险万分也顾不得了。他在信纸上写下了一首中国的唐诗，借此传递心声。此诗虽然只有二十八个字，但已经包含了他对青柳全部的痛苦思念与深挚情感。这首诗，是崔郊的《赠婢》，诗云：

公子王孙逐后尘，
绿珠垂泪滴罗巾。

侯门一入深似海，

从此萧郎是路人。

信写好发出的次日黄昏，友忠被唤到了细川政元府邸。他暗自思量着，感到自己可能被出卖了。如果那封信落到细川政元手里，后果不堪设想。“他一定会命我剖腹的！”友忠想，“如此一来，我再也不能照顾青柳了。可是，若真的逼我切腹，我也要先斩下政元的项上人头，这才甘心。”盘算既定，友忠紧握腰间太刀，静候谒见。

不久，细川政元在正殿传见友忠。友忠一进入殿堂，就看见细川政元威严端坐，被一群狩衣乌帽、宽袍长袖的家臣簇拥。那些家臣个个沉默不语，如雕像般一动不动。友忠行礼毕，大气也不敢出一口，等着风暴降临。

出乎意料的是，细川政元突然从座位上站了起来，上前抓住友忠的胳膊，嘴里喃喃地念道：“公子王孙逐后尘……”友忠抬眼一望，但见细川政元一脸慈和，眼眶里满是泪水。

隔了一会儿，细川政元说道：“友忠，你和青柳是如此恩爱，我又怎忍心拆散你们呢？所以我决定代替你家主公来做你们的主婚人。宾客已经到齐了，嫁妆也备好了，婚礼现在开始！”

说完，细川政元发出信号，登时，正殿远处的一道大屏风缓缓拉开。友忠看到，屏风后面挤满了朝廷大臣和贵妇名媛。青柳穿着美丽的新娘和服，站在他们中间，含情脉脉地等着情郎……在一片喜气洋洋和祝福声中，友忠和青柳举行了隆重的婚礼。细川政元和各位大臣，纷纷拿出贵重的礼物，馈赠给这对新人。

流年似水，眨眼间，友忠和青柳已经成婚五年了。孰料天有不测风云，一日清晨，青柳正与丈夫聊着家务琐事，猛地，她大呼一声，脸上露出痛苦的表情，随即面色苍白，全身僵硬。片刻后，青柳有气无力地对友忠说道：“夫君，请原谅我刚才粗鲁的喊声——但那疼痛实在来得太突然了。唉！你我之姻缘，实乃前世宿因所定，我本以为这份美好的感情会生生世世延续下去，让我们永远都在一起。可惜，如今缘分已尽，我们再也不能长相厮守了。你以后要殷勤佛事。我，我就要离开人间了。”

“啊，别胡说了！”友忠惊愕地安慰道，“只是些小毛病，你躺下歇会儿，很快就会没事的。”

“不，不是的！”青柳说，“我的确就快死了，我心里非常清楚……事到如今，也没必要瞒着你了。夫君，实际上我并不是人类，我是个柳树精——灵魂是柳树的灵魂，心也是柳树的心。就在此刻，有人正残忍地砍着我的树干，那是我的力量所不能阻止的。我要死了。别哭，这一切都是命中注定的。请你快点儿、快点儿为我念诵佛经吧！快……啊……”

在又一次的痛苦叫喊中，青柳扭过了头，把姣好的面容隐藏在袖子下。紧接着，她的身子开始以奇异的方式萎缩，不断向下缩、向下缩——直到缩到了地板之下。友忠想要拉住她，但青柳的肉体已经消失了，只在榻榻米上留下了空空如也的衣服和头上戴的金钗……

友忠伤心至极，遂剃发为僧，成了一个云游四方的苦行僧。他浪迹漂泊，每到一地，必入寺祷告，为青柳的亡魂祈福。一日，途经越前国，便顺道去亡妻双亲的居住地拜访。他来到当年那座山附近，只见此地荒凉败落，并无任何人家，以前那间茅草屋也找不到了。不过，空地上倒有三株被砍倒的柳树——两株老树和一株小树——每株的树干上都有被利器劈斩的痕迹，看样子应在多年以前就有了。

友忠心里明白，便在残柳前立了一块墓碑，刻上经文，万分虔诚地为青柳和她的双亲做了多场法事，以超度亡灵。

十六樱[1]

十六樱，
绽放绚烂，
却如虚幻。[2]

在伊予国的和气郡，有一株历尽沧桑的老樱树，声名远扬，被人们称为“十六樱”，或是“十六日樱”。这一名字的由来，乃是此树开花的日子都在每年旧历的正月十六日——并且仅开这一天。本来按樱树的自然习性，是要等春季才开花，而此树却在如此大寒的时节里绽放，实在令人惊奇。其实，在这株老樱树里，栖息着某人的魂灵，方才使“十六樱”并不借由自身的生命力而开花。

那人是伊予国的武士。这株樱树，原先生长于武士家的庭院内，花期与别的樱树并无不同，都是在三月底或四月初开花。当武士还是个孩子时，经常在树下玩耍。他的父母、祖父母和列祖列

1 本篇改编自《诸国里人谈》卷四《十六樱》。

2 日本明治时代诗人正冈子规于1896年所写的俳句。

宗，伴着樱树的一次又一次花开花落，度过了百余年岁月。每逢赏花季来临，他们就在色彩明艳的长条诗笺上，书写下赞颂樱树的和歌，系在花朵盛开的树枝上。后来，武士活到了耄耋高寿，子女们个个都先他而去。这世上除老樱树外，再也没有能令孤独的老人喜爱的事物了。不料，某年的夏天，这株老樱树竟然枯萎而死了。

老樱树的凋亡，让老人极度悲伤。好心的街坊邻里们找了株长势喜人的幼樱树种在老人的庭院里，希望能借此安慰老人。老人强颜欢笑，向邻居们道谢。然而实际上，他太喜爱以前那株老樱树了，天底下任何事物都已经无法宽慰他内心失树的哀痛。

老人冥思苦想，终于想到了一个救活老樱树的方法。正月十六日这天，老人独自来到庭院，跪在枯萎的樱树前，向它说："我恳请你复生归来，再度开出繁盛的花朵吧。为此，我愿献出我的生命，代你赴死！"[1]

随后，老人在树下铺开白布和坐垫，端坐于坐垫之上，按照武士的方式剖腹自杀了。他的灵魂附着到树上，老樱树立刻复活，开出了似锦的繁花。

从那时起直到今日，这株"十六樱"便只在每年白雪纷飞的正月十六日才会开花。

1 那时的人们相信，借助神的恩惠，能将自己的生命转给另外的人或动物，甚至是树木。这种生命迁移让渡的事情，被称为"替身代"。——作者注

安艺之助的梦[1]

在大和国[2]十市郡一带，住着一位名叫宫田安艺之助的乡士[3]。安艺之助家的后院里，有一株大古杉树，参天而起，枝繁叶茂。每逢盛夏酷暑，安艺之助就躲到古杉树的树荫下纳凉休憩。这日午后，他邀了两位同为乡士的朋友，在古杉树下饮酒闲谈。夏日炎炎最易使人萌生倦意，又兼酒意上涌，安艺之助渐感疲乏，昏沉欲睡，便向朋友道了声歉，就地躺倒在树下睡了过去。蒙蒙眬眬间，他做了一个梦。

他梦见自己躺在后院里，隐约看到一列排场壮观的队伍——好似某个大名出巡一般——正越过附近的山丘，缓缓向此处行来。于是他赶忙起身，想瞧个究竟。

队伍朝着安艺之助家渐行渐近，声势浩大、阵仗十足，安艺之

1 本篇源自中国唐朝李公佐所著《南柯太守传》，见《太平广记》卷四百七十五。小泉八云改编自日本曲亭马琴所著《马琴杰作集》。

2 大和国属京畿区域，为五畿之一，又称和州。领域相当于现在的奈良县。

3 在此，我必须告诉各位：所谓乡士，是日本封建时代，相对上士、藩士而言，地位很低的武士阶级。他们拥有的领地石数相当少，还要自己参与农事。——作者注

助前所未见。走在最前面的，是几个衣饰华丽的年轻仆从，拉着雕龙漆凤的豪华宫车，宫车冠盖上垂下长长的宝蓝色丝绦，显得贵气十足。

车队行至安艺之助家门口，缓缓停下，一位气度不凡的男子——显然是这群人的为首者，越众而出，向安艺之助深鞠一躬，说道：

“请恕敝人冒昧。我乃常世国之使臣，敝国国王令我来此奉上敬安，并恭迎贵殿造访敝国王宫，主上有要事相商。请贵殿即刻动身，专车已在门外恭候大驾。”

听完这话，安艺之助本想说些得体的客套话来回答，怎料内心惊异，竟难以开口。随后，他的神志变得恍惚起来，迷迷糊糊地，不知怎么着就上了常世国的宫车。那个家臣就坐在他身边向仆从打了个手势，仆从挥舞缰绳，驾车向南方驰去。

令安艺之助感到惊讶的是，车子在很短的时间内，就在一栋他从未见过的巍峨宏伟的中国式宫殿前停了下来。家臣下了车，作揖道：“待敝人先行入内禀告，尊驾稍候。”语毕立时消失不见。

片刻后，安艺之助看到两个气质高雅，身穿紫色丝袍、头戴高帽的人从宫门里走出来。他俩恭恭敬敬地朝安艺之助行礼问候，然后将安艺之助扶下宫车，带着他跨入宫门，穿过开阔的庭园，来到正殿门，只见整座宫殿由西至东宽达数里。紧接着，安艺之助被带到一间华丽深广的待客室，请入贵宾席，两位向导恭敬地退坐在一旁。不一时，身穿宫服的侍女们端出茶点，请安艺之助品尝。待安艺之助用过茶点后，适才那两位紫衣向导再度趋身近前，深鞠一躬，照宫廷礼仪毕恭毕敬地轮番说道：

“我等特来向您禀明……此次恭迎尊驾至此的原因是……敝国国王希望能招您为驸马……而且根据圣意，您今日就要与公主殿下成婚……我等即刻带您觐见君上……君上早已恭候您多时了……不过，请尊驾先换上已定制好的礼服。”

说完，两人一起走到一个镶金大衣柜前，打开柜门从中选出各式做工精细的头冠、束腰、朝服等，服侍安艺之助穿戴整齐。经过这一番打扮，安艺之助上上下下焕然一新，俨然一副驸马爷的气派。

一切打点就绪，安艺之助离开待客室，被带到正殿之上。

常世国国王头戴黑冠、身着黄袍，端坐于御座上。大殿左右两边的文武百官如寺庙里的塑像般，神情肃穆，凝然不动。

安艺之助走到正殿中央，跪倒在地，向国王三叩首行礼。国王面色慈和，亲切地说道：

“孤家召你来此的目的，想你尽已知晓，孤要将唯一的女儿下嫁于你。婚礼即刻举行。”

国王此言方毕，喜乐随即奏响，一长列美丽的宫娥从罗帐后鱼贯而出，引着安艺之助步向新房，公主已在房中等候多时。

那新房面积甚大，却几乎快容纳不下众多早已聚集于此、共同见证婚礼的达官显贵。安艺之助在事先备好的垫席上坐定，面对着公主。众人纷纷上前致礼道贺。新娘穿一身夏日晴空般的天蓝色盛装，宛若天仙。在一片欢呼、祝福声中，这对新人圆满地举行了婚礼。随后，他们被领到一间更为豪华的宫室里合卺。那儿堆满了难以计数的珍贵贺礼。

新婚数日后，安艺之助再度被召唤至正殿。国王以较之先前更为和蔼的语气，对他说道：

“吾国西南一隅，有一岛，名唤莱州。岛上居民虽忠诚温顺，然一切典章法度均未完备，岛民之风俗习惯亦大异于常世本土，亟待教化整治。因此，孤家任命你为该岛总督，建立律法，开启民智，改良风俗，以仁德智慧将那里好好治理一番。前往莱州的大船已经备妥，你立刻动身赴任吧！”

安艺之助躬身领命，与公主出了王宫，来到海岸边的码头，诸多贵族、官员都来送行。安艺之助与他们一一告别，登上国王下令专门建造的豪华大船，驶向莱州。

碧海扬帆，一路无话，顺利抵达了莱州岛。淳朴岛民们闻讯，纷纷聚集在岸边的沙滩上，欢迎总督大人驾临。

安艺之助履新伊始，即勤政爱民，事必躬亲。头三年，他在几位能吏辅佐下，将主要精力放在制定律法规章上，让一切都有法可循，有章可依。等一切都进入正轨后，莱州岛逐渐政通人和、欣欣向荣起来。从此，安艺之助除按照传统参加一些祭典仪式外，并无特别需要关注的事宜了。领地内不再有疾病与贫穷，土地肥沃、物产丰饶；百姓安居乐业、遵纪守法。人人都盛赞安艺之助治理有方，功德无量。

就这样，安艺之助统领莱州二十年，加上最初的三年，他在岛上度过了二十三年的岁月。他和公主幸福恩爱，哀伤的阴影从不曾侵入他们的生活。

然而，就在第二十四年，一个非常不幸的变故降临了。为安艺之助生下五男二女的爱妻，在这一年因病去世了。安艺之助悲恸不已，在蕃凌江畔为妻子举行了隆重的葬礼，将她葬于风景清幽的山顶上，并立下一块高大的石刻墓碑。

安艺之助对爱妻的亡故悲恸不已，渐感人生无趣，兴味索然，遂生厌世之心。

常世国王闻知安艺之助伤悼亡妻，肝肠寸断，已几不欲生的消息，急忙派了一位使者来到莱州。使者致哀后，对安艺之助说道：

“常世国王有旨：令莱州总督即刻启程，回返故乡。七位子女，皆系王室血胤，无须担忧，孤当妥为照拂。钦此。”

安艺之助领了口谕，准备返回常世国。临行前，他处理好一切公务，交接给可信赖的官员，这才乘船踏上了归途。

大船缓缓驶入深海，远处万里无云、海天一色。莱州岛渐渐地变成了蓝色，又转为灰色，终于永远地消失在视野中……

突然，安艺之助大叫一声，惊觉而醒，原来只是一场梦。他举目四顾，发现自己仍然身处后院的古杉树下。

一时之间，安艺之助只觉头晕目眩、心神恍惚。待定下神来，仔细一看，两位朋友依然坐在自己身边，推杯换盏、谈笑风生。安艺之助迷惑不解地瞪着他们，大声说道：“太不可思议了！”

“哈哈，安艺之助，你刚才是不是做梦来着？”一个朋友笑道，“你梦见什么事情太不可思议了？”

于是，安艺之助将自己的梦——常世国的娶亲、莱州岛的任职等二十三年来的诸般遭遇，原原本本地讲述给两位好友。二人听完讶异万分，因为从安艺之助躺倒睡觉到醒来，不过片刻工夫而已。

其中一位好友说道：

“的确是不可思议啊！在你小憩的那会儿，我们也看到了一件奇异的事。一只小黄蝶拍着翅膀，在你脸上飞来飞去。我俩觉得挺奇怪，就一直注意它。

“只见那蝴蝶在你躺卧的杉树旁停了下来。就在它落下的同时，有一只非常大的蚂蚁，从树下的洞穴里爬出来把蝴蝶拖进了洞里。

“后来，在你睁眼醒来的同一时间，那只蝴蝶又从洞里飞了出来，拍着翅膀在你面前晃了两晃就消失不见了。我们也不知道它去了哪里！”

“那只小黄蝶，说不定就是安艺之助的灵魂呢！”另一位好友说道，“因为我似乎看到它飞进了安艺之助的嘴巴里……不过，即使它真的是安艺之助的灵魂所化，也无法解释他的梦。”

“或许，大蚂蚁可以解释吧？”先前的那个朋友说，“蚂蚁这种生物，颇有灵性，也许能从它身上了解到事情的真相……安艺之助，咱们就到古杉树下的蚁穴探个究竟，如何？”

“好吧！”安艺之助答应了好友的建议。三人准备好铁锹、铁铲，来到杉树下，找到了那个大蚁穴，立即动手挖掘。

蚁穴被挖开了，三人眼前一亮，但见这洞穴阡陌交错、深广绵延，蚂蚁们就在里面用稻草、花梗、黏土建造了一个微型的城镇。在蚁穴正中央的一座最大的建筑物里，有一只长着微黄色翅膀和黑色长脑袋的大蚁王，它的身旁，围绕着不计其数的小蚂蚁。

“啊！这正是在我梦里出现的国王呀！”安艺之助惊呼道，“看，这里是常世国的宫殿……真是奇妙啊！莱州岛又在哪儿呢？应该是在王宫的西南方——大树根的左侧……对啦，正是此地！太神奇了！现在，让我们找找蕃凌江畔的小山，那里有公主的墓。”

安艺之助在残破的蚁穴里，细细搜寻了一番，终于找到了一座小土冢。那土冢上面竖着一块被水冲刷得光亮的鹅卵石，就像一座佛塔。扒开小土冢，在泥土下，果然有一只雌蚁的尸体葬于其中。

力马鹿[1]

他名叫“力”，意味着力量。但是人们都叫他“傻大力”或者“头脑简单的力马鹿”——因为他的心智永远停留在孩童时代。出于这个原因，大伙儿对他都很和善，哪怕他曾在蚊帐里点燃火柴，烧掉了整栋房子，看到火光冲天还高兴地直拍手，人们还是原谅了他。

力马鹿长到十六岁时，已经是一个高大强壮的小伙子了。但他的智力还维持在两岁左右，一心只想着和稚童们幸福无忧地玩耍。邻家那些四岁到七岁的孩子，都不愿和他一起玩了，因为他无法理解歌谣和游戏的内容。他最喜欢的玩具是一把扫帚，他把它当成木马，骑在上边，一次可以玩上几个钟头。他在我屋子前的斜坡上，跑上跑下，哈哈大笑，那笑声大得令人吃惊。终于，他的笑声变成了令人厌烦的噪声。我不得不告诉他，必须重新找个地方去玩。他顺从地鞠了鞠躬，把扫帚拖在身后难过地走开了。其实，他向来逆来顺受，只要不玩火，对谁都没有危害，因此大家也没有什么理由

1 本篇日文名为“力ばか”，其中的“ばか”，中文写作“马鹿”。“马鹿”在日语里是笨蛋、愚蠢之意。此处译为“力马鹿”，一语双关。

去抱怨他。对于我们这条街来说，他不会比一条狗或一只鸡更重要。后来他不见了，我也不以为意。数月之后，我却突然因为某件事想起了他。

“阿力现在怎么样了？”我问给我们四邻供应柴火的老樵夫。我记得力马鹿以前经常帮他搬运柴捆。

“您是问力马鹿？”老人一愣，答道，“啊，力马鹿已经死了啊，可怜的家伙！是的，他死了将近一年了，死得非常突然，医生说他的脑袋里有毛病。不过，最近发生了一件很奇怪的事情，倒是和这个傻小子有关。

“力马鹿死的时候，他妈妈把他的名字‘力ばか’写在他的左手上，用汉字写上‘力’，用假名[1]写上‘ばか’。并且为他念了许多遍经，希望他能投生到好人家，过上幸福的生活。

“大约三个月前，麹町的一户望族生了一个男孩，孩子的左手上与生俱来地有些字痕，读起来正好是‘力ばか’。

“那户人家知道这个孩子的出生肯定是应验了某人的祈祷，便四处打听。一个卖菜的小贩告诉他们，以前有个头脑简单的小伙子，叫作力马鹿，生活在牛込一带，去年秋天死了。那家人便派了两个仆人去找力马鹿的母亲。

“那两个仆人见了力马鹿的母亲，将此事告知于她。她喜出望外，因为这户望族确实很富裕，也很有名望。但是仆人们又说，主人见到孩子手上的‘ばか’字样后很不高兴。‘力马鹿葬在哪里呢？’仆人们问。‘他葬在善导寺的墓地里。’她告诉他们。‘请

1 假名是日本独有的表音文字，主要有平假名、片假名、万叶假名等不同的表记法。

把他坟上的泥土给我们一些。’仆人要求道。

“于是力马鹿的母亲便把他们带到了善导寺，将力马鹿的墓指给他们看。两个仆人从坟头上弄了些土，包在风吕敷[1]里……然后给了力马鹿的母亲十日元[2]。”

“但是他们要坟上的土干什么呢？”我问。

“哦，”老人答道，“你要知道，那户望族不愿让孩子长大后手上还有那么个难看的名字。而要消除那与生俱来的字痕，别无他法，只能用从他前世的坟上取来的土去擦抹……”

---

1 一种正方形的日本传统包袱布，能用多种包装方法来包裹收纳各种形状大小不同的物件。

2 十日元在当时是相当大的金额。

向日葵

在屋后林木葱郁的小山上，罗伯特和我正在寻找精灵圈[1]。罗伯特八岁了，长得眉清目秀，而且非常聪明。我则刚满七岁，对罗伯特崇拜有加。这是八月里一个阳光灿烂的日子，温暖的空气中荡漾着树脂的清香。

我们没找到精灵圈，却在茂密的草丛中拾到了不少松果。我讲了一个威尔士的古老故事给罗伯特听，说是一个男人本想找个地方睡觉，却无意间跑进了一个精灵圈里，从此他消失了七年。等朋友们将他从魔法中解救出来后，他却就此不吃不喝，也不能说话了。

“知道吗，他们只吃针尖。”罗伯特说。

“谁？”我问。

“小精灵。”罗伯特回答。

他的话让我既惊讶又害怕，一时静默无言。但是罗伯特又突然

1 精灵圈，又称“仙人圈”或“仙环”，原指春末夏初时，潮湿草坪上出现的直径不一的暗绿色圆圈，宽度多为10～20厘米。威尔士的古老传说中，精灵们在夜晚时会围成圈歌舞，只要人们在森林里找到这些圆圈，并许下愿望，心愿就会实现。

喊了起来：

“那儿有个竖琴师！他朝这座房子走过来了！”

我们跑下山坡去听竖琴弹奏。那个竖琴师并不像图画书中风尘仆仆的白发吟游诗人，而是个黝黑强壮、衣衫褴褛的流浪汉，拧在一起的黑眉下闪烁着一双粗野的黑色眼眸。与其说他像个吟游诗人，倒不如说他像个砖瓦匠呢——他的衣服还是灯芯绒的！

“他会用威尔士语唱吗？”罗伯特低声问。

我对此不以为然，一言不发。竖琴师将竖琴——一个庞大的乐器——摆在我们的门阶上，用他肮脏的手指扫过琴弦，发出响亮的声音。而后用力清了清嗓子，便开始唱了起来——

> 相信我，
> 即使令人怜爱的青春岁月都消逝，
> 我依然如今日般深情凝视……[1]

起初，那种音色、姿态和声调，唤起了我心中一种难以言表的厌恶之情，可憎的粗野之状令我产生了一种新的鄙夷。我真想大声喊道：“你没有资格唱那首歌！”因为我那小小的世界里一个最可爱、最美丽的人儿，曾经也唱过这首歌。这个粗俗无礼的男人继续唱着，仿佛是在嘲笑我一般，那种傲慢让我愤怒不已。但是，这种情形没有持续多久。当他唱出“今日”这个词时，低沉沙哑的嗓子意外地变得浑厚而柔和，其美妙无法用言语来表达。更加不可思议

1 爱尔兰诗人、歌唱家托马斯·穆尔（Thomas Moore，1779—1852）于1808年写给妻子的情歌，后成为流传爱尔兰和美国的著名民谣。

的变化发生了，他的音色变得圆润清亮，如同管风琴般音阶丰富，一种不同寻常的感觉扼住了我。他施了什么魔法？他发现了什么秘密——这个愁容满面的流浪者？啊！这世界上再没有谁能像这样歌唱了吧？他的歌声悠扬，渐渐低沉——房屋、草地，所有眼前可见的东西都在我面前颤抖飘浮。我开始本能地畏惧这个人。我几乎有些恨他了，因为他的歌声里似乎有一种能够控制我的力量。这让我既愤怒又羞愧，脸都红了。

“他的音乐都让你哭了。”罗伯特同情地说。这话使我的头脑更加混乱。那个竖琴师拿了六便士，连声谢谢也没有说，就大步离开了。“不过我觉得他肯定是个吉卜赛人。吉卜赛人是坏人，他们都是巫师……我们还是回树林里去吧。”

我们又爬上山，蹲在松树下光影斑驳的草地上，俯视着远方的小镇和大海。不过我们没有像之前那样玩闹了：那男巫的魔音影响了我们。

“或许他是个精灵，”我壮起胆子说，“要不就是个仙人？”

“不，”罗伯特说，“他只是个吉卜赛人，而且说不定是个坏人。你知道，他们会偷小孩。”

“要是他到这儿来，我们该怎么办？”我喘不过气来，突然觉得我们处境孤单，颇感恐惧。

“哦，他不敢。”罗伯特回答，“要知道，他们不敢在白天活动。”

（就在昨天，在高田村附近，我发现了一朵花。这种花，日本人和我们都称它作向日葵。四十年前那个令我颤抖的流浪竖琴师的歌声又出现了——

就像向日葵永远追随日神的轨迹，

太阳落下时，向日葵含羞敛容；

太阳升起时，向日葵容光焕发。

我仿佛又看到了太阳斑斓光影下的威尔士小山，那一刻罗伯特又站在了我身边，依旧是如女孩子般清秀的脸庞和卷曲的金发。我们仍在寻找着精灵圈……但现实中的罗伯特已经发生了沧海桑田般的巨变……没有人比他更富有爱心，为朋友奉献了一生。）

蓬莱[1]

晴空湛蓝高远，海天交融于薄雾迷离。春日这美妙的清晨时光。

天空与大海，一望无际，蔚蓝浩瀚。前方，波浪闪着银光，水面卷着漩涡，即使更远处目力难及，色彩也毫无变化。碧海蓝天幽邈交织，融为一色。水平线杳不可见，唯见苍穹如盖，跨越宇宙上空，越远越深。在那辽阔深蓝中，隐约可见一座宫殿的高塔，它有着高高突出的屋顶、月牙般的曲线，呈现着奇妙而古老的光影，在阳光映照下宛若遥远的记忆般悠远……

我所描述的是一幅画，那是一幅挂在我屋内墙上的日本丝绢长轴。它的名字叫《蜃气楼》，意为“海市蜃楼”。不会错的，那的确是一个海市蜃楼。那儿有蓬莱圣地幽微的入口，有龙王新月形的宫殿。尽管此画出自今日的日本画师之手，但它所描绘的，依然是两千一百年前的中国式风情。

中国的古书里，有很多关于蓬莱的描述。

---

1 本篇严格来说不能算怪谈故事，但在小泉八云的作品中十分重要，被看作联结小泉八云中国与日本研究的杰作，故一并译录于此。

蓬莱无死无忧无寒冬。这儿的花朵永不凋谢，果实也从不坠落。如果有人能尝到这种果实，哪怕只尝上一口，就再也不会感到饥渴。在蓬莱生长着被施过仙法的异卉“相磷子”“六合葵”和“万根汤”，它们能治愈所有的疾病。这里还生长着仙草“养神子”，它能起死回生；这种仙草只能用一种喝了就能永葆青春的仙水来灌溉。蓬莱人吃饭用的碗极小极小，但碗里的米饭无论怎么吃也吃不完，直到吃的人不想再吃为止。蓬莱人喝酒用的杯子极小极小，但无论酒量多大，也没有人能把杯子里的酒喝干，即使他醉意上涌，醺醺昏睡。

这林林总总的传说都来自秦朝。不过，若就此断言写下这些传说的人曾经真的看到过蓬莱——即使是在海市蜃楼里看到过——也不可信。因为世上并不存在能让食者永远满足的果实，不存在能让人起死回生的仙草，不存在永葆青春的仙水，不存在能永远装满米饭的碗，不存在永远饮不尽的酒杯。在蓬莱从来没有悲哀与死亡，这不是真的；从来没有冬日，也不是真的。蓬莱的冬天很冷，寒风刺骨，龙宫的屋顶上堆满了厚厚的积雪。

尽管如此，在蓬莱依然有件最不可思议的事情，中国的作家并没有提及。我指的是蓬莱的空气，此乃蓬莱所独有的。因此，蓬莱的阳光比别处的阳光白得多，这种乳白色的光永远不会使人目眩，它极为清冽，却又非常柔和。这种空气非人世所有，它存在于很久很久以前，久得当人试图想象有多古老时就心生惧意。它并非由气体组成，而是由魂灵组成，由亿万代人的魂灵——那些与我们的思考方式完全不同的人的魂灵——组成的半透明的、巨大的物质。无论哪个凡人吸入了这种空气，他便将这些灵魂的精气带入了自己的血液中。这些魂灵改变他的感觉，改造他的时空观念，让他如它们那样去看、去感觉、去思考。这些感受上的变化在静谧得如同睡眠一样的环境里潜移默化地发生。按它们的看法，蓬莱可能是如下的样子——

因为在蓬莱没有邪恶，所以人心永远不会变老。由于心永远年轻，蓬莱的人自生至死都在微笑——除了神灵将悲哀送给他们时。他们会掩住脸庞，直到悲哀消失。蓬莱的人们彼此间充满了爱与信任，如同一家人一般。女人的声音婉转似鸟鸣，因为她们的心如同鸟儿的灵魂般轻盈；少女们嬉戏时摇动的双袖，就像宽大柔和的鸟翼在鼓动。在蓬莱，除了悲哀外，什么都无须隐藏，因此人们无羞愧之事；人们出门无须上锁，因为这里没有任何盗窃；无论日夜，家家门户大开，因为人们无须畏惧。此处的人们都是仙人，尽管并非不死之身。蓬莱的万物，除龙宫外，都是纤巧、精致和有趣的；这些精灵般的人用极小极小的碗吃饭，用极小极小的杯子喝酒……

——要说所有这些美妙的情景，都是因为他们吸入了灵妙的空气，那也不尽然。前人留下的仙法，具有令人心驰神往的魅力，是实现古老愿望的魔力。那些愿望已经实现了一部分：在很多颗心里、在无欲无求的简单生活里、在女子们的甜美笑容里实现了。

从西洋吹来的邪恶的风正在扫荡着蓬莱[1]。那种具有仙力的空气，唉，正在人们面前消散，仅残留于微小的空间里，如同从

1 小泉八云撰此文时，中国正值清朝末年，饱受西方列强蹂躏。故有“从西洋吹来的邪恶的风”云云。

日本画家的风景画里拖曳出的邈远细长的云带。在这残存的灵气下，你依然能发现蓬莱，只是再也不像昔日那样，随处可见……记住，蓬莱仍然被称为“蜃气楼”——那无形的、不可触知的海市蜃楼。它在逐渐消失，它将仅留存于绘画、诗歌和梦幻中，别处再也不会重现。

蝶[1]

正如我所说的那样，日本大多数关于蝴蝶的故事似乎都源自中国。但我有一个可能出自日本本土的故事。为了让那些认为远东不存在“浪漫爱情”的人了解，我觉得这个故事值得一说。

在东京郊区宗参寺的墓园后面，长久以来一直有栋孤零零的小屋，由一位名叫高浜的老人居住。由于和蔼可亲的举止，他很受近邻的欢迎。不过几乎所有人都认为他有点儿古怪，因为一个男人除非出家礼佛，否则就应该结婚，肩负起一个家。但高浜并不是僧人，却无法被说服成家立室。没有人知道他是否曾与女子相恋过，五十多年来，他一直过着独身生活。

有一年夏天，他病倒了，高浜自知时日无多，便让人去找他的弟媳——一个寡妇，以及弟媳唯一的儿子——一个他非常钟爱的二十岁左右的年轻人。两人都迅速赶来，在老人的最后时光中，竭力尽心地照拂着他。

1 该则故事非独立成篇，系《虫之研究》中《蝶》的第三节。

一个闷热的下午，寡妇和她的儿子守在高浜的床边，老人昏昏睡去。就在这时，一只非常大的白蝴蝶飞进房间，停栖在病人的枕头上。侄子挥舞团扇将蝴蝶赶开，可是它又立刻飞回枕头上；再赶开，又第三次飞来。于是侄子追着蝴蝶，把它赶进了花园里，又穿过花园，穿过一扇敞开的大门，赶到与寺院相邻的墓园里。然而蝴蝶仍旧继续在侄子面前飞舞着，仿佛不愿离去。它的行为如此怪异，使得侄子开始怀疑它到底真的只是一只蝴蝶，还是邪魔的化身。侄子再度追赶着蝴蝶，一路追进墓园深处，直到看见它飞向一座坟茔——一座女人的坟茔。白蝴蝶在那儿莫名其妙地消失了，侄子怎么找也找不到。随后他查看了墓碑，碑上刻着“秋子”这个人名，还有一个罕见的姓氏；此外还刻有铭文，写明秋子殁年十八岁。长满青苔的这座坟茔，应当建于大约五十年前，不过它被打理得相当好，坟前供着鲜花，水槽也在最近被加满了水。

回到病房后，年轻人为伯父已停止呼吸而惊愕。死亡毫无痛苦地降临到睡梦中的人身上，那张离世的脸上带着微笑，看不出什么痛苦。

年轻人把在墓园里见到的情形告诉给了母亲。

“啊！”寡妇感叹道，“那一定是秋子！”

“妈妈，秋子是谁？”侄子问。

寡妇回答道：

“你这个好伯父年轻时曾和一个迷人的少女订过婚，少女名叫秋子，是邻人的女儿。可是就在约定的婚礼日期前几天，秋子却因为肺痨去世了。你伯父悲痛欲绝，在秋子下葬后，他发誓永不再婚，后来又在墓园旁建了这栋小屋，这样他就能永远陪在秋子的附近。这一切发生在五十多年前，在这五十年间，无论寒冬酷暑，你伯父每天都会去墓园，在秋子坟前祈祷、清扫，摆放祭品。但是他不喜欢别人提到这件事，他自己也从不谈及此事……所以，到他临终时，秋子来找他了。那只白蝴蝶就是秋子的灵魂。”

选自《骨董》

幽灵瀑布的传说

伯耆国[1]的黑坂村附近，有一条“幽灵瀑布”。缘何如此称呼，我并不知晓。这条瀑布下方的水潭边有个小神社，奉祀着村氏神[2]，村民们都称它“瀑布大明神”。神社正前方放着一个小小的木质功德箱，用来接受信众的捐献。关于这个功德箱，还曾有过一段传说。

三十五年前一个寒冷的冬夜，一群受雇于黑坂村某个采麻场的女工，在忙完一天的活计后，围聚在纺麻室的一个大火盆边，兴高采烈地讲起了鬼故事。故事一个接一个，当讲了十几个后，不少人已经胆战心惊、战栗恐惧。但有一个胆子较大的女孩，为了追求更强烈的刺激，大声提议说：“有谁敢在今晚，孤身一人去幽灵瀑布走一趟吗？”

这个提议引得大家都尖叫起来。有人嘲谑道：“谁要是敢去，

---

1 伯耆国属山阴道，俗称伯州，今鸟取县西部。

2 村氏神是村子的土地神和守护神，供奉在神社里，负责守护本土。住在当地的人全部可以作为氏子参加村氏神祭祀。

我就把今天纺的麻，全都给她。”

“我的这一份也给她。”另一个女工也叫道。

“还有我的。”第三个女工跟着说。

“我、我也算一个。”第四个女工也附和着……

于是所有人都参与了进来。

有一个名叫安本御胜的女工，是木匠的妻子，闻言从女工中站起身，将熟睡的两岁大独生子裹在背上说：“听着，如果你们真的肯将今天纺的麻全部给我，我立刻就去幽灵瀑布！”

她的话引来了大家的震惊与嘲笑，但御胜再三表示一定要去，女工们的态度开始严肃了。她们逐一应允，只要御胜果真去了幽灵瀑布的话，保证将今天纺的麻悉数送给她。

“但是，如何知道你确实去过那儿呢？”一个尖细的声音问道。

“这样吧，让她把神社前的功德箱带回来。”女工中年纪最大的阿婆说道，“这个证据比什么都强！”

“没问题，我铁定把功德箱带回来。”御胜大声应承道。而后就背着熟睡的儿子，冲出了大门。

夜凉如水，银霜遍地，御胜匆匆走过空无一人的街道，凛冽的寒风令家家户户都闭紧了大门。借着微弱的星光，她不久就出了村口，踏上了山路。暗夜沉沉、四野寂寂，路两旁是一片被霜冻的稻田，御胜就在这田间的小径上，拖着木屐啪嚓啪嚓地走了约莫半个时辰，来到了通向山崖的羊肠小道。山道变得越发崎岖陡峭，四周也越来越黑。但这条路御胜走过多次，已十分熟悉。再向前行，便能听到哗哗的流水声。她加快脚步，片刻后小道豁然开阔，前面变成了空旷的山谷。方才不过是潺潺的细小水声，一下子变成了震耳欲聋的瀑布轰鸣声。

御胜抬眼一瞧，眼前一团漆黑，但朦胧间依稀可以看见瀑布长长的银光、闪闪的飞流，模模糊糊地还可望到神社前的功德箱。她迅速冲上前去，伸出了手臂……

“喂！御——胜！”突然，从飞落的瀑布里传出一声阴沉的嘶喊，带着警告的语气。御胜登时被这诡异的喊声吓得动弹不得。

“喂！御——胜！”那骇人的声音再度响起。这次的声调充满了怒气，更加可怕。

但是，御胜是个大胆的女子，她回过神儿来，鼓起勇气，一把抓起功德箱，转身就跑。一路上再也没看到或听到什么恐怖的东西，直到逃到大路上，御胜才敢停下来喘口气。然后继续坚定地向前跑去，终于回到了黑坂村，敲开了采麻场的大门。

御胜气喘吁吁地拿着功德箱走进来，女工们叹服不已，全都屏息静气地听她诉说遭遇。御胜告诉她们，幽灵瀑布中有个恐怖的声音，曾两次叫喊自己的名字。大家听了，既钦佩又惊骇，七嘴八舌地称赞御胜：

“多么了不起的女子啊！”

“御胜真勇敢！”

“御胜绝对有资格获得我们纺的麻！”

这时，阿婆说道：“御胜，你的孩子是不是冻着了？来，快抱到火盆边暖和暖和。”

“我想他可能是饿了吧！”御胜答道，“我马上就给他喂奶。”

“可怜的孩子。”阿婆连忙帮御胜解下包裹孩子的襁褓。

“啊！这是什么？你的背后怎么湿漉漉的？”阿婆忽然失声尖叫起来，“血！那是血！”

从解开的襁褓里，一件浸满鲜血的婴儿衣服滑落到地板上。衣服中露出来的，是两只青紫色的小脚和两只泛黑的小手。而孩子的头，已经不翼而飞！

茶碗之中[1]

你是否曾经登上某个古塔的楼梯，在黑暗中拾级而上，四面挂满蜘蛛网，一片混沌的漆黑之中，唯有你孤身一人？或者，你是否曾沿着海边小径，朝悬崖走去，攀过嶙峋峻峭的山边岩角，猛然间发觉自己正身处峭壁边缘？从文学角度看来，这种中道而止的情感体验，给记忆带来了强烈感受，故而能给人留下极为鲜明的印象。

在日本的古书中，奇怪地保留了某些结局的幻想空间，它能让人产生与之相类似的情感体验……也许作者偷懒；也许他与出版商发生了争执；也许他埋头创作时突然被人从桌前喊走，再也没有回来；也许他正在写中间的某个句子时被死亡召唤。但无人能告诉我们到底为什么这些作品没有完成……我举一个典型的例子：

在二百二十多年前的天和[2]三年元月四日，佐渡国[3]的大名中川

1 本篇改编自《新著闻集》卷五第十《茶店水碗现青年之面》。

2 “天和”是日本的年号之一，时在1681年至1683年。此时的天皇是灵元天皇，江户幕府的将军是德川纲吉。

3 佐渡国属北陆道，俗称佐州或渡州，今佐渡岛全境。

氏，带着侍卫们进行新年巡视，路经江户治下的本乡白山时，见山脚下有一家茶屋，一干人等便入内饮茶歇息。中川随行的部属里，有一个名叫关内的若党[1]，他感到非常口渴，就给自己斟了满满一大碗茶，端起来举到唇边正要喝下，突然，瞥见茶碗中竟然有一张清秀的面孔浮现于茶水之上，那却不是自己的脸。关内大惊失色，慌忙扭头四顾，但并无一人在他身旁。

茶碗中出现的那张脸，从发式上看，应是一个年轻武士的脸。关内禁不住又瞧了一眼：但见这面孔眉清目秀、轮廓分明，栩栩如生地映现在茶水里；眼波盈盈流转，嘴唇微微翕动，如女子般秀美！

关内对这碗茶的异样困惑不解，遂将茶水泼掉，小心翼翼地检查茶碗。但这不过是十分普通的便宜茶碗而已，碗里也并未描画任何图案。于是关内换了另一只茶碗，重新斟满茶水。可是，碗中一有了茶水，水面上就立刻又浮现出那张俊美的脸来。关内心里发慌，赶忙把茶水再次泼掉，又倒了一碗。结果凑近茶碗一看，那张脸仍然映在水里，正对着他嘲弄似的冷笑着！

这下子关内真的是惊骇惶恐到了极点，他喃喃低语着："你到底是谁？你，你可别想迷惑我！"他一面说，一面端起茶碗，一口气将映有男子面孔的茶水喝得一滴不剩。而后他冲出茶屋，大步离去。一路上，他心中颇为后怕，疑虑自己适才吞下的面孔，是不是鬼魂。

当天深夜，关内正在中川府邸的侍卫室内值夜，一个陌生的年

1 跟随在高阶武士身旁作为随从的年轻低阶武士，称为"若党"。

轻武士忽然无声无息地蹑着脚进来。他装束华贵气派，缓步走近关内，微一躬身，行礼道："我叫式部平内，初次拜访，请多关照。您似乎不认得我了？"

他话声虽然低沉，但尖锐有力，字字句句直钻入关内的耳里。关内惊异地发现，这武士诡异俊俏的脸，恍惚似曾相识。那浅浅的笑意、灵动的眼神、微张的嘴唇，还有轻蔑挑衅的神情，与白天被自己吞下肚的茶碗里的面孔一模一样。

"不，我向来都不认识你！"关内虽然气愤，仍然冷静地回答，同时反问他，"斗胆请教，阁下到底是如何潜入此地的？"[1]

"呀，难道你真的不认识我了？"来访者靠得更近了，以一种嘲讽的语气说道，"是的，你没有认出我！可是就在今晨你还不顾一切地伤害了我。"

关内闻言，立即拔出腰间的胁差[2]，向那武士的咽喉戳去，但是刀锋似乎没有刺中任何东西。闯入者无声地从他的侧面滑到卧室墙边，而后穿墙而去，如同烛光穿越灯笼纸一般，竟没有在墙壁上留下任何痕迹。

当关内将这件事告诉给同僚们时，同僚们都大为震惊，并感到困惑。发生此事时，他们根本没有看见任何可疑人物出入中川府邸。而在中川的家臣部属里面，也没有人听说过式部平内这个人。

次日晚上，关内不必值夜，便在家陪伴父母。夜静更深时，

1 封建时代的大名府邸，无论昼夜均戒备森严，除非守卫者疏忽，出现重大纰漏，否则未经通报，在无人引领的情况下，想潜入府邸是极其困难之事。——作者注

2 日本武士的备用短刀，用来刺入甲胄缝隙和贴身战斗，通常随身携带。当在室内及其他狭小空间遭遇敌人时，在打刀、太刀不利于发挥的情况下做近身格斗使用。长度通常在30～60厘米。

仆人进来通报，说有几位客人来访，声称有事相商。关内连忙携了刀，大步来到玄关。只见三个挎刀武士昂然傲立，站于门外，从外表上看，似是扈从家将的模样。三人见到关内，恭恭敬敬地行过一礼，说道：

“吾等是松冈文吾、土桥久藏和冈村平六。家主式部平内，昨夜屈尊拜访阁下，不料阁下无礼至极，竟拔刀冒犯于他。敝上不幸负伤，此际不得不往温泉疗伤，下月十六日方能回返。他令吾等先来告知阁下，届时定当以血还血……”

关内不等他们说完，已然怒不可遏，拔出太刀从左向右横斩过去。但那三个家伙也和他们的主人一样，倏地跳到隔邻的墙壁上，像影子一样，穿过围墙消失了。然后……

这则古老的故事，到这儿就中断了。接下来发生的事，被永远地封存在那百年前逝去的人们心中。

我可以想象出几种可能的结局，但是没有一个会符合西方人的思维方式。所以我选择了让读者们自己去想象，到底吞下灵魂会招致怎样的结果。

常识[1]

从前，在京都近郊有座爱宕山，一位得道高僧在此潜心修行，倾尽毕生心血，打坐参禅、精研佛经。他居住的小寺庙位置荒僻，远离附近的村庄，如果没有人帮忙，很难获得日常的生活补给。幸亏一些虔诚的村民每个月都会定时给高僧送去米和蔬菜，让他的生活得以维持。

在这些善良的村民中，有一个时常在山上打猎的猎人。一天，这个猎人背了一袋米去寺里送给高僧，高僧对他说：

“施主，我必须告诉你一件奇异的事情，它就发生在上次和你见面之后。我真的不明白，如此神圣的事情，怎么会发生在如此卑微鲁钝的我身上。你也知道，我每天都在参禅，并不断地钻研、诵读佛经，年复一年。这或许是上苍见我日夜修行积下功德，才赐予我的福报。虽然我不能肯定，但最近每晚我都见到了普贤菩萨骑着他的坐骑大白象，光降到敝寺中。施主，今晚你就和我同宿在寺里

1 本篇怪谈故事，改编自《宇治拾遗物语》第八卷第六篇。原题为《猎人射佛》。

吧，你若见到菩萨法驾，也能顶礼膜拜了。”

猎人答道：“能目睹这一神圣景象，并顶礼膜拜菩萨的真身，实在是我的莫大荣幸。我十分乐意留下，同法师共瞻圣颜！”

于是，猎人便留在了寺里。趁高僧继续研习佛经，猎人开始思忖这个奇异的景象到底是怎么回事，是真实存在的吗？他越想越觉得难以置信。

寺庙里还有个小沙弥，猎人寻了个机会，向他问道：

“法师对我说，普贤菩萨每天晚上都会到寺里来，你有见过菩萨吗？”

“我已经见过六次啦。每次见到普贤菩萨法身，我都极其虔诚地跪地膜拜。”小沙弥回答道。

这一回答反而加深了猎人的疑虑，但他相信小沙弥不会骗人。他想待会儿自己也能看到小沙弥所看到的一切了，于是满怀期望地等待着。

午夜将至，高僧声言是时候要恭迎普贤菩萨了。他打开小寺庙的大门，跪在门口，面朝东方。小沙弥跪在高僧的左手边，猎人则恭敬地跪在高僧的身后。

这是九月二十日的晚上，夜色低垂，沉闷、漆黑，还刮着呼呼的大风。三个人跪在门口，等候普贤菩萨显圣。过了好一会儿，一个白点出现在天际，像一颗星星从东方升起。光点迅速移动过来，越来越大，照亮了整个山坡。不久，光影中现出了菩萨的影子，骑在一头六牙大白象上。转瞬间，全身发出圣洁光芒的菩萨已经骑着大白象来到了寺庙前。雪白的大象昂首挺立，就像月光之山一样高耸，法相殊胜，妙不可言。

高僧和小沙弥忙不迭地叩首膜拜，虔诚地口颂菩萨尊号。突然，猎人从高僧背后暴起发难，弯弓搭箭，拉了个满怀，嗖的一声，笔直地朝浑身散发着白光的菩萨射去长箭。这一箭正中菩萨的胸脯，深深没入，只露出了箭羽。

蓦地，天边电闪雷鸣，在一片炸雷声中白光消失了，奇景也随之消失。寺庙前空无一物，只剩下无边的黑暗和呼啸的风声。

“啊，可悲的人！”高僧语调中充满羞愧和绝望，颤抖地哭喊道，“你这卑鄙无耻的邪徒，你做了些什么啊？你到底做了些什么啊？”

对于高僧的责备与抱怨，猎人毫无愧色，亦不动怒，只是从容不迫地说道：

“尊敬的大师，请您冷静下来，听我说。您也许会觉得，能亲眼见到普贤菩萨，是凭着经年累月的参禅与诵经所积累下来的功德。但如果事实真是如此，那也只有您能见到菩萨，我和小沙弥是绝对见不到的。因为，我只是个目不识丁的猎人，谋生的手段就是杀戮，而杀生是菩萨所憎恶的。那么，我凭什么福慧可以看见菩萨呢？

“我曾听闻，佛无处不在。但凡人由于无识与慧根浅薄，与神佛显圣是无缘的。而您作为高僧，六根清净，潜心修习佛学，受到了佛的启示，见到菩萨的真身是有可能的。然而，我这样一个为了生计而杀生的人，竟和小沙弥一起见到了只有您才能见到的圣景，实在说不通。所以，我想告诉您，尊敬的大师，您所见到的绝非普贤菩萨，而是一个妖精变造出来的幻象，这是为了欺骗您，甚至是为了摧毁您的信仰。我请求您在天亮前做到平心静气，我将证明我所说的都是事实！”

天亮后，高僧和猎人一道去昨晚白光出现的地方查看，发现了一长串血迹。跟着这串血迹，他们在数百步外的一个山洞里，见到了一只大狸猫的尸体，胸脯上果然插着猎人的箭。

高僧虽然博学、虔诚，却轻易地被一只狸猫诓骗。猎人虽然目不识丁，也没有宗教信仰，却拥有基本的常识。他靠着常识与天生的智慧做出判断，就立刻识破并击毁了危险的幻象。

生灵[1]

从前，在江户灵岸岛有一家被称作濑户物屋[2]的大陶瓷店，店东家是富商喜兵卫。长年以来，喜兵卫一直聘请一位名唤六兵卫的人做掌柜，负责打理店里的大小事务。六兵卫尽心料理店务，使得陶瓷店的生意蒸蒸日上。随着客户日益增多，六兵卫渐感人手不足，有点儿力不从心。因此，他向喜兵卫请求，再雇一位有经验的人来当助手。在获得许可后，他聘请了自己的外甥，一个二十二岁的年轻人。外甥曾经在大阪的陶瓷店见习过。

事实证明，外甥是个非常能干的好助手，在生意上比经验丰富的舅舅更精明。他的才干令店里的生意越发红火，东家喜兵卫见了十分高兴，对他赞赏颇多。

可是，七个月后，年轻人忽然得了怪病，而且到了奄奄一息的地步。江户城里最好的医生都被请来给他看病，却完全查不出病

1 本篇改编自《新著闻集》卷五第十二《冤魂篇》。

2 日语中的“濑户物”指陶瓷，因为濑户接近陶土产地，自古便以产陶瓷器闻名。销售陶瓷的商店被称作“濑户物屋”。

因。医生们无法对症下药，所以连药方也难开，只含糊地表示，这病可能是由某些隐秘的伤心事引起的。

六兵卫思忖，心病大抵都是相思病，于是对外甥说道：

“我思来想去，你这岁数还很年轻，是不是因为暗恋某个女孩子，朝思暮想，这才得了相思病？若果真如此，你不妨将埋藏心底的烦恼都说与我听。你只身一人来到江户，远离双亲，我就该像父亲一样照顾你。你有任何忧虑悲伤的事，我都会尽父亲该尽的责任，设法帮你解决。要是你需要钱，即使金额很大也别不好意思，只管开口，我会尽力资助你。而且，我相信喜兵卫老板也会很乐意帮忙，只要你能快些好起来。”

满脸病容的年轻人听了这番诚恳真挚的暖心话，既感动又为难，沉默片刻后，终于答道：

“您这番令人感动的话，我一生都不会忘记。但我从未思慕过任何女子，这个病，不是一般的医生可以医治的，金钱也不能解决问题。事实上，在这家中，我时常受到莫名其妙的折磨，已几乎活不下去了。无论是白天还是黑夜，不管是在店里还是在我的屋里，或孤身一人或置身人群中，我总是被一个女人的阴影如影随形地纠缠着。许久以来，我没睡过一晚安稳觉。只要一闭上眼，那女人的阴影便上来死死扼住我的咽喉，令我透不过气来。因此，每晚我都无法入眠……”

“为什么你不早点儿告诉我这件事？”六兵卫问道。

“因为……”外甥嗫嚅道，“我觉得告诉您也无济于事。这个阴影，并非已过世者的鬼魂，而是源自尚在阳间者的怨恨。况且这个人，舅舅您也熟悉。”

“咦？到底是何人？”六兵卫大吃一惊地问道。

“就是店里的老板娘。”年轻人颤声说道，“也就是东家喜兵卫的妻子……她想杀了我。”

六兵卫听完这一席话，不知所措，他自然相信外甥所言句句属实，但实在没有令人信服的理由能够说明为何生灵[1]会苦苦纠缠外甥。须知，生灵的出现，要么是因为无望的爱，要么就是由于强烈的恨，就连化出生灵的人自己都不知情。而喜兵卫的妻子已经五十多岁了，外甥与她之间不可能有什么恋情。那么，换个角度思考，兴许外甥做了什么招人憎厌的事，才惹来了生灵？可是，外甥品行良好、礼貌谦恭、忠于职守，完全没有可以挑剔责难的地方啊！

这一神秘事件让六兵卫困惑不已，经过反复考虑，他毅然决定将整件事告诉老板喜兵卫，请老板来协助调查。

喜兵卫听完禀告，大吃一惊，四十多年来，他从未怀疑过六兵卫说的话。所以，他立即将妻子唤到跟前，委婉细致地盘问她，同时转述了年轻助手的原话。妻子起初面色苍白，抽泣不语。但迟疑一阵后，终于坦白道：

“关于生灵之事，那个年轻人所言不虚。尽管在现实中，无论是言语还是行为，我都尽量克制自己不去讨厌他。但是，您也知道，他在生意上是把好手，能言会道，乖巧伶俐。同时您又给了他较大的权力，可以在店里随意差遣学徒和帮佣。正因为如此，我俩的独生子——本应接掌这家店铺的继承人——就很容易由于单纯，被那年轻人给骗了。我一直认为那个聪明的年轻人极有野心，

1 “生灵”的字面意思是“活着的灵魂”，也就是说，一个还活着的人的灵魂，可能会在愤怒情绪的影响下，脱离肉身，困扰并折磨引起愤怒的人。——作者注

必然会想方设法蛊惑咱们的儿子，谋取咱们的家产。事实上，我敢肯定，这小子在任何时候，都能轻而易举地夺走咱们的生意、毁掉咱们的儿子，而他自己不用付出任何代价。这种忧虑与日俱增，令我对他又惧又恨，巴不得他立刻死掉，甚至还想亲手杀了他……是的，我也知道这种念头是错的，但我无法抑制憎厌他的情绪，每天晚上我都咬牙切齿地诅咒他。他对六兵卫所说的‘生灵’，大概就是这么来的吧！”

“这太荒谬了！”喜兵卫生气地责备妻子道，“你这是害人害己！到目前为止，那年轻人还没做过一件错事，你却把他害惨了……好吧，如果我把他跟六兵卫调到另一个镇上去开分店，你能保证从此不再起害人之心吗？”

“只要看不到他的脸、听不到他的声音，”妻子答道，“让他远离咱们家，我想我就不会憎厌他了。”

“那就这么办吧！”喜兵卫道，“要是你继续诅咒那个无辜的年轻人，他肯定会死的，那么你一生都要背负这笔孽债并内疚自责。更何况，从各方面来说，他都是一个优秀的好帮手。”

喜兵卫立刻安排在另一个镇上开设分店的事，六兵卫和他的外甥被派到了分店打理生意。从此以后，生灵再也没有出现过，年轻人很快就恢复了健康。

死灵[1]

野本弥治右卫门是越前国的代官[2]，在他去世后，其下属串通起来，企图蒙蔽他的亲属，侵吞遗产。他们以野本负债累累，需要清偿为借口，将上司所有的金钱、贵重物品、家具等，全部装进了自己的腰包里。然后伪造了一份呈报，诬蔑野本早已资不抵债，财产悉数变卖后，尚不足以还债。

这份伪造的呈报寄达宰相[3]手中后，宰相大为震怒，颁布了一道放逐令，要将野本的遗孀和子女尽皆逐离越前国。彼时，倘若代官犯下罪行，即使本人已殁，其族人仍要受累，承担起部分罪责。

但是，当放逐令由传令官送到野本的遗孀面前时，一件意料之外的怪事发生了。屋里的一个侍女，突然间全身抽搐，像着了魔似的不由自主地抖动起来。一阵癫狂的痉挛过后，她立直身子，朝着

1 死灵，直译就是“死人的鬼魂”，与意为“活人的灵魂”的“生灵”一词相对应。此外，日文“幽灵”比英文“ghosts”的意蕴更广。——作者注

2 日本中古时代由幕府派遣到地方的中下层官吏，掌握着地方上的行政、司法权力。

3 “宰相”是对在朝廷中官职最高的太政大臣或摄政关白的俗称，地位相当于中国古代的宰相。

宰相的传令官，以及那些合谋侵夺财产的下属，大声说道：

“现在，大家都仔细听着：我此刻所说的每一句话，都不是这个侍女说的，而是我——野本弥治右卫门——从黄泉归来的受屈者所说的！那些辜负我信赖的人，使我悲愤交加，我必须回来，拆穿他们的阴谋……你们这些寡廉鲜耻、忘恩负义之徒！难道忘记了我生前的恩惠了吗？竟然如此侵没我的财产、败坏我的名誉？现在，就在这儿，将我的公事账簿和房契都交给这位官爷，让他转呈目付[1]大人，细细核查一下，看看真相到底是什么吧！”

侍女忽然说出如此一段话，在场的人全都大吃一惊。她的声音、她的举止，与野本简直一模一样。那些做了亏心事的下属闻言，更是面色苍白，惊惶不安。

来传令的宰相使者见此异事，心知其中必有隐情，便立即下令，将侍女面前的账簿尽数封存，然后和侍女一起带回交给目付着手清查账目。侍女准确无误地核对账目、计算总额、更正错误的账务记录，并将造假账的地方一一标出。她的笔迹，竟然跟野本弥治右卫门的笔迹完全相同。

重新审核的账目结果，证明了野本不但没有任何负债，而且在死前，还为地方财库盈余了一笔公帑。他的下属串谋诬陷的罪行，至此已然昭彰大白。

清查完账目后，侍女以野本弥治右卫门的口吻说道：

“诸事俱毕，我无须再做什么，可以回来处去了。”

说完，侍女躺倒在地，不一会儿就昏沉睡去。整整两天两夜，

1 负责监察将领、监督军队、监视家臣、稽查账目、对敌反间的官职名。

她都像死人似的沉睡着[1]。当她再度醒来时，声音举止都已恢复成年轻女子的状态，但无论如何都想不起被野本附身时发生的事情了。

“死灵申冤”的奇事很快就上报到了宰相那儿，宰相不仅撤销了放逐令，还赏赐野本一族数目可观的抚恤金，之后又追封野本弥治右卫门各种荣誉头衔。从此以后的许多年里，野本一族都得到朝廷的恩宠，子孙繁衍昌荣。而那些有罪的下属，也得到了应有的惩罚。

---

1 传言当人体被鬼魂附身后，一旦附身的鬼魂离开，被附身者会疲惫不堪。——作者注

阿龟的故事[1]

在土佐国[2]的名越，有一个富商权右卫门，他的女儿唤作阿龟，芳龄二十二岁，嫁与二十五岁的八右卫门为妻。阿龟多疑善妒，又对八右卫门恋深情热，因此尽人皆知她极易打翻醋坛子。八右卫门也知妻子的秉性，从不在外拈花惹草。两人鹣鲽情深，彼此从未说过伤感情的话。

可惜好景不长，婚后不到两年，阿龟竟不幸染上了当时在土佐流行的恶疾。罹患此疾者，饮食难咽、烦闷难当，终日昏沉欲睡，梦魇时至。八右卫门虽多方延请名医诊治，依然毫无起色。阿龟病体日衰，每况愈下，自知在世之日已然无多。于是她把夫君唤到病榻前，说道：

“在我患病期间，多亏夫君衣不解带从旁照顾，这世上再无任何人，比夫君待我更为情深义重。这令我更舍不得先您一步而去……想起来，虽然我还不到二十五岁，却有一个世上最疼我、最爱我的夫

1 本篇改编自《新撰百物语》卷二《胜嫉妒梵字之功力》。

2 土佐国属南海道，又称土州，今高知县。

君，可惜我无福领受，就要撒手西去了……啊，您别哭，千万别哭。我是没指望能活下去了，就连最高明的中国医生都束手无策，您也不用再为我伤心了。我原本还以为，至少尚有数月之命，然而今晨揽镜自照，终知死期将临，是的，就在今日。因此，有个心愿想求您帮我实现，倘能如愿，我在九泉之下也必定欣慰非常。”

“快告诉我吧！”八右卫门答道，“不管是什么心愿，只要我力所能及，都十分乐意为你办到。”

“不，不，这个心愿对您而言，恐怕并不乐意去实现。”阿龟摇头说道，“您是那么年轻，要做这样一件事，真是太难了，非常非常难。可是这个心愿就像一团烈火在我胸中燃烧着，我必须在死前向您提出来……亲爱的，您也知道，在我身后，您的族人肯定会要您再娶妻室。您能答应我，从今而后，绝不续弦另娶吗？”

“就这件事啊！”八右卫门高声嚷道，“如果仅仅是这么个心愿，要实现实在是轻而易举。好吧，我衷心地向你保证，在我心里永远不会有人取代你的位置，我绝不再娶第二个女人。”

“啊，真是太感谢您了。”阿龟勉强从病榻上支撑起上半身，兴奋地说道，“有您这句话，我就心满意足啦！”

言罢，阿龟双眼一闭，就此与世长辞。

阿龟死后，八右卫门的身子竟一天天地跟着衰弱了。起初，人们还以为是思念亡妻，乡邻们都说：“真是个可怜的情痴啊。”然而，经年累月，八右卫门的病不但没有好转，反而日渐消瘦，面色铁青，变得不像是个人，倒像幽灵一般。

乡邻们开始感到有些不妥，仅仅是因为悲伤，怎能让一个年轻人病得如此形销骨立？他们请了医生来给八右卫门诊治。医生们望闻问切之后，一致认定八右卫门的病不简单，可到底是什么病，却又摸不着头脑。他们暗示说，这可能是一种来自精神方面的神秘力量所导致的疾病。

八右卫门的双亲，为了此事特意前来探问。谈话中，八右卫门坚称除了大家都知道的事，再无其他事隐瞒。父母商量了一下，劝儿子再婚，但八右卫门毫不犹豫地拒绝了，声言绝不背弃对前妻的承诺。此后，八右卫门的病体日趋沉重，族人均不再抱有希望，但他的母亲依然不放弃，她坚信儿子肯定隐瞒了什么。这天，她来到八右卫门的病榻前，涕泪交流地劝说儿子讲出患病的真实原因。八右卫门经不住母亲的苦苦哀求终于说道：

“母亲大人，此事无论对您或是任何人，都颇难启齿。恐怕我说了，您也不信。事实上，阿龟在另一个世界里并未得到解脱，无论如何做法事都不能使她投胎转世。或许，只有我和她一起踏上那漫长幽暗的黄泉路，她才会安息吧。因此，从入土安葬后开始，每天晚上她都会回来，睡在我身边。有时我很怀疑她是否真的去世了。除了说话时窃窃私语，她的脸庞、她的举止，竟和生前绝无二致。她时常叮嘱我，不可将她回来的事情跟任何人说。或许她是希望能与我共赴冥途吧！倘若我孑然一身，随她而去自然不妨。可是，正如母亲您所教导的：身体发肤，受之父母。我首先要尽到的，是作为人子的责任。

“母亲大人，现在我已将真相全部告诉您了。每天晚上，当我要躺下睡觉时，阿龟就会回来，直到次日黎明寺里的晨钟响起，她才飘然而去。”

八右卫门的母亲听完事情的原委，惊惧至极。她立即来到附近的寺院，将儿子被鬼魅缠身的事一五一十地转述给住持，希望能得到帮助。住持是位阅历丰富的年长高僧，听过叙述后，并不吃惊，对八右卫门之母说道：

“据我所知，此类事件已不是头一回发生了。想来，我还是有办法救您儿子的。不过他现在已到了鬼门关口，脸上死气浮现，只要阿龟今晚再回来一次，令公子恐怕就见不到明天的日出了。所以事不宜迟，我们马上就动手，但是先不要告诉令公子。请您立即将双方的亲属都找来，到寺里聚齐。为了令公子，我们必须开棺检视。”

双方的亲属迅速聚集到了寺院里，住持得到两边族人的共同允可后，带着大家来到阿龟的坟墓旁。他吩咐佣工刨开坟土、移开墓碑，抬出了阿龟的棺桶。

棺盖打开后，在场所有人都啧啧称奇。但见阿龟的面容宛然如生，美丽的脸庞上还带着微微的笑意，丝毫看不出已经死亡的迹象。住持让佣工们将阿龟的尸体从棺桶中抬了出来。轻触之下，尸体竟然尚有余温，肌肉亦有弹性，仿佛体内生气犹在，一点儿也不像端坐许久的样子[1]。大家都骇异得瞠目结舌。

尸体被转移到寺院的灵堂里。住持提笔纵逸，写下多张梵文辟邪咒符，分别贴在尸体的额头、胸部及四肢上，接着又为阿龟的亡灵诵经超度，最后才把尸体恭恭敬敬地送回原来的墓地。

从此以后，阿龟再也没有回来看望丈夫，八右卫门的身体也渐渐恢复了健康。但他是否还遵守绝不再婚的承诺，故事的讲述者却并未提及。

---

1 在日本，死者是以坐姿的方式被放入棺桶中，棺桶的形状几乎是方形的。——作者注

巨蝇的故事[1]

大约两百多年前，在京都住着一位名叫饰屋九兵卫的商贾，他的店铺开在寺町街上，位于岛原路略微靠南的方向。九兵卫有一个侍女，唤作阿玉，老家在若狭国[2]。

九兵卫夫妇非常疼爱阿玉，阿玉也把两位东家看作亲人，十分敬重。然而阿玉却不像其他女孩那样喜欢打扮，从不穿戴任何漂亮服饰。虽然夫人为她置办了多件美丽的衣裳，但即使是休假的时候，她也穿着朴素的工作服外出。

就这样，阿玉在九兵卫家中工作了五年。有一次，九兵卫问她：为什么一直不注重自身的衣着打扮呢？

阿玉听到这含蓄的责备，羞得面红耳赤，恭恭敬敬地回答道：

“双亲过世之时，我年纪尚幼，又是独生女，没有兄弟姐妹。因此，双亲的身后法事全由我一人承担。但孤苦伶仃的我，哪里有

1 本篇改编自《新著闻集》卷五第十一《亡魂化蝇》。

2 若狭国属北陆道，俗称若州，今福井县西南部。

钱办法事呢？于是我暗下决心，一定要筹到足够的钱，将双亲的灵位安放到常乐寺里，在那儿举行超度亡灵的法事。为了实现这个誓愿，我尽量省吃俭用，无论是花钱还是穿衣，都考虑再三。大概是我太过节俭，令老爷感到我疏于仪态了。但现在，我已经存够了一百两银子，无须再过分简朴。日后，我会穿着体面地出现在老爷面前。恳请老爷原谅阿玉此前的粗俗与无礼。”

阿玉的直言坦白令九兵卫大为感动。他大声称赞阿玉是个孝顺的好女孩，并亲切地保证，此后阿玉可以随心所欲地挑选穿着自己喜欢的衣裳。

这次谈话过后不久，阿玉花了七十两银子，将父母的灵位移往常乐寺，并举行了超度法事。剩余的三十两积蓄，便托付给夫人代为保管。

谁料花盛突遭霜毁，次年冬天，阿玉忽然得了重病，没过多久，就于元禄十五年元月十一日病逝。九兵卫夫妇对于阿玉的死，伤感哀痛不已。

阿玉离世大概十天后，一只非常大的蝇，飞进了九兵卫家里，在九兵卫头上盘旋。骤然见到巨蝇，九兵卫大为讶异。因为在这寒冷的天气里，不论何种蝇类，都绝不会出现。即使是在温暖的季节里，也极少会看到如此巨蝇。

那巨蝇一直盘绕不去，九兵卫不堪其扰，但碍于自己是个虔诚的佛教徒，不能杀生，便小心翼翼地捉住巨蝇，同时尽量不伤害它，将它放飞到屋外去。然而巨蝇过得片刻，又飞了回来。九兵卫只好又抓住它，再次放飞出去。可是过了一会儿，巨蝇还是飞回来了。九兵卫夫人感到其中必有情由。

“我想，”夫人说道，“会不会是阿玉呢？”[1]九兵卫笑了笑，答道：“好吧，既然你这么说，也许咱们可以通过给它做个标记来得到答案。”他再度抓住巨蝇，用剪刀将其翅膀尾端稍微剪去一小部分，然后把巨蝇带到离家相当远的地方放飞。

第二天，巨蝇竟然又飞回来了。不过九兵卫对此依然半信半疑，总觉得巨蝇屡屡回到自己家，未必和阿玉的魂灵有关。他再一次抓住巨蝇，用油漆将它的全身及翅膀全都涂得红彤彤的，带到距离上次更遥远的地界放飞。

两天之后，巨蝇再度飞回，浑身涂满了红漆。九兵卫终于相信了。

“没错，肯定是阿玉这孩子。”九兵卫说道，“可是，她回来想干什么呢？”

夫人猛然醒悟，说道：“哎哟！她还有三十两银子的积蓄托我保管着呢。看来，她是想让咱们把这三十两银子拿出来，到寺里替她做场法事。要知道，阿玉向来都很重视来生的。”

话音刚落，停在障子上的巨蝇吧嗒一声掉了下来。九兵卫连忙拾起它，发现它已经死了。

九兵卫夫妇将那只巨蝇的尸身放入一个小木匣里，而后立刻动身，赶到寺庙里，将阿玉的积蓄交给住持。

住持自空上人听完巨蝇的故事后，盛赞二人仁慈端正。为了告慰阿玉的一番苦心，自空上人亲自主持了施饿鬼法事，对着巨蝇尸骸，诵读了八卷超度经文。而装着巨蝇尸身的小木匣，亦被埋于该寺内，立了卒塔婆[2]，并题有追颂铭文。

---

1 过世的人，特别是堕入饿鬼道的死者，有时会变成虫类回到阳间。——作者注

2 梵语音译，指立在坟墓后面，上写经句的塔形木牌。

雉鸡的故事

从前，在尾张国[1]的富山，住着一对年轻的农家夫妇，他们的田地位于荒凉幽寂的深山里。

一天晚上，妻子做了个离奇的梦，多年前已经去世的公公，站在她面前说道："明天，我将会有性命之忧，如果有可能，请你一定要尽力救我！"

翌晨，妻子把这事告诉给丈夫，夫妻俩便商量了起来。他们一致认为，这肯定是过世的老父遇到了什么难事，才前来托梦。但那句含糊不清、指代不明的话，到底所指何事，两人都毫无头绪。

早饭后，丈夫去地里干活儿，妻子留在屋里织布。不久，她被屋外一阵阵的呼喝斥闹声惊起，急忙跑出家门，定睛一看，只见本地庄头[2]正带着一群跟班在狩猎，渐渐地靠近自己家。

妻子正张望之际，一只雄雉突地飞身掠过，迅速地钻进了屋

---

1 尾张国属东海道，俗称尾州，今爱知县西部。

2 又名"介地头"，是日本武家政权军事力量的基础。战时出征，平时则在地方上负责维持治安、管理庄园。

里。刹那间，妻子想起了那场梦。“难道，难道这只雉鸡就是公公？”她暗暗思忖，“不管怎样，我必须先设法救它！”于是，妻子眼疾手快地抓住那只姿羽绮丽的雄雉，把它塞入一个空米桶里，再盖上桶盖。

片刻之后，几个庄头的跟班冲进屋里，询问妻子是否瞧见过那只雉鸡。妻子鼓足勇气，大胆地摇头否认。但其中一名猎人却断言，那只雉鸡的的确确是飞进这间屋子里的。于是这伙人便东搜西找，翻遍了每个角落，却没有人想到要打开米桶来看一看。最后，他们四处搜索无果，猜想雉鸡可能是从某个洞逃脱了，只好垂头丧气地败兴而去。

当农夫回到家时，妻子赶忙将雉鸡的事一五一十地讲述一番，并告诉丈夫，那只雄雉现在还藏在米桶里。“我抓住它的那会儿，”妻子说道，“它丝毫没有挣扎呢。而且，它非常安静地待在米桶里，没有一丝声响。因此，我完全可以确定，它就是公公。”

农夫走到米桶边，掀开桶盖，抓出雉鸡。那雄雉的一只眼已经瞎了，温顺地停在他手上，仿佛早就认识他一般。

“不错，”农夫说道，“父亲确实是盲了一只眼睛，是右眼。这只雉鸡也是右眼失明。看来，它果真是父亲了。瞧，父亲也时常这样睁着单眼瞅着我们呢……真是可怜啊！它现在心里一定在想：‘如今我是只任人宰割的雉鸡，与其让猎人捉去杀了，倒不如给自己儿子饱餐一顿。’……哈哈，你昨晚做的梦，竟然真的应验了。”

说着，他转过头，朝妻子露出一个狰狞的笑，就在妻子的眼皮子底下杀死了雄雉。

目睹如此兽行，妻子勃然变色，大声尖叫道：

“啊！你，你这个恶徒！魔鬼！只有拥有魔鬼般黑心的人，才会做出这种禽兽不如的事情来……我宁可死，也不愿和你这个恶徒继续生活下去。”

妻子连木屐也来不及穿，就破门而出，奔向屋外。农夫试图拉住她的衣袖，被她奋力甩开了。她边跑边哭，赤足狂奔，直到跑进镇子里的庄头住处，才停了下来。

在庄头面前，妻子泪流满面，将自己昨晚做的梦，今早怎样为了救那只雄雉而把它藏起来，以及丈夫如何嘲笑她并杀死雉鸡等事，全部原原本本地向庄头禀明。庄头听完，一面和蔼地安抚她，一面传下命令，缉拿她丈夫归案。

次日，农夫被带上公堂审问，他对残杀雉鸡一事供认不讳。于是罪名成立，庄头宣判道：

“唯有心灵邪恶之徒，方能做出此等大逆不道之事。吾之庄园，人人皆须相亲相爱、恪守孝道。似尔罪大恶极、人伦尽丧者，若留于庄园内，必危害四邻。此地，已绝难容你！”

宣判完毕，立时将农夫驱逐出境，不准他再回到庄园，否则将处以极刑。而妻子这边，庄头赐给她一块土地，稍后又为她挑选了一位良人，缔结新姻。

忠五郎的故事

很久以前，在江户小石川住着一位名唤铃木的旗本[1]。他的府邸坐落于江户川岸边，距离中野桥不远。在铃木的家臣里，有个足轻[2]，名叫忠五郎，他相貌英俊、和善可亲、聪明机警，在同僚中颇受好评。

忠五郎在铃木属下已侍奉多年，操守良好，从未有过错失。但是最近，另外一些足轻发现，忠五郎每晚都会从庭院偷溜出去，直到黎明将至才回来。刚开始，同僚们碍于情面，并未对忠五郎的怪异行为进行干涉。大家认为他这么做，或许是因为有着男女私情，不便过问。而且忠五郎的夜出，也并未影响到正常的工作。然而，日复一日，忠五郎的身子骨儿越来越差，面色也越发苍白。同僚们都很担心，均觉此事大有蹊跷，便决意查个究竟。

1 德川幕府直属的家臣，若封地不足一万石，即被称为“旗本”。旗本全部住在江户，平时充当幕府的行政官吏或警卫人员，战时根据封地或俸禄的多少，率领属下士卒参战。

2 日本古代对低阶步兵的称呼，他们平常从事劳役，战时成为步卒。在江户时代他们是最下等的武士。

为此，一天傍晚，正当忠五郎又要从府邸里偷溜出去时，一位年长的同僚唤住了他，将他拉到一边，说道：

"忠五郎，我的朋友，你最近天天晚上都不知去向，直到黎明将至才回来，其实这件事大家早就知道了。看看你自己吧，脸色这么差，我们都很担心。你是不是交了什么损友，把身子给搞坏了？除非你能给自己的行为一个合理的解释，否则，我们就有责任把这件事禀告给主公。当然，无论何时，我们都是你的同僚手足，情谊深厚。但你要理解，至少得告诉我们，为什么你宁愿违反府中的规矩，也要在晚上出去呢？"

忠五郎闻言，窘迫惊慌，苦着脸沉默不语，片刻后径自朝庭院走去，同僚紧随其后。两人来到一处偏僻的地方，查看四周无人偷听后，忠五郎停住脚步，说道：

"现在，我把一切全告诉你吧！但求求你，一定要替我保守秘密，此事一旦泄露出去，我将会有灭顶之灾！

"那大概是在五个月前的暮春时节，事情的起因是我有了一段恋情，这才每晚都外出。一天夜里，我回家探望双亲，赶回府邸时，发现离府邸正门不远的河岸边，呆呆地站着一个女子。看她的穿着，似乎来自名门大户。我就想，一个如此华丽装束的女子竟然在夜晚独自伫立河边，实在是令人惊奇。可我当时也不想问长问短，便一声不吭，只径自从她身边走过。但那女子却拦住了我的去路，扯着我的衣袖。我抬眼一看，这女子真是美极了，而且十分年轻。

"'您能陪我去前面的桥下吗？'她羞涩地说，'我有件事要同您讲。'她的声音温柔婉转、悦耳动听，那笑靥令我根本无法拒绝。在去桥下的途中，她低声说道：‘小女子因时常见贵殿出入府邸，不由一见倾心。如蒙不弃，愿与贵殿缔结良姻，恩恩爱爱，共享幸福。’

“我听了这话，呆立当场，不知该如何答复她，只觉得她迷人得很。来到桥下后，女子仍然拉着我的衣袖不放，并且在我耳旁悄声说道：‘请跟我来。’于是我们便一直沿着河堤向下走。你也知道，那里水很深，我害怕起来，正打算掉头回去，女子微笑着抓住我的手，说：‘跟着我，您完全不必害怕！’

“不知怎的，一碰到她的手，我立时全身乏力，变得比孩子还无助，身不由己地被她拖着往河底走去。那情形就像在梦中奔跑，手脚却不听使唤一样。我的眼睛什么也看不到，我的耳朵什么也听不到，完全没有了感觉，就这样晕了过去。

“等到醒来时，我发觉自己与女子携手来到一座豪华的大宫殿里，四周亮如白昼，且干燥暖和，一点儿也感觉不到湿濡寒冷。我不知道这儿是哪儿，也不清楚自己是怎么来的。

“女子牵着我的手，穿过一间又一间房。这儿有数之不尽的房间，每间都空荡荡的，而且尽皆富丽堂皇。不久，我们来到一间大约有一千张榻榻米大、极尽奢华的客房里，客房尽头处的大壁龛前面，点燃着整齐的烛台，一桌盛宴旁铺着绣缎织锦的坐垫，却不见宾客的踪影。

“女子请我坐在壁龛前的上座，自己也在对面坐下，说道：‘这里便是小女子的家了。贵殿愿意和我一起幸福地生活在这里吗？’她娇笑着问我话。我感到世上再也没有什么能比这笑声更美妙了，不由得发自内心地答道：‘愿意！’那一瞬间，我想起了浦岛太郎的传说[1]，心想她也许就是仙女吧。但我终究不敢问她任何问题。

“不一时，婢女们轮番端着一道道美味佳肴呈上席来，推杯换盏间，坐在我对面的那女子说道：‘如果您喜欢我，今晚就让我做您的新娘吧！这桌酒，就是我们的婚宴。’

“于是我们彼此许下了七生七世为夫妻的誓约，婚宴结束后，就相拥着来到事先准备好的新房里，缠绵了一夜……

“翌日清晨，她唤醒我，说：‘亲爱的，如今您已是我的夫君了，但有件事我必须提醒您，咱俩的婚姻，您要守口如瓶，绝对不能对外人讲，否则就会大祸临头，我们也将永远分离。此刻天快亮了，我恳求您，暂时先离开这里，回到主公府邸去。以后每天晚上，您都可以按我们初次见面的时间，到那座桥等我，我不会让您久候的。’

“我想到了浦岛太郎的命运，便发誓一定会保守这个秘密。她又领着我，再次穿过那些富丽却空荡的房间，来到大门口。女子紧紧挽住我，四周登时变得一团漆黑，我只觉一阵眩晕，便不省人事了。待到醒来，已是孤零零地站在河岸的中野桥边。回到府邸时，寺院的晨钟还未鸣响。

“从此后的每个夜晚，我都依约在商定的时间去桥边找那女子，她也都如约在桥边等我，然后像先前那样，带我潜入水底，到度过新婚之夜的大宫殿里幽会欢好，就这样聚散分合，从未有变。今晚，她肯定仍在老地方等着我。我宁可死掉，也绝不愿令她失

1 详见本书第247页《浦岛太郎的故事》。

望。因此，我现在必须动身了……求求你，老朋友，千万别把这件事泄露给别人。”

年长的足轻听完这个故事后，既惊且忧。他深知忠五郎为人诚实，所言定然不虚，若果真如此，其中必有蹊跷。这一切有可能都是幻觉，而此类幻觉皆由外来邪力所致。如果忠五郎当真是被邪魔蛊惑，也不该责怪他，反而应该给予怜悯才是。自己要是轻率地加以干预，说不定对他危害更甚。于是老同僚亲切地说道：

“请放心吧，只要你能平安无事，我绝不会把你的事情说出去。去吧，去见那个女人吧。不过，还是要注意点儿，我担心你似乎被什么邪物给迷惑住了。”

忠五郎对老同僚的忠告，仅报以淡然一笑，随即匆忙离去。然而几个时辰后，他又垂头丧气地回来了。

“怎么？你没遇到她？”老同僚奇怪地问道。

“不，她不在那儿。”忠五郎摇头道，“这还是她第一次失约呢！我相信再也见不到她了。我犯了错，竟然把秘密告诉给你，以致毁了誓约，这真是太愚蠢了！”

老同僚试图安慰他，却是枉然。突然，忠五郎瘫倒在地，口吐白沫不能言语，仿佛得了疟疾般，头和脚都直打寒战。

这时，寺庙的晨钟敲响了，忠五郎强撑着想要站起来却又四肢无力，昏迷倒地。显然，他的病是致命的。同僚们急忙请来了一位中国医生。

“为什么？他的身上一滴血都没有了。”医生仔细替忠五郎检查后，吃惊地大声说道，“他的血管里全是水，要救活他，实在是太难了！”

为了拯救忠五郎，大家想尽了一切法子，却还是徒劳无功。当日影西坠时，忠五郎不幸亡故。这时，年长的同僚才将事情的原委转述给大家听。

“啊，我早该这么怀疑了！”医生大声道，“像这样的怪病，的确是没有任何办法可以救他的。因为他并不是那女子的第一个牺牲品。”

“那个女人到底是谁？或者，是什么妖怪？”武士们纷纷问道，“狐狸精吗？”

“不！自古以来，她就时常出没于这条河上，专爱吸取年轻男子的鲜血！”

“难道是蛇妖，或是龙女？”

“不，都不是！白昼时，只要你到桥下去瞧一瞧，就会看到‘她’，一种十分恶心的生物。”

“到底是什么生物？您就直说吧！”

“是癞蛤蟆，也就是蟾蜍！又大又丑陋的蟾蜍精！”

朴树之灵[1]

在近江国[2]爱知川村有一个名叫萨摩七左卫门的武士，他的花园里，有一棵非常古老的朴树（此树通常被认为是幽灵树）。自古以来，这个家族的祖先就一直小心翼翼，从不砍伐这棵树的任何一根树枝，也绝不摘掉它任何一片叶子。但是，七左卫门是个非常自以为是的人，某天他突然宣称将要砍掉这棵树。次日晚上，一个怪物出现在七左卫门母亲的梦中并警告她，如果砍掉朴树，家里每个人都会死。然而，当这个警告被转告给七左卫门时，他只是笑了笑，仍旧派人去砍树。树刚被砍倒，七左卫门立即就变得疯疯癫癫。接连数日，他一直疯狂地喊着："树！树！这棵树！"他说那棵树正伸出树枝，像手一样，要把他撕碎。就在这样癫狂的状态下，七左卫门死了。不久后，他的妻子也疯了，大喊着说那棵树要杀了她，

1 本篇系《骨董》中《饿鬼》一文的一处注释，故事情节独立完整，故提取出来，成一篇故事。

2 近江国属东山道，又称江州，因境内的琵琶湖俗称"近之淡海"而得名。近江国的领域大约为现在的滋贺县。

最终在惊恐中尖叫着死去。那房屋里所有的人，一个接一个，连仆人也不例外，全都疯了、死了。此后，该宅便长期无人居住，甚至没有人敢进入花园。

终于，人们想起在这些坏事发生前，萨摩家有一个女儿已经出家为尼，住在山城国[1]的一座寺院里，法名慈训。应村民们的恭请，慈训回到家乡住进这栋屋宅，并一直住在那里直到圆寂。她每天都为住在树里的灵魂诵经祷告，自从她返家居住以来，树的灵魂就不再对人作祟。

这个故事来自俊行法师的讲述，而他声称是从慈训口中听来的。

1 山城国，五畿之一，俗称山州或城州，领域相当于现在的京都府南部。

风俗

他是位上了年纪的禅宗僧人，学识渊博，擅长花道和一些古代的技艺，有时会来我家探望我。尽管他对很多旧信仰持反对态度，不相信预言与梦兆之类的东西，要求人们只相信佛法，但他的檀家[1]们还是很爱戴他。持禅宗信仰的僧侣很少对世间的迷信抱持疑虑，不过我这位朋友的怀疑态度亦非绝对，颇有些摇摆不定。最近一次见面时，我们谈起了死亡，他给我讲了些让人毛骨悚然的事。

"鬼神之事，我是有些怀疑的。"他说，"有时会有檀家告诉我看到了鬼，或者是做了个奇怪的梦。但是经我仔细询问，便发现这些事情从正常道理上都解释得通。

"我一生中，只遇到过一件难以解释的事情。那时我在九州，年纪尚轻，刚入禅门不久，还是个托钵化缘的云游僧。一天晚上，我路过山区，来到一个小村庄，那里有一座禅寺。按禅宗的规矩，我前去挂单，结果发现里面的和尚到几里外的村子参加葬礼去了，

1 属于一定的寺院，并向寺院施舍财物的世俗信徒。

寺里只留下个请来的老尼姑打理事务。老尼姑说住持不在，不便收留我，而住持要再过七天才能回来——在那个地方，如果家里死了人，按风俗，僧人要连续七天诵经做法事……我只好恳求说，吃喝就不必了，但求有个地方睡上一觉即可，我实在是太累了。在我苦苦恳求下，老尼姑终于动了怜悯之心。她在须弥坛[1]前给我铺了床被褥，我一躺下就睡着了。

“到了半夜——那天夜里真冷啊——我被一阵木鱼声惊醒了，有人就在我身边念着‘阿弥陀佛’。我赶忙睁开眼睛，但是寺庙里黑漆漆的，就算有人当面揪住我的鼻子，我也看不清他的模样。我奇怪怎么会有人在这么暗的情况下敲木鱼诵经。不过，那声音虽然一开始离我很近，但过一会儿却稍稍小声了一点儿。我想自己肯定是弄错了——可能是住持回来了，正在庙里的其他地方做法事呢。尽管有木鱼声和诵经声干扰，我还是一觉睡到了清晨。洗漱更衣后，我找到了那个老尼姑，谢过她的好心后，便壮起胆子问她：‘昨天夜里是住持回来了吗？’‘没有，’她很生气地回答，‘我跟你说过，他要七天后才能回来。’‘呀，失礼了。’我说，‘但是昨天夜里我听到有人敲着木鱼在念阿弥陀佛，我还以为住持回来了。’‘哦，那不是住持，’老尼说道，‘那是鬼魂。’‘谁？’我简直听不懂她的话。‘当然是亡者了，’她回答说，‘只要附近有檀家去世，就会发生这样的事。鬼魂来敲木鱼、念经……’她那种轻描淡写的样子，好像早已经习惯了这种事，以至于觉得根本不值一提。”

1 又名“金刚座”“须弥座”，是安置佛、菩萨像的台座。据说须弥山十分高大，日月环绕，三界诸天依之而层层建立。于是佛教就以须弥坛来寓意须弥山作为佛的基座。

食梦貘

唉！我们的夜太短了，食梦貘还来不及吃掉我们的梦。

——古老的日本情歌

这种生物名叫“貘”，或者“白泽”，它有吃掉梦的特殊能力。很多典籍对它的这种能力都有过描述。我收藏的一本古书中说，雄性貘身体似马，脸似狮子，鼻子和獠牙似象，额似犀牛，尾似母牛，足似虎。[1]而雌性貘外形与雄性大为不同，但书中没有具体说明两者有何不同。在向古中国学习的年代里，貘的画像通常被挂在日本人的房中，据说画像如同这种生物本身一样，具有善的灵力。我那古书中还记载了关于这一风俗的逸闻。

在《涉世录》[2]中，人们传说黄帝在东海之滨狩猎时，曾遇到一

1 白居易《貘屏赞》：“貘者，象鼻犀目，牛尾虎足，生于南方山谷中。”

2 汉文古书，成书地不详，成书年代也无可考。据部分研究，可能是南宋徐彭年著作。全书二十一卷或二十五卷，记载大量鬼神精怪故事与神兽传说，已散佚。今存文字均来自他书或图画转录，仅保存下少量篇章。

头身如野兽却口吐人言的貘。黄帝说："既然天下太平宁静，为什么我还能见到妖精？如果需要貘的灵力来消灭邪魔恶鬼的话，我们就应该把貘的画像挂在家宅的墙上。这样，就算邪恶的妖怪出现，也不能为非作歹了。"[1]

接下来，是一长串恶灵的名字和它们出现时的迹象：

当母鸡生下了软壳蛋时，会有名叫"大扶"[2]的魔物出现。

当蛇纠缠在一起时，会有名叫"神通"的魔物出现。

当狗跑起来耳朵翻卷在后边时，会有名叫"大阳"的魔物出现。

当狐狸口出人言时，会有名叫"怀珠"的魔物出现。

当人的衣服沾染了血迹时，会有名叫"游光"的魔物出现。

当饭甑竟口吐人言时，会有名叫"敛女"的魔物出现。

当夜里做了噩梦，就会有名叫"临月"的魔物出现。[3]

古书中还进一步说明："无论何时，当恶灵出现、邪魅附体之际，只要默念貘的名字，恶灵邪魅便会立刻倒地而亡，并沉入地下三尺。"[4]

不过，说到恶灵之事，我觉得自己没有什么资格去评论。它

---

1 《涉世录》原文：昔轩辕黄帝问白泽曰："天下宁静，见何怪乎。"白泽乃言："若要解怪，但将白泽图于堂屋壁挂之。虽有妖怪，不能成灾。"此外，宋代《云笈七签》卷一百引《轩辕本纪》亦载："帝巡狩，东至海，登桓山，于海滨得白泽神兽，能言，达于万物之情。因问天下鬼神之事，自古精气为物、游魂为变者，凡万一千五百二十种。白泽言之，帝令人图写，以示天下。"

2 小泉八云此处误为"大扶"。据《涉世录》，此处原文为："赤蛇落地，鬼名大扶。……鸡有生软子，鬼名彩女。"

3 据《涉世录》，原文为："见蛇相交，鬼名神通；狗行反耳，鬼名大阳；狐狸作声，鬼名怀珠；血污人衣，鬼名游光；饭甑作声，鬼名敛女；夜梦见不祥，鬼名临月。"

4 据《涉世录》，原文为："凡有此怪则呼鬼名，其怪忽自灭、入地三尺。"

属于无可探究、令人畏惧的中国神话传说的范畴，与日本的关于貘的论题并无什么联系。日本的貘，通常只被看作“食梦者”。对于这种异兽的尊崇，最引人注目的一点是，王公贵族们常用金漆在木质枕头上写下貘的汉字名称。借助它的美德与力量，睡眠者入梦后能免受恶灵的骚扰。今日想要找到这样的枕头已大为不易，甚至连貘（或称白泽）的画像也很罕见了。但是关于貘的古老咒语在日常生活中依然存在：“食梦貘，食梦貘！吃吧，啊，貘，吃掉我的噩梦。”如果你从噩梦或者不那么令人愉快的梦中惊醒，要赶快念三遍这个咒语，貘就会来吃掉你的梦，将你的厄运和恐惧改为好运与欢乐。

这是一年中最炎热季节里的一个闷燥的夜晚，我最后一次看到了貘。那时我刚刚从一个可怕的梦中惊醒，时当丑时，一头貘从窗口探进身来问我：“你有什么梦需要我吃掉吗？”

我感激地回答：

“当然了，好心的貘，先来听听我的梦吧。

“我梦见自己站在四面都是白色高墙的屋子里，灯火通明，但是在房间空荡荡的地板上却没有我的影子。我看到自己的尸体放在一张铁床上，我是何时死的、是怎样死的，我一点儿都不记得了。六七个女人坐在床边，我完全不认识她们。她们既不年轻也不老，都穿着黑衣，我知道她们都是守灵人。她们纹丝不动地坐在那里，一言不发，周围也毫无声息。不知为什么，我觉得时辰不早了。

“与此同时，我意识到房间里有些不可名状的东西，让我的心变得沉甸甸的——某种无色无臭、使人麻木的力量正在扩散开来。守灵人开始心神不安地彼此交换着眼色。我知道她们也害怕了。她们一个接一个，悄无声息地站起来，像影子般轻盈地离开了房间。只有我和我的尸体留在了屋中。

“灯依然亮着，但四周弥散的恐怖气息却越来越浓重了。守灵的人们一感到这种气息就溜走了。但是我觉得尚有时间可供逃离，所以我认为自己还能稍稍安全地耽搁一会儿。其实，是一种可怕的好奇心促使我再留片刻：我想检视自己的尸体，仔细地瞧一瞧……我走近它，看着它。我心里很奇怪，因为它看起来太长了，长得太不自然了……

“然后我觉得它的一只眼的眼皮似乎在颤动。但是我想这种感觉可能是灯光的颤动造成的。我慢慢地、谨慎地弯下腰去看，因为我怕这双眼睛会突然睁开。

“‘这就是我，’我一边想着一边弯下腰，‘这看起来可太古怪了。’尸体的脸看上去正在拉长……‘这不是我，’我想着，慢慢地俯得更低，‘不过，这也不可能是其他人。’我更加害怕了，难以言喻的害怕，怕那双眼睛会睁开……

“它们睁开了——可怕地睁开了。那尸体弹起来了，从床上向我冲来，紧紧抓住了我。它呻吟着、啃咬着、撕扯着，我极力挣扎着，几乎吓晕过去。唉，尸体的那双眼睛、那种呻吟、那种触摸使我感到恶心，我整个人在极度的惊恐下几乎要裂成碎片。这时，我发现手里不知什么时候有了一把斧子，我抡起斧子，劈着、砍着，对着那呻吟着的尸体狂吼着，直到它在我面前变成了一摊毫无形状、丑陋的、散发着腐臭味的碎骸——我毁灭了令人厌恶的自己……”

“食梦貘，食梦貘！吃吧，啊，貘，吃掉我的噩梦。”讲述完毕，我恳求道。

“不！”食梦貘喊道，“我从来不吃幸运的梦！这是个美梦，一个最幸运的梦……一把斧子，是的，斧子，出色的妙法之斧，用它可以摧毁自我的魔性……这是最吉利的梦了。我的朋友，我相信佛经的教导。”

然后食梦貘从窗口跑走了。我目送着它，看着它掠过月光下相连达数里的屋瓦，以一种令人惊讶的速度无声无息地从一座屋顶跳到另一座屋顶，如同一只巨大的猫……

选自《日本杂谈》

守约[1]

“我一定会在初秋时回来。”数百年前，旅居的赤穴宗右卫门和义结金兰的弟弟丈部左门告别时这样说道。那时是春季，地点是在播磨国[2]的加古村。赤穴是来自出云[3]的武士，他想去拜访自己的出生地。

丈部说道：“兄长的故乡出云是八朵祥云升起的地方，离此山遥水远，这也许会让承诺归来的日子变得难以确定。但是，如果我们能约定一个具体的日子，事情就好办多了。我将准备好欢迎的酒宴，在家门口遥望你的归来。”

“哦，话虽如此，”赤穴道，“其实旅行对我而言已是家常便饭，所以我完全可以预知要花多长时间到达某地。我向你保证，在

1 本篇源自中国明朝冯梦龙作品《喻世明言·第十六卷·范巨卿鸡黍死生交》。后经上田秋成改编为《菊花之约》，收入《雨月物语》中。小泉八云据《菊花之约》再度改编而成。《雨月物语》是江户时代的物语读本，完稿于1768年，被誉为“日本志异小说的经典杰作”。

2 播磨国属山阳道，俗称播州，今兵库县西南部。

3 出云位于本州岛北部，属岛根县，是出云神话的发祥地。传说须佐之男命在出云立国，建造了一座雄伟的宫殿，宫殿破土动工之时，有八朵祥云自地上升腾而起。

初秋某个日子我一定会回到这里。好吧，我们就约定重阳节那天吧！”

“也就是九月的第九天喽。”丈部说道，“那时菊花盛开，我们聚在一起赏菊品酒，该是多么惬意啊！那么，在九月初九，你保证会回来吗？”

“九月初九，一定回来！”赤穴微笑着答道。随后兄弟俩挥手道别，赤穴大踏步离开了播磨国加古驿，丈部左门和他的母亲含泪目送赤穴远去。

“太阳和月亮都不会在旅途中停留。”这是一句古日本的谚语。光阴似箭，枝头茱萸泛红，篱下野菊争艳，转眼秋季已至。九月初九一大早，丈部就做好了迎接义兄的准备。他沽来美酒，备下佳肴，又洒扫干净厅堂，在壁龛的花瓶里插了两三枝黄白菊花。老母亲看着勤快的儿子，说道：“孩子，出云国远在千里之外，一路翻山越岭，令人疲惫，赤穴今日未必能够赶回。且等赤穴归来后，再准备也不迟。”

“不，母亲大人！”丈部答道，“赤穴是极重信义的武士，答应今日归来就绝不会失约。如果等赤穴回来后再匆匆忙忙地准备，等于是我们怀疑他的承诺。岂不羞愧？”

重阳这天，天清气朗，万里无云，天空如此纯净，看起来比以往开阔万倍。旅人络绎不绝，川流经过加古村。他们中有不少人作武士打扮，丈部认真地盯着每个武士，不止一次想象赤穴回来了。然而，寺庙已敲响了正午的钟声，赤穴还没有出现。整个下午，丈部的等待亦是徒劳，直至日头西沉，仍然不见赤穴身影。但丈部依旧守在门口，双眼紧盯着街道，不弃不舍。

终于，老母亲走到丈部跟前，说道：

“孩子，人心就像谚语里讲的，如秋日的天空般易变。但菊花明日依然会盛开。快进屋歇息吧，明早起身再等他。”

“母亲大人，您先去睡吧，”丈部答道，“我相信义兄会回来的。”

母亲无奈，先回房安歇去了。丈部仍在门口徘徊。

夜色清澄如白昼，星辉满天，银河明皓宛若白练。村庄已在睡梦中，唯有小溪的潺潺水声与突然响起的几声农家犬吠，划破寂静夜空。丈部依然在等待着义兄，直至弯弯的月亮渐渐隐于山后，他才怅然若失，终于死心，正欲进屋歇息，忽见朦胧间有个高大的人影正轻飘飘地快速移近。他定神一看，来人正是赤穴宗右卫门。

“啊！”丈部惊喜过望，雀跃道，“小弟由晨至晚，一直在等候兄长。兄长果然不负前约，实乃信人！你一定很累了吧？赶快进屋，酒肴早已备好了。”

丈部将赤穴引进客房，奉至上座迅速剔亮一盏油灯，喊道：“母亲大人。”没有回应。丈部转向义兄，说道：“母亲大人今晚有点儿累了，所以先去睡了。我马上去唤醒她。”赤穴摇摇头，做了个制止的手势。丈部道：“好的，就照你的意思办。”说罢，温酒铺席，将菜肴一样样端上桌来。赤穴却不去碰菜肴和酒，只静默不语，以袖掩面，似乎厌闻荤腥气味。

片刻之后，赤穴长叹一口气，终于开口。他生怕吵醒了老母亲，压低声音对丈部耳语道：

“现在，我必须告诉你今日迟归的原因了。当我回到出云国时，发现那里的人，几乎都忘记了前主公盐冶扫部介的恩惠，只顾着千方百计地讨好篡位者尼子经久[1]。尼子经久侵占了富田城，而我的堂弟赤穴丹治，也已在富田城中做了尼子经久的家臣。当我去拜访他时，他极力劝我投效尼子经久，并做了引荐。我表面上听从丹治的劝说，跟随经久身边，细察其言行为人。经久虽有万夫不当之勇，且善于统驭兵将，但生性多疑、暴虐诡黠，不肯轻易信人。我心想岂能为此等人效力，便向其坦言无意奉职麾下。岂料我甫一离开，经久便命丹治将我拘拿，软禁于宅中，即便我说出与贤弟的菊花之约，言明九月初九必须赶回，经久也置之不理。我曾想趁夜逃出城去，但监视过于严密，实在无法脱身，就这样被关着直至今日。”

“直至今日？”丈部大惑不解，诧异道，“富田城离这儿有一百多里呢！”

“是的，”赤穴答道，“我忧心如焚，心想今日若不能如期赴约，贤弟将视我为何许人？左思右想，无计逃脱，最后想到古人有云：‘人不能日行千里，而魂可至。’我虽然被软禁，却幸好太刀未被收缴。于是我当场切腹，今夜魂驾阴风，自出云来赴菊花之约，望贤弟体察愚兄之至诚守信。”言罢起身，一晃即不见踪影。

丈部这才知晓赤穴已非阳世之人。他为践誓约，竟不惜以自裁来兑现了承诺。

拂晓时，丈部左门出发前往出云的富田城。到达松江时，他

1　盐冶扫部介，富田城原城主；尼子经久（1458—1541），战国时代著名武将、大名。1486年元旦之夜，年仅二十八岁的尼子经久，联络以歌舞艺能为职业的贺麻党，借由到富田城中表演歌舞为掩护，突袭富田城，迫使盐冶扫部介自杀。此后尼子经久以富田城为基地，发展成为拥有十一国的强势大名，被后人誉为“战国白手起家之先驱”。

突然想起，义兄是在九月初九的晚上，在富田城中赤穴丹治的屋里切腹自尽的。于是他找到赤穴丹治的宅邸，严词痛斥丹治的背信弃义，随后在宅中袭杀了丹治，并平安脱身而去。尼子经久听到这件事后，命令不得追捕丈部。因为，即使是一个狂妄残忍的君主，也懂得尊重信义之笃。尼子经久是由衷地钦佩丈部左门的重情重义与勇气。

毁约

一

“我并不怕死，”奄奄一息的妻子说道，“只是还有一件苦恼的事，牵挂在我心头。我想知道，在这个家里，取代我位置的女人会是谁？”

“亲爱的，”哀伤的丈夫叹息着答道，“在这个家里，没有任何人可以取代你的位置。我绝对不会再娶了。”

说这句话时，丈夫的的确确是发乎内心的，因为他与即将弃世的妻子恩爱逾恒，感情极深。

“以武士的信誉担保？”妻子浅浅一笑，虚弱地问道。

“以武士的信誉担保！”丈夫轻抚妻子苍白的面庞，斩钉截铁地回答。

“既然如此，夫君啊，”妻子笑道，“把我葬在后花园里，好吗？就埋在我俩当年一起种的那棵梅树下。我很久以前就想死后长眠在那儿了，可是考虑到你如果再婚的话，大概不会喜欢我的坟墓离你这么近……现在你既已立誓不会再娶，我也没了顾虑，能坦诚说出心愿了……记住，一定要把我埋在后花园里。这样我才能时时听见你的声音；等到了春天，也才能看见花开！”

“一定照你的心愿办！”丈夫答应道，“不过，现在别提什么安葬的事，你的病还是有希望的。”

“不！”妻子说道，“我恐怕连今天早晨都撑不过去了……夫君一定会把我葬在后花园里吧？”

“我会的，一定会的！”丈夫哽咽道，“就在咱们种的梅树下，我会为你造一个幽雅的香冢。”

“能再给我一个小手铃吗？”

“小手铃？”

“嗯……我想有个小手铃，带到棺柩里。就是巡礼者[1]手持的那种小手铃，可以吗？”

“当然！除此之外，你还要什么？”

“夫君，你待我这么好，我别无他求了。”妻子说道，“如今，我可以含笑九泉了。”

她安详地闭上了双眼，就像倦极的孩子睡熟般，告别了人世。美丽的脸庞上，还挂着淡淡的微笑。

丈夫照着妻子的遗嘱，将她葬在了生前最喜爱的那株梅树下，小手铃也随她一道埋入坟中。坟冢前，立起一块墓碑，饰以自家家徽，碑上刻着妻子的戒名：“慈海院梅花明影大姊”。

然而，妻子亡故尚不足一年，亲朋好友们便接二连三地频繁

1 以朝拜圣地、参拜神社寺庙作为特定目的的旅行者。

登门，劝说丈夫再婚另娶。他们众口一词："你还年轻得很，又是数代单传，连个儿子也没有，将来靠谁来祭拜宗祠，延续家族的香火？再娶个妻子，是你的责任所在啊！"

起初，丈夫对再婚的劝说都一一婉拒，但最后实在架不住亲朋的轮番劝说，终于答应再娶一房妻室，新娘是位年方十七的少女。尽管后花园里的坟茔仿佛在无声地谴责着他的行为，但他仍陷入了对新婚妻子的爱。

二

新婚宴尔，平平安安地过了近一个星期，没有发生任何破坏新娘婚姻幸福的事。然而第七日夜里，身为武士的丈夫必须承担起职责，到主公所在的居城去值夜班。这是第一个他们不得不分开的夜晚，孤单的新娘心里忐忑不安，却又说不出原因，只隐隐感到害怕。

新娘上床躺下，却总是辗转反侧、难以安寝。周围的空气突然变得压抑起来，仿佛暴风雨来临前那种无法形容的气氛，沉重得令人窒息。

大约丑时，新娘听到屋外传来阵阵响铃声——是巡礼者的铃声。她十分惊讶，三更半夜竟然会有巡礼者在武士宅邸走动？过得片时，铃声再度响起，并渐趋渐近。很明显，巡礼者的铃声是向着家里而来。但奇怪的是，铃声为何从屋后传来呢？那里并没有道路啊……突然，又传来数声狗的狂吠，吠声凄厉惨绝，与往日大不相同。新娘恍若身陷噩梦，心胆俱寒……她凝神辨认了一下铃声的来处，确认是出自后花园里，便想起床唤醒佣仆。哪知无论如何，她就是爬不起身，连声音也叫不出来……而铃声已越来越近，狗吠声也更加凄厉！

蓦地，一个女子像影子般悄然无息地飘进屋来——尽管所有的门窗都关得严严实实，拉门也紧闭着——女子身穿一袭白色寿衣，摇着巡礼者的手铃，或许是早已死去的缘故，眼窝里空洞洞的，散乱蓬松的长发直垂到脸庞前。她看东西时不需要眼睛，说话时不需要舌头，骇人的话语就从四周响起：

“不许你住在这屋子里，我才是这个家的女主人。你马上滚出去，而且，不准对任何人说起你离开的原因。否则，我将让你死无全尸！”

说完，女鬼登时消失不见，新娘被吓得不省人事，直到次日清晨才苏醒过来。

明媚的阳光照进屋里，她不由得怀疑昨晚看到、听到的一切，是否真的发生过。尽管被恫吓的记忆仍然沉重地压在心头，但她努力说服自己，这仅仅是一场噩梦，无论真假，都不能对他人说起，即使是自己的丈夫。

然而就在当晚，新娘再也无法说服自己了。丑时一到，又是一阵凄厉惨绝的犬吠声，接着手铃声再度幽幽地从后花园里响起、接近。新娘再一次想起身叫人，却依然只是徒劳。那女鬼又飘进屋来，嘶声喊道：

“滚出去！而且不能告诉任何人原因。如果你胆敢告诉他，我会把你撕成碎片！”

这回女鬼凑到了新娘床前，弯下腰，低语着，还露出了狰狞恐怖的面容。

又一个清晨来临了，武士由主公的居城回到家中。年轻的妻子一见到他，立刻跪倒在地，哀求道：

“求求你！让我回娘家吧！虽然提这种要求十分无礼，有负夫君的怜爱，但我再也无法忍受了，请允许我回娘家吧！马上就走。”

“这里有什么事令你不快吗？”丈夫大感意外，讶异地问道，“我不在时，谁冒犯你了？”

“没那回事……”妻子呜咽着回答，“这里每个人都待我很好……只是，我无法再做您的妻子了，我必须离开……”

“亲爱的，”丈夫惊呼道，“要是在这个家里，你感受不到幸福，那可真令我难过。真是搞不懂，既然没有人亏待你，为什么非得离开呢？难道，难道你想要我写下离缘状[1]吗？”

妻子泪眼汪汪，浑身战栗，哭道：

“若不离开，我会死的！”

丈夫沉默不语，凝神思索妻子为何会说出如此奇怪的话。片刻后，他不动声色地说道：

“你并没有做什么不体面的事，就这样送你回娘家，似乎于理不合啊！如果你能给我一个理由——一个说得过去的正当理由，那么，我就同意写下离缘状。要是你拿不出合理的解释来，我是绝对不会离缘的。因为这事关我们家族的声誉！”

妻子意识到再也瞒不住了，便将前两晚发生的恐怖事件，一股脑儿都告诉了丈夫！刚说完，猛然想起那女子的威胁，惧意顿生，

1 江户时代的休书。“离缘”即绝缘、分离之意。

悲啼道："现在，我什么都跟您讲了，她一定会杀了我、杀了我的……"

尽管这位勇敢的武士向来都不信鬼魂之说，但听到这些话，心中仍不免愕然。不过，他脑海中很快就有了一个看似稳当的解决方法。他说道：

"亲爱的，你大概是神经太紧张的缘故，又或者在哪里听了些荒诞的故事，这才多虑了。那个女鬼只不过是你在家做的噩梦罢了，怎么能作为离缘的理由呢！真是抱歉，我不在的时候，让你受惊吓了。今晚，我还得去当班，但不会让你孤单一人的，我会吩咐两个仆人盯紧你的房间。如此一来，你就能高枕无忧了。他们两个都强壮得很，照顾你肯定没问题。"

丈夫这番温柔体贴的抚慰，让新娘对自己的胆怯感到难为情起来，于是她决定继续留在这个家里。

三

奉命保护年轻妻子的两个仆人，都身形魁梧，既勇敢又忠诚，且颇富心计，对于保护妇孺经验十足。他们为了让新娘放松紧绷的神经，尽拣些笑话来聊天。新娘与他们闲聊多时，谈笑风生，几乎将畏惧之心抛到了九霄云外。

当新娘倦意萌生，终于上床就寝时，两个仆人坐于屋角的屏风后，下起围棋来。他们说话时尽量压低嗓门儿，以免打扰到新娘。

新娘如婴儿般沉沉睡去。但丑时一至，她突然惊醒，发出凄恐的呻吟。因为她再次听到了那令人胆丧的手铃声。那铃声缓缓逼近，越来越近……

新娘大声尖叫，急忙跳下床，但屋里的一切仿佛都静止了，只剩一片死寂笼罩着每个角落。她飞快地跑到屋角找寻两个仆人，却只见那两人坐在棋盘前动弹不得，眼睛直愣愣地互相瞪视。新娘一面哀号，一面拼命地摇晃他们，但他们就像被冰封雪冻了一般，纹丝不动。

事后，两个仆人忆起，他们确曾听到手铃声，也听到了新娘声嘶力竭的哭喊，并且感觉到她试图要摇醒他们。可是，在那段时间里，他们无论如何也无法动弹、无法说话，就那样完全陷入昏睡状态。

黎明时分，晨曦微现，武士值班归来。他踏进寝室，只见油灯将熄未熄，灯光下，年轻的妻子躺在血泊中，头颅已不翼而飞。屋角的棋盘前，弈局未半，两个仆人呆坐着，似乎已昏沉睡去。主人大喊数声，才将两人惊得跳将起来，茫然注视着地板上恐怖的惨状……

妻子的头颅不见了，武士遍寻不获。他仔细查看断头处的伤口，发现头颅并非遭利器斩落。滴落的血迹，从寝室一路滴到了走廊的一个角落，那里的雨户已被破坏。武士与仆人一路追踪血迹，寻至后花园内，又跨过草丛、穿越沙地，循着开满菖蒲的水塘边，来到杉木与翠竹的浓荫下。就在转弯的当口，冷不防倏地一下，一个嘴里发出蝙蝠般吱吱怪叫声的妖怪跳了出来。

这妖怪，正是已入土许久的武士前妻。霎时间，武士等三人都呆住了。

说时迟，那时快，其中一个仆人最先反应过来，一面口诵佛咒，一面拔出太刀，猛地劈向女妖。女妖猝不及防，立时被砍翻在地，支离破碎。她的白色寿衣、骨骸、头发，顷刻间化为齑粉，轰地散落一地。而那只小手铃，从崩落的残灰中滚了出来，仍叮叮当当，余音不绝。

“真是个可怕的故事！”我对讲述该故事的朋友说，“那女鬼要是存心报仇的话，也应该针对毁约的丈夫才是啊！”

“男人们都这么想，”朋友回答道，“但这并非女人的想法……”

他说得对。

在阎罗殿前

高僧存觉上人[1]在《教行信证》[2]一书中写道："许多人所迷信的神，都是邪神，那些皈依'三宝'[3]的人是不该崇奉邪神的。虽然向这些神祷告，可以迅速获得一些好处，但不幸迟早会降临。"这个道理在《日本灵异记》[4]的一个故事里得到了充分的体现。

圣武天皇[5]时，赞岐国[6]的山田郡住着一个名叫布敷臣的人。他有个独生女，唤作衣女，不但美丽且身强体健。可是在衣女十八岁那年，一场危险的瘟疫侵袭了山田郡，衣女也被感染了。她的父母和朋友们为了助她康复，向一位瘟神献祭，恭恭敬敬地跪拜布施，以示敬意，恳求他救救衣女。

---

1 存觉上人（1290—1373），镰仓时代末期至南北朝时期净土真宗大学僧，毕生从事佛学教化，有多部著作传世。

2 此处小泉八云错写为《教行信证》，实际应为《六要钞》。《六要钞》是存觉上人为其祖上亲鸾上人所著的净土真宗根本圣典《教行信证》所撰的注释书。

3 "三宝"，指佛宝、法宝、僧宝，是佛教教法与证法的核心。

4 日本平安前期的最古老的佛教故事集。

5 圣武天皇，日本第四十五代天皇，724年3月至749年8月在位。

6 赞岐国属南海道，俗称赞州，今香川县。

在昏迷了数日之后，一天夜里，病倒的衣女突然起身对父母说，她做了一个梦。梦里瘟神显灵，对她说："你的亲友们为了你，向我真心祈祷，虔诚地礼敬我，所以，我有心要救你。但是，这需要取他人之性命与你交换，否则无法相救。你是否知道与你同名的姑娘？"衣女凝思片刻，答道："我想起来了，鹈足郡有个姑娘与我同名。""把她指给我看。"瘟神说着，拍了衣女一下，衣女就与瘟神一道腾空而起，转瞬间来到了鹈足郡的衣女屋前。虽已是夜晚，但这户人家尚未入睡，那个姑娘正在厨房里洗东西。"就是她。"山田郡的衣女说道。瘟神闻言，从腰间血红色的袋子里掏出一把凿子般又长又尖的利器，蹑身进屋，将利器扎向鹈足郡衣女。鹈足郡的衣女顿时痛苦万分，瘫倒在地。而山田郡的衣女则苏醒过来，向父母讲述了这离奇的梦境。

然而，山田郡的衣女讲完后，又昏了过去，一连三天没有知觉。正当她的父母开始绝望时，她再一次睁开了双眼，能说会动。但她一起床，环顾了下四周，就立即冲出屋子，大喊道："这儿不是我家！你们不是我的爹娘！"

原来，其间发生了一些奇怪的事。

鹈足郡的衣女被瘟神害死后，她的父母伤心欲绝，请檀那寺[1]的僧侣为她做了一场法事，然后将她的尸身火化于村外。她的灵魂去了死者的世界——阴曹地府后，被唤到阎罗殿前接受裁判。可是审判者看了她一眼，说："这姑娘是鹈足郡的衣女，不该这么早就被带到这里。放她回人间去，给我把另一个衣女带来，是山田郡的那

1 施财之人，称为檀越；"檀"即布施之意。檀越所属的寺院，称为檀那寺。

个姑娘。”

鹈足郡的衣女在阎罗王面前哀泣道：“大王哪，我死去三日，肉身已被火化，您现在放我回人间，让我如何是好啊？我的肉体早已变成尘烟灰烬，难道要做孤魂野鬼不成？”

“别着急。”阎罗王相貌虽然狰狞，但处事公正，安慰道，“我会把山田郡衣女的肉身给你，因为她的灵魂很快就会被带到这里。你不必为失去以往的肉身而难过，你会发现新的躯体更好、更健康。”阎罗王话音刚落，鹈足郡衣女的灵魂就飞进了山田郡衣女的肉身里。

山田郡衣女的双亲，看到病倒的女儿忽然起身便跑，嘴里还嚷着：“这儿不是我的家！”以为她疯了，慌忙追上去问道：“衣女，你要去哪里？等一下，孩子！你身子还太弱，不能这样乱跑动！”但是衣女摆脱了他们，一直不停地跑，跑到了鹈足郡，来到刚死了女儿的那户人家屋前。她走进屋子，找到老人，向他们行礼，又哭诉道：“啊，能再次回到家真好！亲爱的爹、娘，你们还好吗？”

两位老人没有认出她来，以为她是个疯婆子。母亲和善地问她：“孩子，你从哪儿来？”

“我刚从阴间回来。”衣女答道，“我是你们的孩子啊，我活过来了。只是我有了一具新的肉身，娘。”随后，她将在阎罗殿前发生的一切，都详细地说给父母听。老人十分惊讶，将信将疑。

不久，山田郡衣女的父母赶到了，要找回他们的女儿。于是，两位父亲和两位母亲坐了下来，让衣女重复了一遍在阎罗殿前的故事，然后细细询问她一些私事。衣女对答如流，老人们不得不相信她所说的的确是实话。

最后，山田郡衣女的母亲讲述了她那生病的女儿的梦境，对鹈足郡衣女的父母说道："我们相信这个姑娘的灵魂是你们女儿的，但是你们也知道，她的身体是我们女儿的。因此，我俩觉得双方都可以拥有她。不知你们愿否把她看作我们两家共同的女儿？"鹈足郡衣女的双亲痛快地答应了这个请求。据记载，后来这个衣女继承了两家的财产。[1]

1 《佛教百科全书》的作者注释道：这个故事，可以在《日本灵异记》第一卷第十二页的左侧找到。——作者注

果心居士的故事[1]

天正[2]年间，京都北部地区住着一位老人，人们都叫他“果心居士”。他留着花白的长胡子，终年穿着法服，以展示佛教绘画和传播佛教教义谋生。每逢晴天，他都到祇园神社的庭园去，在那儿的树上悬挂巨幅《地狱变相图》。这幅佛教名画画工精湛，画中的一切看上去尽皆栩栩如生。果心居士时常与围观的民众交谈，向他们解说因果报应的法则。他用总是带在身边的僧杖指着画面，逐一点出地狱各种酷刑的不同细节，以此劝诫民众向善去恶。大批民众聚集在树下观看《地狱变相图》，并听取果心的解说。有时候果心居士铺在面前用来收集功德钱的草席，都被成堆成堆丢在席上的钱币覆盖到看不见。

1　本篇改编自石川鸿斋所著志怪小说集《东齐谐·果心居士》。

2　“天正”是日本的年号之一，时在1573年至1592年。此时期在位天皇为正亲町天皇与后阳成天皇。

当时，织田信长[1]是京都及附近诸国的统治者。他属下有一位名叫荒川的家臣，某次参观祇园神社时，碰巧见到了展示中的《地狱变相图》。事后他在议事厅里谈起此事，引起了信长的兴趣。信长遂遣人令果心居士即刻带着那幅名画前来主城。

当《地狱变相图》呈现在信长面前时，信长完全无法隐藏对此画产生的惊叹之情：他看到恶魔和死后在阴间受苦的鬼魂，似乎就真实地在他眼前走动；他听到哭号声从画中传出；而滔天血海也仿佛正汩汩涌出——他情不自禁地伸出指头触摸字画，想瞧瞧是否是湿的，但指头并没有染上血——因为画面是干的。信长越看越惊奇，询问这幅神奇的画到底是谁的作品。果心居士告诉他，此画乃著名画家小栗宗湛[2]，在躬行苦修、斋戒百日，向清水寺观音菩萨虔诚祈求灵感之后所精心绘制的。

荒川察言观色，发现信长很想占有这幅画，便旁敲侧击地询问果心居士，是否愿意将《地狱变相图》当作礼物“贡献出来”。但是，果心居士毫不犹豫地拒绝了，他大胆地回道：“此画是我拥有的唯一值钱的东西，我还要靠展示此画谋生。假如我现在将它送给信长大人，那么我就失去了赖以生存的手段。如果信长公真的想拥有它，请付我黄金百两。只要有了这笔钱做本钱，我就可以从事有利可图的职业。否则，我绝不会交出此画。”

1 织田信长（1534—1582），日本承前启后、绝世无双的一代枭雄，被誉为“战国风云儿”，安土时代开创者。1560年，织田信长在“桶狭间合战”中大败今川氏，登上历史舞台。此后，他以“天下布武”为目标，征战四方，几乎结束战国乱世。1582年6月2日，织田家重臣明智光秀背叛，率军猛攻夜宿本能寺的织田信长。织田信长纵火自焚，结束了一生。

2 小栗宗湛（1413—1481），又名小栗宗丹，室町时代中期著名画僧，将军足利义政御用绘师。

信长对这样的回答自然十分不满，但他克制着，保持沉默。荒川附耳向主公说了些话，信长点点头，表示同意。随后，他们赏了几个小钱，把果心居士打发走了。

不过，当果心居士离开主城时，荒川便秘密尾随他，希望找个机会，哪怕不择手段也要弄到画。机会来了，果心居士刚好选择了一条直通城外山岗的小路。就在他走到山脚某一偏僻之处正要转弯时，荒川一把揪住他，说道："你为何如此贪婪，一幅画竟敢要黄金百两？现在，我就给你一把三尺长的铁剑代替黄金百两。"说完，荒川拔出剑，杀死了老人，夺走了《地狱变相图》。

次日，荒川将《地狱变相图》进呈织田信长——画轴仍是果心居士离开时捆扎好的那样——信长立即下令将画在他面前展开，悬挂起来。然而，当画展开后，无论是信长还是他的家臣，都惊呆了。因为画面上空空如也，什么图案也没有，就是一张白纸。

荒川无法解释原画是如何失踪的。这样不管是有意或是无意，他都犯了欺骗主公之罪，理应受到惩罚。他因此被判监禁一段时间。

荒川一挨完刑期，就听到果心居士正在北野神社的庭园展示《地狱变相图》。荒川几乎不敢相信自己的耳朵，但这个消息给了他一丝希望，他能够以某种方式再度得到《地狱变相图》，从而弥补之前的罪失。于是他匆匆召集了一批侍从，向北野神社赶去。但等他赶到时，却被告知果心居士已经离开了。

几天后，荒川又得到消息，果心居士正在京水寺展示那幅画，并向众多观画者讲解佛教教义。荒川急忙赶往京水寺，可又来迟了一步，只见到正在抱怨的观众，果心居士再度神秘地消失了。

终于有一天，荒川在一家酒馆里，与果心居士不期而遇。他马上死死抓住果心居士，不敢松手。老人对此报以幽默的微笑，说道："放心，我会跟你一块儿走，但请允许我再喝点儿酒。"荒川没有反对这个请求，于是果心居士开怀畅饮，整整喝了十二碗酒，令旁观者十分惊讶。喝完第十二碗后，老人表示已经喝够了，荒川命人用绳子将他捆得结结实实，然后带回信长的主城。

在信长的法庭上，果心居士被判官审问并受到严厉的斥责。最后判官对他说："很明显，你一直在用不可思议的妖术迷惑人们。为此，你应该受到严惩。不过，如果你肯恭恭敬敬地把那幅画献给信长大人，我们可以宽恕你的罪过。否则，我们一定会用最严酷的刑罚惩戒你！"

面对威胁，果心居士神秘地笑着，大声道："我并没有犯下欺骗人们的罪行。"随后，他转身面向荒川，叫道，"你才是骗子！你想把画献给主上，去奉承他，又想借机杀死我偷走那幅画。毫无疑问，如果有什么称得上是罪行的话，这就是了！幸好，你没能成功地杀死我，倘若你如愿以偿，你又如何为自己的行为辩解呢？无论如何，就是你偷走了画。我现在拥有的画，只是一个复制品。你偷走那幅画后，改变了主意，不愿把它献给信长大人，而想据为己有。于是你把一幅空白的画呈给了信长大人，以此隐藏你不可告人的意图。然后你又佯装是我用空白的画，取代了真正的画。那真正的画在哪里，我不知道，也许只有你知道。"

听到这番话，荒川怒火大炽，朝犯人猛扑过去，要不是侍卫阻拦的话，他早已将果心居士痛打了一顿。他怒不可遏的神情令判官怀疑他并不清白，便下令暂时将果心居士押下去，然后严厉审问荒川。面对此种情形，荒川情绪激动，几乎无法说话。他结结巴巴地为自己申辩，却说得自相矛盾，无意中还泄露了企图谋杀果心居士的事。判官下令，处以荒川杖刑，直到他肯吐出真相为止。荒川被竹杖打得呼天抢地，昏厥了过去。

有人将发生在荒川身上的事情告知了监狱里的果心居士。果心居士哈哈大笑，随后对狱卒说道："听着！荒川那家伙的行为就像个无赖，我故意让他受到惩罚，以纠正他的不良倾向。现在，请去告诉判官，荒川的确不知道真相，而我会对整件事情做出令人满意的解释。"

果心居士再次被带到信长面前，他说了如下这席话：

"一幅真正美好的画作，必定是有灵魂的。这样的一幅画，有其自身的意志，它可能会拒绝赋予了它生命的人，或者是与合法的主人分开。有很多故事可以证明真正伟大的画作是有灵魂的。众所周知，狩野法眼元信[1]曾将麻雀画在一个屏风上，麻雀竟会飞走，从而使得画面一片空白。同样，另外有幅画上的一匹马，会半夜跑出来吃草，这故事也极为有名。在当前的情况下，我相信实情就是因为信长主公没有成为《地狱变相图》的合法主人，所以当画轴在他面前展开时，纸上的画自动消失了。但是，如果您能给我最初要求的那个价格——百两黄金——我相信图画就会心甘情愿地再现于空白纸上。不管怎样，让我们姑且一试，又有何妨？反正也不会造成什么损失。如果画作不再现的话，我立即退还黄金。"

---

1 狩野元信（1476—1559），日本室町后期画家，狩野画派第二代传人，擅长画山水、花鸟等，曾担任室町幕府的御用画师。1545年获"法眼"称号。

听完这奇妙的推断后，信长下令付与果心居士百两黄金，并亲自莅临观看结果。画轴又一次在信长面前展开了。在众人惊讶的目光中，画作果然完全显现，一笔不差。只是颜色稍微褪了一点儿，画中鬼魂与恶魔的形貌看起来也不像之前那么生动了。察觉到这微妙的不同后，信长叫果心居士解释原因。果心居士答道："您最初见到此画时，它是无价的；而现在所见的画作，就值您所付的百金之价……除此之外，还有什么别的解释吗？"听到这个回答，所有在场的人都觉得继续跟这位老人作对，只会带来更糟糕的结果。于是，果心居士被即刻释放。荒川也被释放了，因为他所受的惩罚，已远超出其罪行所该受的。

荒川有一个叫武一的弟弟，也是织田信长的家臣。因为荒川被打遭拘，武一感到极其愤怒，于是下决心要杀死果心居士。果心居士被释放后，在酒馆里饮酒，武一追踪而至，一刀砍倒果心居士，割下了他的头颅。随后，武一又取走了信长付与的百两黄金，将人头与黄金用布包裹起来，匆忙赶回家拿给荒川看。但当他解开包袱时，却发现人头已变成了空酒葫芦，黄金则变成一堆粪便……兄弟俩大惑不解，后来听说酒馆里的无头尸身也消失了——没有人知道是什么时候、如何消失的。他们更茫然了。

一个月后才传来果心居士的消息。当时，在信长主公的殿廊前，发现了一个喝醉酒的老人在熟睡，呼呼的鼾声好似打雷。一位家臣惊讶地发现，这个醉汉就是果心居士。由于这一无礼的举动，果心居士马上被关入了监狱。但他仍没有从醉态中清醒过来，在牢里继续酣睡了十天十夜，老远的地方都能够听到他的打鼾声。

大约就在此时，信长死于部将明智光秀[1]的反叛。明智光秀篡夺了京都的统治权，但是其政权仅仅维持了十二天。

且说明智光秀成为京都的主人后，听说了关于果心居士的事，便下令将犯人带到他跟前。果心居士被唤到新主面前，光秀亲切地同他谈话，把他当贵宾一样看待，还为他准备了丰盛的晚餐。等老人酒足饭饱后，明智光秀问道："我听说您十分喜欢饮酒，一次能喝下多少酒呢？"果心居士答道："确切能喝多少，我也不知道。当醉意上涌时，我就不再喝了。"明智光秀命人在果心居士面前放置了一个大酒杯，告诉佣仆，只要果心居士喝得下，就尽管给他倒酒。果心居士接连喝光了十大杯酒，还要更多时，佣仆答说酒壶里的酒已经全喝光了。所有在场者对果心居士的海量都感到震惊。光秀问道："您喝够了吗？先生。""哦，够了。"果心居士答道，"您的款待，我很满意。现在，为了报答您的拳拳盛意，我要表演一手幻术。请仔细看这屏风。"他指向一面画有近江八景的八折屏风，所有人都看向这面屏风。

八景中的一景，绘着一个船夫正在琵琶湖的远处划着船，这船占了屏风不到一寸长的空间。果心居士喃喃有声，念起咒语，朝着船的方向一招手。在场的人只见处于远景的船，竟然慢慢地向着画面的前景部分移动。随着船越来越近，船身也不断扩大，不一会儿，船夫的面貌已清晰可辨。船划得更近了——船身也变得更大了——几乎已挨近宴客的眼前。突然间，湖水像泛滥似的从屏风中溢出来，浸得满屋满地都是水；当水淹过膝盖时，在场的人急忙卷

1 明智光秀（1528—1582），织田家五大将之一。1568年，光秀因建议织田信长帮助足利义昭夺得幕府大将军之位而得到信长重用。

起他们的裤脚。就在此时，这只船由屏风里划出，变成了一只真正的渔船，还听得到划桨的声音。屋里湖水继续上涨，直至淹到了人们的腰部。

渔船缓缓划近果心居士，他上了船。船夫掉转方向，迅速地划了起来。随着船只远去，屋里的水面也快速下降，似乎是退回了屏风内。船刚刚划过画面的前景，屋子立刻就干了！但画上的船仍然不停地划着，越来越远，越来越小，最终变成了一个远去的小点，消失在水天之间。果心居士也随之隐没不见，此后再没有人在日本见过他。

梅津忠兵卫

梅津忠兵卫是一个年轻的武士，孔武有力、勇气非凡，效力于藩主户村十太夫。户村氏的主城建在出羽国[1]横手附近的高山上，家臣们的宿屋组成了一个小镇，坐落在山脚下。

梅津忠兵卫是城门的值夜卫士之一。值夜卫士分为两班，轮流巡哨，一班从日落值到午夜，另一班从午夜值到日出。

某次，梅津忠兵卫在值“午夜至日出”的夜班时，经历了一场奇遇。是夜，他在上山接班的途中，见到一位女子，正站在通往城堡的蜿蜒小道的最后一个转角处，手里抱着一个孩子，似乎在等什么人。一个弱质女流竟然深夜出现在此等地方，着实不合情理。

梅津忠兵卫心忖：妖怪常在夜间扮作女子模样以诱杀男人，不可不防。所以，他犹豫着到底要不要上前去瞧个清楚，弄清女子是人是妖。就在他踌躇难定时，那个女子朝着他跑了过来，好像有话要同他讲。他赶忙低下头，试图一言不发地擦肩而过。然而，那个

1 出羽国属东山道，又称羽州。领域大致为现在的山形县及秋田县一部分。

女子却准确地叫出了他的名字。

梅津忠兵卫吃惊地站住了，那女子用一种异常甜美的声音对他说道：“好心的梅津君，今晚我遇到麻烦了，有一件非常棘手的事情要去办。你能不能发发善心，帮我抱一会儿这个孩子？”说着，她将手里的孩子递给了梅津忠兵卫。

梅津忠兵卫与这位年轻女子素昧平生，既怀疑这种甜美的声音是一种迷魂咒，又怀疑此事是个圈套。尽管他怀疑女子的一切，但他天性善良，认为若是由于害怕妖精就不行善举是怯懦的表现。于是他不动声色地把孩子接了过来。

“请抱好这个孩子，直到我回来。”那女子说道，“我去去就回。”

“放心，我会抱好他的。”梅津忠兵卫答道。那女子立刻转身离开了小道，无声无息地跳下了山崖。身姿轻盈、矫捷，宛若新燕飞翔。梅津忠兵卫几乎不敢相信自己的眼睛。转眼间，她就从他的视线中消失了。

梅津忠兵卫低头瞧了瞧孩子，孩子很小，应该刚出生不久。他被梅津忠兵卫抱在怀里，不哭不闹，十分安静。

突然，梅津忠兵卫感觉孩子好像长大了。他连忙定睛一看……不，孩子没有长大，也没有换过姿势。那为什么自己会觉得孩子长大了呢？

片刻后，梅津猛然间醒悟过来，不由得毛骨悚然。孩子的躯体并没有长大，却变得越来越重……最初他只有七八斤，但很快体重就变成了原来的两倍——三倍——四倍……片刻间，就已经不止五十斤了，而且还在变得更重……一百斤！一百五十斤！两百斤！

梅津忠兵卫感到自己被骗了——和他对话的绝不是凡间女子，这孩子也肯定不是人类。但他先前已做了承诺，武士必须遵守诺言！他唯有继续支撑下去，勉强抱住孩子。可是孩子的重量仍在不断增加……两百五十斤！三百斤！四百斤……

接下来还会发生什么事，真是无法想象。但梅津忠兵卫下定决心要勇敢面对，只要尚能支持，就绝不放手……五百斤！五百五十斤！六百斤！他绷紧的肌肉开始颤抖——但重量还在增加……

“南无阿弥陀佛！”即将支持不住的梅津忠兵卫，低声默诵起佛号，“南无阿弥陀佛！南无阿弥陀佛！”

三遍佛号诵完，两手间重量顿时消于无形。梅津忠兵卫惊讶地愣在当场，双手空空——那孩子已不可思议地消失了。几乎与此同时，那个神奇的女子以离去时的敏捷身手，又出现在他面前。女子气喘吁吁，模样娇俏，但眉头上汗水津津，两袖都用手绳绑紧着，看上去像是刚辛苦劳作完。

“善良的梅津君，”女子说道，“你还不知道刚才给了我多大的帮助呢。我是这里的氏神，今晚我的一位氏子正蒙受生育之苦，祈求我的帮助。可是生产的过程非常艰难，我很快发现若单靠自身的力量将难以挽救她。因此，我需要借助你的力量与勇气。我交到你手上的，正是那未出生的孩子。在你感觉到那孩子变得越来越重的同时，危险也在步步紧逼，因为生命之门关闭了。而当你感觉到孩子重得无法承受的同时，那母亲马上就要难产而死了，全家人都在为她哭泣。这时候你连诵了三声‘南无阿弥陀佛！’——诵完第三次时，佛祖之力降临，生命之门重开……你所做的一切，理应得到奖赏。对于一位勇敢的武士来说，没有比力量更好的回报了。因此，不光是你，还有你的孩子，以及你孩子的孩子，子子孙孙，都将获得强大的力量。”

做出承诺后，氏神随即消失不见。

满心惊奇的梅津忠兵卫继续前往主城值班。日出时，他完成了守夜的任务，像以往那样洗脸洗手，准备做晨祈。正当他打算拧干那条长期使用的毛巾时，惊讶地发现，毛巾在他手中竟被轻而易举地拧断了。他试图把拧开的两部分再拧回去，已经两半的毛巾变成了四半——仿佛湿透的纸张一般。他又尝试着把四块毛巾叠在一块儿来拧，结果还是一样。不仅毛巾，各色各样的金银铜铁在他手里也如同泥土般脆弱。

梅津忠兵卫获得了氏神所承诺的巨大力量，成了一个大力士。他不得不小心翼翼地接触任何物品，唯恐自己的指尖会碰碎它们。

回家后，梅津马上打听昨晚镇里是否有人生子。事实证明，一切都如氏神所说，在他经历那番奇遇时，镇上的确有妇人生了个孩子。

梅津忠兵卫的儿孙们，全都继承了他的力量。这个故事被我记录到这本书里的时候，梅津的众多后裔——皆是力大无穷的男子——还生活在出羽国。

兴义法师的故事[1]

距今一千多年前，近江国大津城有一座远近驰名的古刹——三井寺，寺里住着一位博学多识的高僧兴义法师。兴义不仅明辨通达，还是位丹青妙手，举凡神佛、山水、鸟兽，在他笔下无不栩栩如生、韵深意远。

他尤其擅长画鱼，天清气朗时，总是独自来到琵琶湖[2]边，对着粼粼碧水，请渔夫捉来两三尾鱼，放在水缸里，细细描摹它们游水的姿态。因为佛教戒律要求“不杀生”，所以在画完之后，他就像喂宠物那样给鱼儿喂点儿吃的，然后将它们带回湖里放生。

兴义法师的鱼画，观者尽皆拍案叫绝。渐渐地轰动四方，变得闻名遐迩，众多游人不辞辛苦地从远方赶来，就是为了能够一睹他画的鱼。

---

1 本篇怪谈源自中国明朝冯梦龙作品《醒世恒言·卷二十六·薛录事鱼服证仙》，后经上田秋成改编为《梦应之鲤》，收入《雨月物语》中。小泉八云据《梦应之鲤》再度改编。

2 琵琶湖是日本最大的淡水湖，四面环山、景色绝佳，古时称为“近江八景”之一。它与富士山一样被视为日本的象征。

不过，兴义法师所画的鱼中，最活灵活现的，并非对照活鱼绘出的作品，而是他凭借梦中的记忆所画出来的一幅鲤鱼图。

话说有一日，兴义法师正坐在湖边，静观鱼儿游水的各种姿态，不觉间倦意上涌，便伏在岸上打起瞌睡来。他梦见自己化身为鲤鱼，与鱼儿一起在水中嬉戏悠游，十分快活。醒来后，梦里的景象仍然历历在目，清晰地保留在脑海中，他立刻挥毫泼墨，将梦中情景画了下来。这幅画，被他挂在自己禅房的卧榻旁，命名为“梦中之鲤”。

兴义法师的每一幅鱼画，都不肯卖给别人。他常说，如果是山水风景、花卉禽鸟，自己十分乐意割舍，但鱼画是有生命的，不能卖给那些忍心杀鱼来吃的人。而有闲钱买画的人，都是些吃鱼的富人。所以，不管是谁，无论出多高的价钱，兴义法师的鱼画就是一张不卖。

某年的夏季，兴义法师突然生了场大病，堪堪过了七天，病情就严重到口不能言、全身脱力的地步，看上去就像死了一样。弟子们以为他已经圆寂，便着手为他料理后事。可是法事刚刚做完，一名弟子却发现兴义法师的身子仍有微弱的体温。大家一合计，决定暂缓下葬，一起在法师的“尸体”旁守护。

这天下午，兴义法师忽然苏醒，活了过来。他向守护在身旁的众弟子问道：

“我失去知觉多久了？”

“超过三天了。”一个小沙弥答道，“大家都以为师父圆寂了，所以今晨请了您的好友和各地的信众，来寺里为您做法事。之后发觉师父的佛体并未完全冰冷，便决定且慢入葬。如今您果然醒过来了，我们都欢喜得很。”

兴义法师点点头，颇为称许，说道：

“我有一件急事，你们要即刻去办。马上派人去平之助家，那里有一伙年轻人正准备为平之助的生日而大张宴席，席间有酒有鱼。赶紧告诉他们：法师已然复活，敬请延迟开席，立刻到寺里来。我有一件令人称奇的事情，要讲给他们听……”

“赶快去吧。”兴义法师继续说道，“去看看，平之助和他的兄弟们，是不是正如我所说的，在准备生日宴席。”

一个小沙弥随即动身，依命赶到平之助家里。果然见到平之助和他的弟弟十郎，还有一个门客扫守，正在置办酒席。小沙弥大为讶异，连忙将兴义法师的话转述给平之助三人。三人闻言，立即放下手头的鱼和酒，赶到了寺里。

兴义法师此时已在禅房的卧榻等着他们，见三人到来，微笑相迎。彼此见过礼后，兴义对平之助说道：

“我的朋友，有几个问题，需要请你回答，望能如实告诉我。第一，今天，你有否从渔夫文四那儿买过鱼？”

“有。”平之助答道，“大师怎么会知道？”

“稍后回答你。”兴义法师打断了平之助的问题，又问他：

“那渔夫文四今天去你家，是不是提着个鱼篓，里面装有一条长约三尺的鲤鱼？那时正是午后，你跟十郎在下围棋，扫守在旁边观战，还吃着桃子，是不是？”

“太对了！”平之助与扫守一齐惊呼出声，对此极感意外。

“当时扫守看到了那条大鱼，”兴义法师继续说道，“便决定买下来。而且扫守在付鱼钱之前，还从盘里挑了几个桃子送给文四，并请他喝了三杯酒。然后，你们叫来个厨子，那厨子瞧过鱼后，直夸鱼又大又鲜。他按照你们的意思，打算把鱼切成薄片，做成宴席的佳肴……所有的这一切，我是不是都说对了？”

“完全正确。”平之助答道，“这太令人吃惊了。今天我家里所发生的事情，大师竟知道得清清楚楚。可否见告，您到底是怎么知晓的？”

“好吧，该讲讲我的故事了。”兴义说，“你们也知道，几乎所有人都认为我圆寂了，还来参加了我的葬礼。可是，仅仅三天前，我还身体健朗，没有任何不适。我记得那天真是太热了，便想出去走走，透透气，可能会凉快些。正当我从床上起身时，一个不小心扭伤了，只好撑着拐杖踱出去……也许这些都不过是幻觉而已，但你们听完我的遭遇后，就能自行分辨真假了。我完全是依据所见到的情景，照直叙述……”

兴义法师顿了顿，接着往下说：

“我走出禅房后，顿觉眼前豁然开朗，空气清新、阳光明媚，令人精神为之一振。我仿佛刚逃出笼子的鸟儿般，心情愉悦，信步踱到了湖边。湖水清澈澄碧，勾起了我下水一游的兴致。于是我除下外衣，跳入湖中，尽情畅游。我在扭伤之前，还是个不识水性的旱鸭子，此刻，竟然如鱼得水，游得甚是欢畅，这实在叫人惊奇……

“你们大概认为我是在痴人说梦吧？那就继续听下去。就在我纳闷儿为什么变得会游泳时，只见无数美丽的鱼儿游了过来，围着我来回打转。刹那间，我突然羡慕起鱼儿来。须知，不管人类的泳技有多娴熟，都不可能像鱼儿那样长时间地在水下自在悠游。

“便在此时，一条非常大的鱼游到我面前，口出男声，说：‘你的愿望，实现起来轻而易举，请在此稍候。’说完，大鱼转身游走，我就待在当场等着它。过得片时，那条鱼又从湖底游回来，背上负着一个身穿华服、头戴冕冠的人，看上去像一位王子。那人向我说道：‘龙王有旨，念在你平素放生积德甚多，颇具仁心的分儿上，特赐你一套金鲤衣。身穿此衣，即可暂时化为鲤鱼，享受水中诸般乐趣。但你须时刻小心谨慎，不得吞吃小鱼，亦不可贪食香饵，更不能靠近渔夫，以免丧失性命。切记切记！’说完，那人又坐着大鱼沉入湖底深处，消失不见了。

“我低头看看自己，只见全身都被包裹在金鲤衣中，鳞片有如黄金般熠熠闪耀，鱼鳍也长出来了。原来我已经变成一条金鲤了。哈哈，我十分快活，从此以后，想去哪儿，就摇尾鼓鳍游去哪儿，真是逍遥极了。

“我游啊游啊，游览了包括近江八景在内的诸多风景名胜。有时候，我会仰头欣赏在碧绿的水面上跳跃的阳光，或者赞叹倒映在水面上的千岩竞秀……令我印象格外深刻的，是冲津岛和竹生岛，这两岛的水色山光充满诗情画意，映照在水面上，分外旖旎……

“有时候，我会游近岸边，瞧瞧行人的脸，听听他们的话；还有些时候，我在水面打盹儿，不时被附近的划桨声吵醒；到了晚上，月色清莹，真是美极了！只可惜，渔船趋近的灯火常常惊扰我的好梦。而风雨如晦时，我便一直向下，潜入千尺之下的湖底嬉戏。

“如此愉快地过了两三天后，腹中已十分饥饿，我只好游回变成鲤鱼的那个地方，希望找到点儿吃的。

“恰在此时，渔夫文四来此钓鱼。垂入水中的钓钩上挂着香喷喷的鱼饵，我闻到后垂涎不已，但想到龙王的警告，只好悻悻地游开了。

“我不断在内心告诫自己：我乃佛门弟子，无论如何，都绝不能吃那荤腥的鱼饵。但过了半晌，肚中的饥饿，使我再也无法抵御诱惑。我又想：就算文四抓到我，也不会伤害我，因为我俩是老朋友了。如此一想，就放松了对钓钩的警惕，鱼饵的香气变得越发浓烈起来。我实在抵御不住了，索性再度游回钓钩下，一口气将鱼饵全部吞进了嘴里。

“顷刻间，文四迅速提起钓竿，抓住了我。我朝着他疾呼：‘你要干什么？放开我！’但是，文四似乎根本听不懂我的话，立即用草绳穿过我的鳃帮子，把我抛进鱼篓里，带到了你们家。

“鱼篓被掀开后，我看到你跟十郎正在朝南的屋子里下棋，扫守边吃桃子边观战。随后，你们从屋里出来，看到了我——一条大鲤鱼，都相当高兴。我高声大喊：‘我不是鱼，我是兴义法师！赶快带我回寺里去。’但你们置若罔闻，只顾着拍手叫好，商量着用什么法子把我给吃了。

“接着，厨子把我带到厨房，粗暴地将我扔到一块砧板上，那上面还放着一把锋利的菜刀。厨子左手摁住我，右手举刀便斩，我吓得大声惊叫，对着他喊道：‘你怎么能这么残忍地杀我呢？我是一个佛家弟子呀！救命！救命啊！’但那刀子还是在我身上狠狠地划了几下，痛极了！猛然间，我醒了过来，发觉自己身在寺中。”

兴义法师讲完了他的故事，平之助兄弟都感到不可思议。平之助说道：“我现在记起来了，当我们看那条鲤鱼时，鱼的鳃一直在翕动着，却听不到任何声音……我得马上把家里剩下的鱼，全部拿到湖里去放生。”

兴义法师的病，很快就康复了。此后，他又活了很久，创作了大量画作。在他圆寂后，他画的几幅鱼图偶然掉进了湖里，画里的鱼儿竟然立即从绢纸上游了出来，悠然自得地在琵琶湖里畅游呢！

选自《影》

和解[1]

从前，在京都有个年轻的武士，他所侍奉的主家破落，致使他生计无着，陷入困境。迫不得已之下，他只好离乡背井，去遥远的地方侍奉一位国守[2]。在离开京都前，这个武士狠下心肠，休掉了妻子——一个美貌善良的女人。因为他相信，只要另行攀到高门名媛，必能借此发迹，摆脱贫贱卑微的地位。不久，他如愿以偿地在外地娶了一位名门之女，随后便带着新妻前往远方任仕。

年少无知的轻率，加上陷入穷困生活的迷茫，使武士不能理解真情的宝贵，轻易地抛弃了发妻。然而，他的第二次婚姻并不幸福，新妻子脾气暴躁、自私多疑，武士悔恨不已，每时每刻都思念着在京都的日子。直到这时他才醒悟，前妻真的是样样皆好，对自己的爱也远胜过现任妻子。他越想越觉得自己真是个薄情寡义之人，心里的懊悔自责与日俱增，难以释怀。他怀念前妻

1 本篇题名《和解》，改写自《今昔物语》。在改编为电影、舞台剧、广播剧时，译为《武士之妻》或是《黑发》。

2 日本古代的地方行政长官。

温柔的话语、美丽的笑靥、优雅的举止，以及她不厌其烦的耐心与包容——这一切都萦绕在脑海中！有时候在梦里，他也会朦胧忆起过往的清贫日子中，妻子为了补贴家用，没日没夜地坐在纺织机前辛苦工作的身影。更多时候，他梦见的是自己狠心抛弃她时，她绝望地跪在简陋的小屋中，以袖掩面、泣不成声的样子。

这些记忆频繁浮现，使得武士即使在工作时，也时刻想要回到前妻身畔。他的脑海中，总是出现各种自问：她现在过得怎样？靠什么谋生呢？不过他确信前妻不会再嫁给另一个男人，一定会原谅自己的。他暗下决心，要尽快回到京都，乞求前妻的谅解，再带她来任地，用尽一切办法补偿她。可是人在仕途，身不由己，武士在官位上根本无暇抽身，转眼便过了数年。

终于，等到了国守卸任的那天，武士也无官一身轻。“现在，我得赶紧回去了，回到唯一真爱的人身边！”他暗下决心，“当年执意要抛弃她，实在是多么残酷愚蠢的行为啊！”于是他立即把现任妻子送回娘家（两人没有孩子拖累），而后昼夜兼程，匆匆忙忙地赶回了京都。他一心只盼望着能早日见到昔日的爱妻，连更换衣服的时间也不愿浪费，就直奔故居而去。

当他风尘仆仆地赶到故居所在的街道时，夜色已深——正是九月初十之夜，街面上冷冷清清，静寂得好似墓场。借着皎洁的月光，武士没费多少周折，就找到了自己的故居。故居看上去似乎由于年久失修，已然破败不堪，屋顶上更是长满了杂草。武士敲了敲门，无人应答。他又推了推门，发现门没有上闩，便推开屋门，走了进去。屋里的前厅空空荡荡，一无所有，冷风从门板的缝隙中凉飕飕地吹进来，月亮的清辉也从裂开的墙缝直透入来。抬眼四望，触目之处尽皆尘垢堆积，毫无有人居住的气象。

尽管如此，武士还是决定去故居后进的一间小房瞧瞧，那是前妻常去小憩的地方。他靠近小房的障子，见里面微有亮光，不由得生出一线希望，赶忙伸手拉开障子，登时惊喜交集：他的前妻正坐在油灯旁，缝补着衣裳。

同一时刻，前妻也抬眼见到了夫君。她喜形于色，高兴地笑道："呀，你什么时候回京都的？屋里黑灯瞎火的，你怎么找到我的？"岁月的流逝并没有改变她的容颜，她依然如记忆中那样年轻美丽。那银铃般悦耳的声音，因为欣喜的惊奇而颤抖着，比记忆中还要甜美。

武士高兴地坐到前妻身旁，叙述别来种种经历，倾吐相思之苦。他为自己的自私无情深深忏悔；为愧对妻子的恩情，内疚难安。他轻抚前妻，反复道歉，乞求前妻原谅自己，并答应一定会竭尽全力补偿妻子。前妻深情款款地回答他，恳求他终止一切自责。前妻又说道，她迄今虽然仍对夫君的负心感到十分痛心，但也深感自己不配做他的妻子，知道他是因为贫穷才不得已离开自己。夫君和她住在一起的那些日子，一直都待她很好，因此，她也一直默默地为夫君的幸福祈祷着。至于补偿，夫君能够归来，就是最好的补偿了。即使只是短暂的相聚，也已经是莫大的幸福与安慰。

"短暂的相聚？"武士哈哈大笑，说道，"你以为我只是回来探亲？亲爱的，确切地说，除非你不准，否则我七生七世都要与你相伴，永远——永远也不分离！再也没有什么能把我们分开。现在我既有钱又有朋友，不必再为贫穷烦恼。明天我会将财产积蓄都转到这里来，我的仆人会来服侍你。然后，再把这屋子好好修葺一番，弄得体体面面的。今晚——”他再次道歉说，“今晚，虽然我回来得比较晚，但我连衣服都来不及换，便匆忙赶了来，就是为了早点儿见到你，告诉你这些话。”

前妻深受感动，便也将武士离开京都后发生的事情娓娓道来。她巧妙地隐藏了内心的伤悲，绝口不提任何可能勾起不快回忆的往事。他们就这样聊到了深夜，前妻领着夫君来到一间朝南的较温暖的屋子里，这儿曾经是他们的寝室。

“没有人帮你打理屋子吗？”武士见前妻在铺床，问道。“没呢。”前妻苦笑答道，“我可没钱使唤婢女。你离开后，我都是孤身独居。”“那从明天开始，就会有许多仆人供你差遣了。”武士道，“需要干什么，直接吩咐他们就是。”

当晚，他们躺在一块儿休息，但怎么也睡不着，彼此说了很多贴心话。从过去聊到现在，又谈到将来，直到天将破晓，武士才蒙蒙眬眬地合上双眼，沉沉睡去。

当武士醒来时，已是正午时分。阳光从雨户洒进屋里，他游目四顾，惊讶地发现，自己竟然就躺在腐烂发霉的破地板上，什么枕头被褥，统统不见了。

“……我这是在做梦吗？”武士喃喃自语，“不，不像是梦！还有她呢，她和我睡在一起。”他扭过头来，望向身旁的前妻。

“啊！啊！——”武士惊怖万分，吓得尖声大叫起来。只见躺在自己身边的，竟是一具女人的骷髅，骷髅上一丝血肉也无，仅用一层薄薄的床单包裹着骨架。一蓬长长的凌乱黑发，披散在骨

骸之上……[1]

慢慢地，阳光照射到的地方越来越多，但他却不寒而栗，觉得既绝望又难受。他的内心一阵阵抽搐，骇异恐惧不停涌出。随之而来的，是疑窦丛生，疑惑的阴影挥之不去。他感到事有蹊跷，一定要查个水落石出。

于是，武士扮成初来乍到的外乡人，向附近的街坊打听屋子的事情。

“这屋子啊，早就没人住了。”街坊说道，“几年前，屋子里住着个武士的妻子。那武士为了娶另一个女人，抛弃了妻子，离开了京都。他的妻子受不了这个打击，不久就病倒了。她又没有亲戚在京都，无人照料，贫病交加之下，在去年秋季的九月初十就过世了……”

1 此即日本传说中的著名妖怪——骨女。外表是完全的一副骷髅模样，平时会以人皮掩饰真面目。她们生时被人欺辱、蹂躏、抛弃，愤恨而死后，凭着某种执念，即使肉体腐朽了，灵魂依然附着于冰冷的白骨上，驱动着自身的骨骸重回人世，并以妖艳的姿色引诱男人索命。不过，尽管骨女的杀气和怨念都很重，但只对那些负心薄幸的男性进行报复，而不会去伤害无辜善良的人。有些骨女情深义重，甚至还会回到生前的爱人身旁。在爱情催化的作用下，骨女在爱人眼里仍旧是生前的容貌和声音，但在周围的人看来，便是一堆白骨和活人依偎在一起，相当可怕。

普贤菩萨的传说[1]

曾经，在播磨国住着一位法名性空上人的博学虔信高僧。长年以来，他每日都在沉思《妙法莲华经》中关于普贤菩萨的章节；他日夜祈祷，期盼着有一天能见到普贤菩萨以经书中所描述的形貌显现真身。[2]

一夜，僧人诵经时，睡意侵身，不觉间便倚着胁息[3]睡着了。他做了个梦，梦见一个声音对他说：欲见普贤菩萨，须到神崎町的一所游女[4]屋去，找到那里的花魁。醒来后，僧人立即决定前往神崎。他日夜兼程，于次日晚间到达该地。

1 源自古老故事书《十训抄》。——作者注

2 这位僧人的心愿，可能是受到《妙法莲华经》之《普贤菩萨劝发品》一章中相关应许的启发——尔时普贤菩萨白佛言："……是人若行、若立、读诵此经，我尔时乘六牙白象王，与大菩萨众，俱诣其所，而自现身，供养守护，安慰其心，亦为供养《法华经》故。是人若坐、思惟此经，尔时我复乘白象王，现其人前，其人若于《法华经》有所忘失一句一偈，我当教之，与共读诵，还令通利。"不过，这个应许是在"后世后五百岁，浊恶世中"的事。——作者注

3 胁息是一种衬垫扶手，或臂凳，形状狭长，高约一尺，以木或竹制成。僧人在阅读时，把一只手靠在上面。

4 日本古时，"游女"泛指表演歌舞的歌姬及以卖春为生的妓女。——作者注

踏进游女屋后，僧人看到一大群人正聚集在这儿，多半是来自京都、贪慕花魁艳名的年轻人。众人吃喝作乐时，游女花魁一面用娴熟灵巧的技法拍着小手鼓，一面唱起了歌。她唱的是关于室积町一座著名神社的日本古歌，歌词是：

周防国室积町[1]之圣御手洗[2]，
即便无风吹来，
水面亦常泛起涟漪。

这甜美之音宛若天籁，令人倍感欣悦。僧人坐在远处的角落里，听后十分惊叹。突然，游女将目光投向僧人。那一瞬间，僧人看到游女竟变成了普贤菩萨的模样，额上闪耀着似将穿透宇宙极限之霞光，胯下乘着雪白六牙之象。她还在歌唱，但歌词已变得深邃玄奥。传进僧人耳中的歌词是这样的：

实相无漏之大海[3]，
虽不起五尘六欲[4]之风，
却掀涌起，
随缘真如之波。

---

1 周防国属山阳道，今之山口县。室积町在其辖境内，原为室积村，后改制为町。

2 御手洗（英文为Mitarai或mitarashi），是放置在神道教的神龛前，为信众在祷告前漱口和洗手而准备的石质或铜质的水槽或水盘。佛教使用的水槽不叫这个名字。——作者注

3 “实相”为佛教专用术语。实者，非虚妄之义，相者无相也。真如实相离于一切妄染，称为“无漏”；又真如实相含藏一切功德，故称“大海”。

4 佛教谓色、声、香、味、触能污染真性，故称“五尘”；“六欲”指色欲、形貌欲、威仪姿态欲、言语音声欲、细滑欲、人相欲。

那炫目的圣光刺得性空上人闭上了眼睛。但是神迹穿过眼睑，依然能清楚地看到。当他再次睁开双眼时，一切都恢复了原来的模样：只看到那轻击手鼓的游女，只听见那赞美室积之水的歌声。但是，他发现自己一旦合上双眼，就又能见到坐于六牙白象上的普贤菩萨，听到关于实相无漏大海的神秘音声。而其他在场的人看到的却只有游女，完全瞧不见菩萨显灵。

随后，游女忽然从宴客厅里消失了——她何时离去、如何离去，皆无人知晓。自那一刻起，狂欢的酒宴中止，众人脸上的欢乐被失落取代。他们寻游女不见、等游女不回，纷纷郁闷地作鸟兽散。最后，带着这一夜的无尽震撼与困惑，性空上人也起身离去。他刚走出大门，游女就出现在他面前，对他说道："上人，今晚所见之一切，请勿告知任何人。"说完，她登时消失得无影无踪——只留下空气中弥漫的醉人芳香。

记载了这个传说的僧人批注道：游女被迫牺牲色相，满足男人们的淫欲，实乃身份低贱，境遇可怜。因此，谁敢想象这样一个女人会是菩萨的化身？然而，我们必须记住，诸佛菩萨为救度三世六道一切有情，会以无穷变幻之形，降临世间，引导世人皈依菩提，证无上道、脱诸漏苦[1]。甚至选用最卑微之躯体，亦在所不惜。但求此躯体能有助众生脱幻境、归正途。

1 "诸漏皆苦"是说众生的种种行为皆有漏，都不能真正积存下来，就像"竹篮打水"。俗世的名利、地位、眷属、智慧等，都不能恒常。因此，在暂时拥有的同时，就是"苦"。

屏风里的少女[1]

古日本著名作家白梅园鹭水曾有言道：

“在中国与日本的诸多古籍中，均有不少故事记载着由古至今某些栩栩如生的丹青佳作，它们常因其惟妙惟肖、形神兼具，而给观赏者带来不可思议的影响。这些传神妍丽的画作，但凡是出自大家之手，无论是花鸟画或是人物画，皆时有耳闻画中的生物，会从宣纸或生绢中脱离而出，化为活物，做出种种行为举止，并拥有自我意志。此等传说史话，自古以来比比皆是，已无须再赘述。菱川吉兵卫[2]所绘的肖像画便属于此类。其人享有盛誉，大

1 原故事见于《御伽百物语》。——作者注

2 菱川吉兵卫，即浮世绘创始人菱川师宣（1618—1694）。浮世绘，就是表现江户市井风俗人情的绘画作品，分为肉笔画和木版画两种。1670年，菱川吉兵卫首次卖出描绘“浮世”内容的木版画，故被称为“浮世绘始祖”。1672年，在一幅名为《武家百人一首》的插图上，他首次署名为菱川师宣，这被看作浮世绘画师登上社会舞台的历史性时刻。菱川师宣将版画从小说插图的范畴里脱离出来，独立编成绘本，并利用了当时新技术上的改进，使浮世绘版画在质量上毫不逊色于手绘画。他的历史贡献与重要性，还在于有效地融合了早期各种短暂的绘画和插图画流派，为其后两个世纪的浮世绘大发展奠定了基础。

名如今已传遍日本。”

鹭水述说至此，讲了一个与菱川吉兵卫所绘的肖像画有关的故事。

昔时，有一个名叫笃敬的青年儒士，家住京都室町街。一天黄昏，笃敬去朋友家拜访后，归途中经过一家专售二手货的古董店，被店前展示的一面古色古韵的屏风吸引住了。虽然这座屏风仅仅是纸糊的，但其上绘有一幅少女的全身画像，令笃敬大为心动。他向店主询问屏风的价格，感觉相当便宜，便掏钱买下了屏风，带回家中。

笃敬将屏风摆设在寝室中，独自凝神细观，只觉得屏风里的少女比在古董店里见到时更加姣美可人，极可能是以某个真人作为摹画对象——某个十五六岁的少女。画家的笔法极其细腻，小至眉眼、睫毛、樱唇、秀发，都曲尽其妙，无可挑剔。少女眼梢似芙蓉，秋水盈盈；红唇若牡丹，带笑含春；一张青春娇艳的俏脸，美到言语已无法形容。倘若这世上真有一位与画中一样的美女，恐怕没有哪个男人不想一亲芳泽，博取她的芳心。笃敬心想，少女要是真有其人，那该多好，一定比画中更美、更动人。她是那么传神，你向她说话，她仿佛也会答应似的。

从此，笃敬整日都在凝视着屏风上的画像。他感到自己的心已完全为画中少女的魅力所征服。“人世间真的有如此佳人吗？”他边赏画边自言自语，“若能揽她入怀，即便只有片刻光景[1]，我也愿意用自己的生命——不，是千生万世的生命去换取。”

1 日本的原作者称之为“露水一瞬”。——作者注毫无疑问，笃敬是迷恋上这幅画了。再也没有哪个女子可以叩开他的心扉，他疯狂地爱上了屏风上的少女。可是，即使画中的少女还活着，恐怕也已人老色衰，不再如画中那样风华正茂。更何况，搞不好这少女早在笃敬出生前就已经香消玉殒了呢！

就这样日复一日，尽管已近于绝望，但笃敬的爱恋之情非但没有消减，反而与日俱增。他心神恍惚，不食不眠，总是连续几个时辰呆坐在屏风前，痴痴地望着屏风上少女的倩影，对着她说话，就连以往最喜欢的读书、做学问也荒废了。

终于，笃敬病倒了，而且病情每况愈下，他自知离弃世之日已然不远了。

幸好，笃敬有一个朋友，是位德高望重、恂恂儒雅的老学者。他对古画研究颇深，也能体察年轻人的心事。在听说了笃敬病重一事后，老学者便前来探访。当他见到屋里的屏风后，登时对笃敬的病因了然于胸。笃敬向他诉苦，声言若不能找到画中女子，情愿一死了之。

老学者向笃敬郑重说道：

“此幅人物画，乃菱川吉兵卫所绘，画中人此刻早已不在人世了。但由于菱川吉兵卫在画中倾注了极多心血，不但绘出了少女的身姿相貌，还画出了她的精气神。由此观之，这幅画是有灵魂的。所以，你想抱得美人归，也并非不可能。”

笃敬闻言，兴奋万分，他从床上支起半个身子，热切地望着老学者。

“首先，你必须为这位少女取个名字。”老学者继续说道，“而后，你要每天都坐在画前，一心一意，脑中不停地想着她，并且在口中温柔地轻呼着你替她取的名字，直到她向你说话为止……”

“向我说话？”年轻人惊叫起来，迷惑不解。

“没错！”老学者答道，“少女肯定会回答你。不过，你要准备好我所交代的东西，作为她回答你以后的礼物。”

“为了见到她，我甚至可以用生命来交换！”笃敬激动不已。

“不，无须如此。”老学者微笑道，“你只要向一百家不同的酒铺买酒，然后将酒装满一个酒杯。届时，少女从屏风中走出来后，如果接受了这杯酒，事情就成功了一半。接下来怎么做，她自会与你说。”

说完，老学者告辞而去。他的这席话，令笃敬从绝望中振作了起来。

笃敬立即正襟危坐于屏风前，柔声呼唤着少女的名字[1]。一遍又一遍，语调温和缠绵。

第一天、第二天、第三天……许多天过去了，少女都没有回答。笃敬毫不气馁，继续耐心地呼唤着。

又过了些时日，突然，某天晚上，当笃敬依旧对着屏风轻呼少女的名字时，一声低语传来：“是！”

笃敬惊喜万分，以最快的速度端出事先准备好的从百家酒铺采买的美酒，倒入酒杯中，小心翼翼地递给少女。

那少女果然从屏风中走了出来，双足踏在屋里的榻榻米上，从笃敬手里接过酒杯，吐气如兰，微笑着问道：

1　到底是何名字，日本的原作者忘记告诉我们了。——作者注

“你为什么如此迷恋我呀？”[1]

“但是，你不会很快就对我感到厌烦吧？”少女担心地问道。

“在我有生之年，绝不会喜新厌旧！”笃敬斩钉截铁地回答。

“然后呢？”少女又问。日本的新娘，并不满足于只做一生一世的夫妻。

“那，就让我们立誓为证吧！”笃敬恳求道，“我愿与你七生七世永为夫妻！”

“要是你变心的话，”少女说道，“我马上就回屏风里去。”

于是，两人对天地盟誓，誓言永不相负，随后结为了夫妇。

我想，笃敬肯定是个对爱情忠贞的好男人，因为新娘再也没有回到屏风里。屏风上原本绘着少女身姿的位置，至今仍然空白着。

白梅园鹭水感慨道：“如此奇事，当真稀世难逢。”

1 日本原作中写道：“少女比在画里时还美上几分。她十指纤细，嫩如春葱；气质高雅、心性纯洁，实是倾国倾城的绝代佳人。”只是笃敬究竟怎样回答少女的问话，并没有记载下来，我也不知晓，只好请读者们自行去猜想了！——作者注

骑在尸体上的男子

身体似冰般僵冷，心脏也停止了跳动，除此之外没有其他死亡迹象了。居然没有人说要埋葬这个女人，因为，她死于被丈夫休掉的痛苦与愤怒中，埋掉她根本没用，死人临终时的复仇执念，可以在任何坟墓中爆发，并掀起坟墓最厚重的石板。住在她附近的人全都逃离了家园。他们知道，她在等待那个负心的男子回来。

她死时，那个男子正在外头旅行。当他回来得知所发生的一切后，深深的惧意侵袭了他的全身。“如果天黑前没人帮我，”他思忖着，“她会把我撕成碎片的。”此际虽然还只是辰时[1]，但他很清楚事态已然刻不容缓。

他马上去找了一个阴阳师[2]乞求帮助。阴阳师知道那个死去女人的事，他曾经见过那尸首。他对男子说道：“你已大祸临头了，但我会尽力救你，你必须完全按照我说的去做。目前只有一个法子可

1 上午七点到九点。

2 精通阴阳术的专家。他们自称不但懂得观星宿、相人面，还会测方位、知灾异、画符念咒、施行幻术，能看见一般人见不到的恶鬼或是怨灵。

以救你，不过此法甚是凶险，除非你敢尝试，否则她将把你撕成碎片。如果你有勇气，请在黄昏时来找我。”男子浑身战栗，答应完全按照阴阳师吩咐的去做。

日落时分，暮霭四合，阴阳师和男子一起来到停放女尸的屋前。阴阳师推开屋门，叫男子进去。天色已经暗下来了。“我不敢！”男子从头到脚，全身都在颤抖，吓得直喘粗气，“我甚至不敢看她一眼！”“你将要做的事情，远比看看她可怕得多。”阴阳师说，“你已答应照我说的去做。进去！”他强迫战战兢兢的负心汉进到屋子里，走到尸体边上。

女尸面朝下趴着。“现在你必须骑到她身上，”阴阳师说道，“然后稳稳地坐在她背上，就像骑马那样……快点儿！你必须这么做。”男子已经抖得不行了，阴阳师不得不扶着他。男子终于骑了上去。“现在，抓住她的头发，”阴阳师命令道，“左手抓一半，右手抓一半——对——像握紧缰绳那样抓紧了——双手用力。就是这个样子！听我说，你必须保持这个姿势直到天明。到了夜里可能会很恐怖——原因很多——但不管发生什么事，千万不要松开她的头发。如果你松手了，哪怕只有一瞬，女尸也会把你撕成碎片！”

接着，阴阳师在女尸的耳边念了几句咒语，对男子说道：“现在，为了我的安全起见，必须让你一个人待在这里了……保持这个姿势！无论如何，记住，千万不要松开她的头发。”说完，阴阳师转身就走，随手关上了屋门。

时间流逝，夜，静谧深沉，骑在女尸上的男子感觉到了黑暗中传来的无尽恐惧，直到他的尖叫声打破了这份死寂。猛然间，那女尸倏地跳了起来，试图把身上的男子甩下去。她边晃动身子，边大喊着：“啊，太重了！不过我要把这负心人带到那边去。”

然后她昂首站起，跳到门边，猛地打开门，冲进了苍茫夜色中，背上一直背着那男子。男子紧闭双眼，两手紧紧抓住女尸的头发，紧紧地，紧紧地，绝不敢松动分毫，尽管他已害怕到连大气也不敢出。黑暗中，也不知道女尸跑了多远，他什么也瞧不见，只听见光脚丫踏地的噼啪噼啪声，还有她跑动时喘气的咝咝声。

最后，女尸精疲力竭，掉头跑回了屋里，又躺到原来的地方。也不管那男子就骑在她身上，就这么喘息着、哀叹着，直到雄鸡唱晓。当阳光照进屋里时，她恢复了平静。

那男子吓得牙齿直打战，直愣愣地坐在女尸上等着阴阳师。日出时，阴阳师来了。“看来，你一直没有松开她的头发啊！”阴阳师十分高兴地说，“这样很好……现在你可以起身了。”他又在女尸耳旁念了些咒语，然后对男子说道，“你肯定度过了一个极其恐怖的夜晚，但是除此之外没有别的法子可以救你。从此你安全啦，不必再担心她的报复了。”

这个故事的结局似乎无法满足传统道德观的要求。负心的骑尸者既没有变疯，也没有吓得一夜白头。我们所知的，仅是“他感激涕零地拜谢阴阳师”。故事的附注也同样令人失望，原作者写道：“据说，骑尸男子的孙子依然健在，而阴阳师的孙子现在就生活在大宿直村里。”

这个村名，在如今的日本地名册中，已不能寻见。自该故事被记载以来，许多城镇村庄的名字都发生了改变。

弁天女神的感应[1]

在京都有一座著名的大通寺，清和天皇的第五皇子贞纯亲王[2]，曾经作为僧侣，在此度过了他的大半生。寺境之内，还有众多知名人物的墓冢。

然而，如今的寺庙已不复旧貌。大通寺在经历了一千多年的风风雨雨后，早已朽败不堪，不得不在元禄[3]十四年进行了重建。

为庆祝大通寺重建完成，寺里举行了盛大佛会，成千上万人前来参拜，其中有个叫花垣梅秀的年轻书生，漫步在新建成的寺院庭园中，对眼前的一切感到说不出的喜爱。当他来到以往时常小酌几杯的泉边时，惊奇地发现泉眼四周的土地已被翻整，建起了一个方形的水池。水池的一角，立着一块木牌，上面写着“诞生水”[4]。他

1 原故事见于《御伽百物语》。——作者注

2 贞纯亲王（873—916），日本平安时代前期皇族，清和天皇的第六皇子。原文误为第五皇子，特此说明。

3 “元禄”是日本年号之一，时在1688年至1703年。这一时期的天皇是东山天皇，江户幕府的将军是德川纲吉。

4 此处的“诞生”一词，应理解为佛教中神秘的新生或重生，而不是西方人所理解的出生之意。——作者注

还看到水池旁有间小神社，里面矗立着一尊虽不高大但气质娴雅的弁天女神[1]像。正当他在新寺中游目眺赏之际，突然一阵风吹来，将一张彩色短笺吹到他脚下，短笺上写着这样一首和歌：

手携玉帚盼定情，

祷祝真缘永不变。

此歌由著名歌人俊成卿[2]所作，乃颂咏初恋之歌，花垣对此十分熟悉。他细观这首写在短笺上的歌，但见字迹娟秀，显然是出自女子之手。字与短笺仿佛浑然天成，精美得令花垣不敢相信自己的眼睛。那纤细的文字间，飘散出一种淡淡的、说不出的优雅，可以看出书写者正处于妙龄年华。墨迹的颜色纯净饱满，从中似乎能看到她纯洁善良的心。

花垣小心地收起短笺，带回家中。当他再次展笺欣赏时，发觉上面的字迹比初次看时显得更加优美、素雅。他凭借长期钻研书法的经验，越发坚信，这首和歌是一位非常年轻、聪慧、温柔的女子所书写。他自信地猜想着，渐渐地，脑海中描绘出一个十分迷人的美女的身姿。他发现自己已经狂热地爱上了这位素未谋面的女子。那么，首先要做的，当然是找到她，如果可能的话就娶她为妻……可是，该怎么去找她呢？她是谁？家住哪儿？茫无头绪的花垣，唯

1 又译弁财天、辩才天等，来自印度佛教，是梵天从自己身体里诞生出来的女神，同时也是他的妻子。传入日本后，弁财天位列七福神之一，精通音乐、善于雄辩。日本人将她当作财富之神来膜拜。

2 平安末镰仓初歌人藤原俊成（1114—1204），《千载和歌集》的编者之一，平安时代末期歌坛“幽玄”之风的提倡者，作品风格绮丽温婉。

有寄希望于他所崇奉的神佛能帮助自己找到这名女子。

冥冥中神佛可能真的乐于伸出援助之手。花垣突然想起，是在弁天女神的神社前拾到这张歌笺的。要知道，弁天女神相当灵验，不少男女都向她祈求得到幸福的姻缘。想到这点，花垣决心寻求女神的帮助。于是，他立刻向大通寺的庭园飞奔，来到“诞生水”旁的神社，怀着一颗虔诚炽热的心，祈求道：“弁天女神在上，请怜悯我一片痴心，帮我找到在短笺上写歌的那位少女吧！或者至少赐我一次与她见面的机会，哪怕只是片刻！”祷告之后，他便开始了七日虔诚的祀愿，以表示对神的敬意。同时他发誓，在第七日夜晚，将于女神像前整夜不停地祷告。

第七日夜，他来到女神像前守夜。万籁俱寂中，突然听到寺院正门外传来请求开门的声音，寺内有人答应着，随后大门嘎吱一声被打开了。花垣看见一位气度不凡的老者，慢慢地踱步入寺。这位老者衣着华贵，满头银发，戴着一顶乌帽，从打扮上可以看出地位颇高。他来到女神像前，双膝跪下，神情谦恭，好像在等待神明的什么指示。紧接着，神社的外门也打开了，门上挂着半卷的竹帘，遮住了门内的情形。一个相貌俊美的稚儿[1]走了出来，他的头发按古老的方式绾成发髻盘在脑后。稚儿站在殿门前，嗓音洪亮地向老者道：

“此刻有位信男正祈求一段姻缘，但这段姻缘与他目前的地位不相符，很难实现。不过此子诚心可嘉，非常值得我们同情。所以今晚把你召来，想让你看看能否帮助他。如果能确证他和心上人在

1 “稚儿”这个词在日文中通常指贵族的侍童，尤指皇家的侍童。在本故事中出现的稚儿，指的是神佛的侍童，是女神的信使与传话者。——作者注

前世就有宿缘，就让他们相互结识吧！”

老者听完，恭恭敬敬地朝稚儿鞠了一躬，随即起身，从左边长袖的口袋中抽出一条深红色的丝线。他用丝线的一端环绕着花垣的身体，就像将他绑住一样，线的另一端则投入一盏灯的火焰中。当红丝线燃烧起来时，他三次挥舞手臂，仿佛在召唤某人从黑暗中走出来。

渐渐地，寺中由远及近传来了脚步声，一个十五六岁、楚楚动人的少女，轻移莲步向这边走来。她的脸上带着一丝羞涩，淑雅地用锦扇遮住脸的下半部分，跪在了花垣旁边。

稚儿对花垣道："近来，你在精神上遭受了极大的痛苦，不顾一切的爱已使你的身体日渐消瘦。我们不忍心让你陷入如此痛苦的境地，所以就让月老召来那位在短笺上写歌的女子。现在，她就在你身旁。"

稚儿言罢，立即隐到了竹帘后，月老也离开了。那位女子跟着月老，转身离去。这时，寺院晨钟响起，天光破晓，东方渐白。花垣怀着感恩的心向弁天女神像叩拜后，离寺返家。他细细回味刚才的遭遇，感觉就像做了场美梦般，心头甜丝丝的，还沉浸在见到梦寐以求的美丽女子的喜悦之中。但同时，他的心头又隐隐不安，担心再也见不到那位少女了。

当他穿过寺院大门来到大街上时，几乎不敢相信自己的眼睛，只见一位少女独自走在与他同向的路上。即使是在拂晓，他也能立刻认出，此女正是在弁天女神像前，稚儿介绍给自己的那位女子。他加快脚步，正欲赶上前去，那女子转过身来，优雅地向他行了一礼。他心中小鹿乱跳，强抑兴奋之情，与少女攀谈起来。少女甜美的声音，令他感到无限欢喜。他们在寂静的街上走着，愉快地聊着，不知不觉间，来到了花垣的住处。花垣停下脚步，诚恳地告诉少女自己心中的愿望与担忧。女子微笑道：“阁下有所不知，妾身此来，就是为了嫁与你为妻的。”说着，跟随花垣进了屋。

就这样，他们成婚了。妻子的贤惠、善解人意令花垣万分欣慰。相处日久，他越发觉得妻子比以往想象得更完美：不但写得一手好字，还雅擅丹青，精通插花、刺绣、音乐，编织女红也颇为拿手。总之，妻子秀外慧中，将家中一切打理得井井有条。

自初秋相识、结合以来，他们一直生活得融洽美满。花垣对妻子的爱与日俱增，直到冬天来临。在这几个月里，他们没有受到任何外来的打扰，唯一令花垣感到忧虑的是，他仍然对妻子的身世、背景一无所知，与此有关的事，她也从未提起过。由于是女神将她赐给自己的，花垣觉得不好过分探究。美满姻缘来得如此容易，也使他时刻担心有人会将妻子带走。然而不论是月下老人，还是其他什么人，都没有来，也没有任何人问起她。周围的邻居不知何故，都对他的妻子视若无睹，仿佛根本看不见她的存在。

花垣对这一切迷惑不解。但更奇怪的经历正等着他。

一个冬日的清晨，花垣路过城町中一个较偏僻的地方时，突然听到有人在大声喊他的名字，一名男仆站在一座府邸门前，向他挥手招呼。花垣见此人面孔甚为陌生，况且在京都这一区，自己并无相识之人，所以他对有人突然招呼自己感到十分意外。那名男仆走到近前，十分郑重地致敬行礼后，说道：“敝主上希望能与阁下见一面，说几句话。望阁下能屈尊移步，到府中一叙。”花垣犹豫了一会儿，便跟随男仆进了那座府邸。一位衣着华贵、气度不凡，一望可知是主人的老者站在玄关处迎接他，并客客气气地将他引到会客厅。两人互相行过初见之礼后，主人面带歉意，说道：

“冒昧相邀，阁下一定深感唐突。请容老朽详述此举缘由。听完解释，或许阁下便会原谅老朽。老朽坚信此事乃神明所给予之指引。

“老朽有一女儿，年方二八，一手字写得尚可[1]，其他技艺亦有小成，也拥有寻常女子的自然天性。我们都急于为她找到一位好夫君，让她得到幸福。于是我们时常向弁天女神祷告祈求，并且给京都每一座弁天女神社都送去了我女儿写的歌笺。过得数晚，女神突然托梦给我，说道：‘你的祈求我已听见，为此，我特意将你的女儿介绍给了一名男子，这名男子将成为她的夫君。冬天来临时，他会来拜访你。’对于这番神谕，我并不是很明白其中的含义，所以感到十分困惑。我以为那只是一个普通的梦，无甚特别之处。但是昨晚，我又梦见了弁天女神，她对我说：‘明天，我曾跟你提起过的那名年轻男子，将会来到这条街上，你要把他唤入府中，让他做你的女婿。他是个有为的青年，前程不可限量。’之后弁天女神详细述说了你的名字、你的年龄、你的出身，还描述了你的相貌特征、衣着。我把这些转述给男仆，所以他非常轻易地就认出了你。”

听完老者的解释，花垣不但没有释疑，反而越发困惑了。但他仍然礼貌地向主人行礼致谢，感谢他的盛情相待。随后，老者将花垣请到另一间房中介绍给自己的妻子，并声称要把女儿嫁给花垣。花垣面露窘相，但他无法推托，也无法在这种特殊氛围中告诉老

---

1 按日本传统，父母对子女的成就应该谦逊，所以“尚可”这样的评价，对客人而言就意味着“相当好”。出于同样的原因，后面使用的“小成”和“寻常”这两个词的实际含义，也与字面意思几乎是相反的。——作者注

者自己已经结过婚。他更不能说出自己的妻子是女神赐予的，所以不能分离。他唯有报以沉默，在惶恐中跟随主人又来到隔壁的房间中。这里，是老者女儿的闺房。

当老者向花垣介绍自己的女儿时，那一瞬间，花垣惊讶地发现，这位少女的相貌，竟与自己的妻子一模一样！

然而，虽然外貌一模一样，她们之间又有不同。

原来，月下老人用红线牵来的，只是少女的灵魂。之前嫁给花垣的，也仅仅是少女的灵魂。

而现在，在岳父家中，花垣将要娶的，则是少女的肉体。

啊！弁天女神为她的崇拜者创造了怎样的奇迹啊！

这个古老的故事讲到这里，突然中断了，留下了很多令人不解之处。这样的结局是无法令人满意的。有的人想了解在少女的灵魂嫁给花垣期间，少女的肉体有怎样的心理活动。有的人想知道灵魂到底是怎样的，它真的能持久而独立地存在吗？作为灵魂已经独立出去的肉体，是否在耐心地等待夫君前来迎娶？而灵魂又是否想去看看自己的肉体？但是这个故事的结尾，对以上问题全都没有做出回答。

不过，我的一位日本友人用他的理解来解释了这个神奇的故事：

“其实，是歌笺变化成了那个只有灵魂的新娘，所以新娘的肉体可能并不知道在大通寺中见面的那一幕。当少女在歌笺上书写着娟秀的文字时，倾注了自己的灵魂，使这些文字具有了生命力。因此，弁天女神才能从歌笺上唤出与少女一模一样的人。”

人鱼报恩记[1]

从前，有个名叫俵屋藤太郎的年轻人，住在近江国。他的居屋坐落在琵琶湖畔，离大名鼎鼎的石山寺不远。藤太郎略有资产，小日子过得舒适安逸。只可惜他年已二十九岁，仍是孤身一人。他最大的心愿，便是娶一位貌若天仙的女子为妻，奈何一直没有机缘讨到心仪的美娇娘。

某天，藤太郎行经濑田长桥[2]时，瞧见一个形貌怪异的生物正蹲在桥栏边。这怪物，躯体似人，却全身墨黑，颜面狰狞仿佛妖魔，双眼碧绿好比翡翠，长髯飘舞又似龙须。藤太郎乍见之下，吃了一惊，但定睛细看，只觉那绿眼睛中满是温和友善的神色，并无恶意。踌躇片刻后，他便壮起胆子，走上前去。那怪物口吐人言，

1 原故事见于《戏闻盐梅余史》一书。——作者注

2 濑田长桥在日本的传说中很有名，其全长近八百英尺，望之风光秀美。这座桥横跨于濑田川与琵琶湖交汇处的水域。石山寺是日本风景最优美的佛教寺庙之一，距离大桥不远。——作者注

说道："阁下勿惊，我乃雄性人鱼[1]，此前一直在龙宫[2]中服侍八大龙王。因为小小过失，就被龙王从龙宫中驱逐出来，漂流海外。既乏果腹之食，亦无栖息之所，徘徊流浪，无处可去。若阁下能怜悯于我，求您赐些食物，并给个容身之所，可否？"

人鱼苦苦哀求，语调谦卑凄凉，令藤太郎同情之心油然而生。"随我来吧，"他说道，"我的花园里有一个又大又深的池塘，你想住多久都行。食物也充足得很，任你吃多少！"

那人鱼便跟随藤太郎归家，见到池塘果然宽敞幽深，十分满意。

从此之后的近半年时间里，这个奇怪的客人就一直住在池塘里，藤太郎每天都定时给他投喂适合海中生物吃的食品。[3]

转眼到了同年的七月，邻近的大津町里，有一座大佛寺——三井寺，特意举办了一场"信女祈福法会"。藤太郎闻讯，也来到大津城观礼。但见贵妇名媛、碧玉闺秀，如云美女纷至沓来，令人目不暇接。就在这莺莺燕燕中，藤太郎发现了一位非常标致的年轻女子，看上去约在二八年华，面容洁白胜雪，清纯明净；小巧的香唇灵秀丰润，如樱桃般玲珑可爱。可以想象，她娇声轻言时，音色必然如夜莺鸣唱于梅枝般悦耳动听。藤太郎对这少女一见钟情，不由得神魂颠倒，见她转身离开三井寺，就慌忙跟了上去，在其身后不疾不徐地尾随着，终于知晓了少女的住处。原来少女和她的母亲将

---

1 人鱼，中日两国的古代典籍中，称为"鲛人"。传说它们鱼尾人身，生活在海中，部分与海相通的大河大湖里也有少量鲛人。

2 "龙宫"也是许多日本传说中所描述的整个海底仙境的名字。——作者注

3 从原故事中的这一节来看，人鱼并未被描述成怪物，而是一位值得同情的男子。——作者注

在附近的濑田村亲戚家暂住数日。藤太郎又向濑田村的村民打听，得知少女名叫珠名，尚未许配人家。她双亲不愿将她嫁入平民之家，若有人想娶珠名，必须备齐一万颗宝珠，放入首饰箱中，作为下聘之礼。

藤太郎不问则罢，一问之下失望至极，沮丧地回到家里，心想珠名双亲的要求如此苛刻，自己只不过薄有资产，想娶珠名为妻，简直难于登天。更何况全国都未必能凑齐一万颗宝珠，即使能收罗到，也只有大名才有希望得到它们。

尽管如此，藤太郎却怎么也不能对珠名忘怀，把她的一颦一笑都深印在了脑海中。他每日里寝食不思，日念夜想，眼前尽是珠名鲜活生动的娉婷倩影在晃动。日复一日，他终于害了病，卧倒在床，精神萎靡，只得延医诊治。

医师仔细把过脉后，长叹了一口气，说道："你这病，用任何药都无法医治，因为这是相思病。中国古代的琅邪王伯舆，就是得相思病死的。你还是及早准备后事吧。"说完，医师连药方也没开给藤太郎，便告辞而去。

便在此时，住在花园池塘里的人鱼听说恩人病了，赶忙进屋，夜以继日地照顾藤太郎。但他并不清楚恩人的病因，也不知道病情正逐渐加重。大概过了一周时间，藤太郎已心中有数，自己即将不久于人世，便唤来人鱼，交代遗言：

"这段时日以来，你在我家中做客，或许是咱们前世结下的缘分吧。但现在我已经病入膏肓，日甚一日，这条命就像清晨的露珠一般，不待日落，就要消逝了……可是我最牵挂的还是你。以往我能够时刻照顾你，给你吃的。要是我走了，就再也没有人关心你、照顾你了……我可怜的朋友……唉！这世上的事，太多天不遂人愿。”

听了藤太郎这番遗言，人鱼忍不住发出怪异而痛苦的号啕声，涕泗交流，血色的泪水从绿眼眸中大滴大滴地流下来，滑过漆黑的面庞，滴落在地板上。不可思议的怪事发生了：那些血泪一碰到地面，立刻凝结变硬，化成了赤红如火、璀璨夺目、价值连城的红宝珠。原来，当人鱼悲伤哭泣时，滚落的泪水就会变成美丽的宝珠。[1]

见到如此神奇的事情，藤太郎惊喜若狂，霎时间神清气旺，恢复了活力。他倏地跳下床，捡起人鱼落下的泪宝珠，一面数着，一面高声叫嚷起来：“我的病有的治了，太好了，这下死不了啦！”

人鱼见恩公大呼小叫的模样，惊诧莫名，登时便停止了哭泣。他困惑不解地向藤太郎询问，为什么说重病有救了？于是藤太郎便将自己如何邂逅那位美貌少女、如何得知求婚的聘礼竟要一万颗宝珠等事，仔仔细细地全告诉给了人鱼。

“本来我觉得要弄到一万颗宝珠根本毫无可能。所以整日郁郁寡欢，以致害了这场大病。”藤太郎笑着说道，“哪承想，你却在这时候帮了我一个大忙，让我一下子得到了这么多宝珠。看来迎娶那少女有望了。只不过，现在这些宝珠还不够一万之数，拜托你，能否再大哭一场，将宝珠数量凑齐？”

人鱼闻言，摇了摇头，用惊讶和责备的语气答道：

“您看我像是个倚门卖笑的人吗？说笑便笑，说哭便哭？不！

---

1 中国的典故“鲛人泣珠”即言此类事。

只有妓女才会为了讨好男人而流泪。而我是来自海底世界的生物，如果不是发自内心的真实悲伤，是绝对流不出眼泪的！适才之所以流泪，是我以为恩公快要死了，内心真正地感到难过，才会泪如泉涌。此刻恩公已经痊愈，我可就哭不出来了。”

“啊，那该怎么办？”藤太郎可怜巴巴地问道，“要是凑不够一万颗宝珠，我就娶不到那少女啦！”

人鱼沉默着，思索了一阵子，回答道：

“请您听好了，今天我是无法再哭了。不过明天，请您带上美酒和一些鱼，咱们一块儿到濑田长桥去，饮酒吃鱼。我会遥望龙宫方向，回想起在那里度过的欢乐时光，心底自然会生出思乡之情，或许到时就哭得出来了。”

藤太郎欢喜不已，点头应允了。

第二天清晨，他们带着佳酿与各式鱼肴，来到了濑田长桥上坐下歇息，喝酒食鱼。痛饮美酒后，人鱼远眺龙宫方向，往事一件件浮上心头。渐渐地，在美酒的作用下，去国怀乡的伤感弥漫胸臆，人鱼但觉有家难归，情何以堪，不由得悲从中来，泪如雨下。血色的泪水，大颗大颗地落到桥面上，变成了赤色的宝珠。藤太郎急忙拿出早已准备好的首饰箱，小心翼翼地将宝珠装进去。一边捡，一边在心里默数着，直到拾满了一万颗宝珠。

藤太郎喜不自胜，高兴地欢呼起来。

与此同时，从远处的湖水中，传来阵阵悦耳的丝竹管弦之声，湖面上缓缓升起一座凌云宝殿，金光灿灿，如日耀目。

人鱼跳上桥的栏杆，举目细观，随即笑逐颜开，扭头向藤太郎说道：

“这一定是龙宫有大赦令，八大龙王在召我回龙宫去呢！现在，我必须跟您道别了。能有机会报答您的恩德，我很开心。再见！”

说完，人鱼跃身跳入桥下。从此以后，再也没人见过他。

藤太郎带着装满一万颗宝珠的首饰箱，献给珠名的双亲做聘礼，终于如愿以偿地娶了珠名为妻。

选自《灵之日本》

碎片

日落时分，他们来到了山脚下。那里没有任何生命的迹象——既无水流，亦无草木，也不见飞鸟踪影——唯有连绵无尽的荒芜。山顶隐没于霄汉。

菩萨对年轻的同行者说道：“汝所欲观瞻之物，必将显现。只是圣境路途遥远，道路崎岖。汝须紧随于我，休要畏惧，必有佛力护佑。”

他们向上攀登。暮色渐浓，将他们笼罩。脚下的路从没有人走过，完全见不到前人踏访过的足迹。路上尽是无数碎石，在脚下翻滚着。有时还有大块的石头滑落，发出空洞的回声；有时，被踩踏到的东西又会像空壳一样爆裂，发出脆响……星辰为他们指着方向，使人欣慰。夜色越发深沉。

“别害怕，孩子，”菩萨指点道，“尽管道途艰难，却无甚危险。”

星空下，他们奋力攀登。因有佛力相助，故而步履劲疾。他们穿过云遮雾罩的区域，从高处回首下望，下方云流无声翻涌，犹如乳色大海的潮水，随着两人的攀登而不断扩散。

他们连续爬了几个时辰，看不清脚下踩着什么东西，发出沉闷却柔和的声响；微弱的冷光倏忽亮闪，又倏忽暗灭。

年轻朝圣者的手一度搁到一个颇为光滑却不是石头的东西上，他举高那东西查看，朦胧间见到了死亡露出的嘲讽与狞笑。

“切勿徘徊停留，孩子！”菩萨的声音催促道，“离我们要到达的顶峰，还很遥远！”

他们在黑暗中继续攀登，不断地感受着脚下有东西在柔软而奇异地碎裂，看到冰冷的光忽明忽灭，直到夜幕的边缘开始泛白，星星渐隐，东方晨光熹微。

二人仍在攀登，在佛力相助下迅疾地攀登。他们周围是死亡的寒冷与无边的寂静……一团金色的火焰在东方腾起。

随后，朝圣者的目光第一次见到了山形的全貌。年轻人登时战栗惊怖，无比恐惧——这山完全没有实地，无论是在他的下方、上方，还是在他的四周，都只有一堆可怕的、无量的骷髅，以及骷髅的碎片和骨灰；还四散着脱落的牙齿，发出森森寒光，就像潮汐中贝壳碎片的微光。

“别害怕，孩子！”菩萨高声说道，“唯有心念坚定，方能到达圣境！”

在他们身后，世界已然消失。除下方的云海与头顶的天空，以及云天之间向上堆积斜伸的骷髅山外，一切都望不见了。

接着，太阳与登山者一起向上，但是它的光芒毫无暖意，反倒冰冷如剑锋。恐怖的高山、噩梦般的深渊、周围死一般的寂静，惊惧不断增长，越来越沉重地压在朝圣者身上，令他举步维艰，以至于全身所有的力量仿佛都消失了，像沉睡者一样梦呓着。

“快点儿，快点儿，孩子！”菩萨喊道，“此地白昼短暂，距离山顶仍远。”

但朝圣者却尖叫道：“我害怕，怕极了！我全身都脱力了。”

“力量会恢复的，孩子。”菩萨回道，“现在看看你的下方、上方和四周，告诉我你看到了什么。”

“我做不到。”朝圣者颤抖着，紧贴着山体道，“我不敢往下面看！在我面前和周围，除了骷髅，什么都没有。”

“可是啊，孩子，”菩萨微笑着，柔声道，“你可知这座山是由何物堆造？”

朝圣者依然浑身颤抖，重复道：“我害怕，怕极了！除了骷髅，什么都没有！”

“是的，这是一座骷髅山。”菩萨回应道，“但是你要知道，孩子，这些骷髅都是你自己的！它们每一个都曾是你的迷梦、妄念和欲望的巢穴。它们中没有一个是其他生命的骷髅。所有的——无一例外——全是你的，是你亿万个前世所化成的。”

振袖和服[1]

最近，我穿过一条主要由旧货交易商租赁经营的小街时，注意到其中一间店铺前面挂着一件名叫“紫葵”的紫色振袖和服。看起来，它昔日的主人肯定是德川幕府时代的贵妇。我停下来，细看上面的五纹[2]，那一刻，我脑海中浮现出一段记忆：据说与此相似的一件振袖和服，曾导致江户城的毁灭。

距今大概二百五十年前，幕府所在的江户城里，有位富商的女儿。某日，她来到寺院烧香礼佛，在如梭的人潮中，惊鸿一瞥，偶然间望见一位俊秀非凡的青年武士，顿时一见钟情。遗憾的是，少女还没来得及让随行的侍从上前打听武士姓甚名谁、来自何方，俊秀武士就已隐没于人群中，杳无踪影。不过那武士的身影、服饰，甚至他衣袖上的小小家纹，都清晰地烙印在了少女的脑海中。特别

1 即长袖和服，是未婚的日本年轻女性正式的礼服，其制作与质地相当讲究，融合了高雅气度与深层内敛之本质，一般只在庆典、毕业、宴会以及新年时穿着。

2 正装和服（大振袖）通常会在背后正中间、两袖后、两胸前，绣上五处家徽，称为“五纹”。

是他那一身光鲜亮丽的节日盛装，与少女的美丽和服相比也不遑多让。武士穿着它，风度翩翩，最能吸引思春少女的炽热目光。

于是，少女便想做一件质地、颜色、家纹都与那青年武士所穿的服饰完全相同的和服。她认为，只要穿上一模一样的衣服，或许在将来的某个场合，可以最快地吸引到武士的注意。

和服很快就做好了。这是一件结合当时的流行款式精心制作的振袖和服。少女非常珍视它，每次出门，都穿着这件和服；每次归家，都把和服挂在闺中，想象着那未知名的心上人身穿和服的风姿。有时她会在和服前驻足几个时辰，柔肠百转，幻想着与心上人甜蜜相会，恍然梦醒后又失落得默默垂泪。她还会向满天神佛祷告，反复念诵日莲宗[1]的《南无妙法莲华经》经文，祈愿有朝一日深爱的梦中情郎能够出现，与自己共谐鸳盟。

可是日思夜念，武士仍是渺渺。相思之苦，真是折磨人。少女每日里无望地守候着振袖和服，被“情”之一字深锁心扉，整日茶不思饭不想，终至缠绵病榻，回天乏术，一缕香魂归了极乐天。

少女郁郁而终，她的父母万分悲切，在办好爱女的丧事后，特意将那件为爱而制的华美和服，布施给一家檀那寺。这种将亡者的衣物施给寺院的做法，是日莲宗特有的风俗。

寺院的住持见这件和服修短合宜，系用上等丝绸裁制而成，而少女生前的泪痕，并未印留其上，便将其拿出来以高价售卖。第一个买下这件振袖和服的，是一位与死去少女年龄相若的女孩。然而，女孩仅仅穿了振袖和服一天，竟无缘无故地病倒了。她时而哭

1 以创宗者日莲（1222—1282）的名字命名的一个佛教宗派，奉《南无妙法莲华经》为正法。

叫笑闹、时而痴痴呆呆，目光迷迷离离、口中喃喃自语，为一个俊俏少年的幻影所困扰。没过多久，这个女孩也因为痴恋美少年而撒手人寰。

振袖和服，再次被送进了寺院。

不久，和服又被住持卖给了另一个年轻的少女。但是，这名少女也是仅仅穿了一次和服，就得了同样的怪病，好像被一个美丽的阴魂附体一般，精神恍惚，又哭又闹，最终也和前两位少女一样，踏上了不归路。

和服第三次被送回了寺院，住持惊异莫名。尽管如此，他还是决定冒个险，最后再售卖一次和服。结果，第四位少女也神志不清，被夺去了性命。

当和服第四次被送回寺院时，住持的惊惧达到了极点。他左思右想不得其解，便断定振袖和服上必定附有妖魔鬼怪，于是命令小沙弥在寺院庭中生起一堆火，准备把和服烧掉。

当振袖和服被投进火里后，不可思议的事情发生了：随着振袖和服被火苗逐渐吞噬，一团耀目的文字竟然浮现在火光中，住持清清楚楚地看到了“南无妙法莲华经”这几个字。那一片接一片的和服灰烬，裹挟着火字，如燃放的烟火般，飞上了寺院的屋檐、墙壁、庭柱，整座寺院顷刻间陷入了一片火海。

被大火席卷的寺院，很快又引燃了附近的住家屋顶，整条街道都延烧开来。接着，海风刮起，火借风势，大火从一条街蔓延到另一条街，从一片区域波及另一片区域，火魔肆虐了大半个江户城。

这场举国震惊的大火灾发生在明历三年正月十八日[1]，名为“振袖火事”。至今老东京人提起此劫，仍然记忆犹新。[2]

1 江户大火是日本历史上最惨重的火灾，大火持续三天，将大半个江户化为焦土，也使大批武家建筑灰飞烟灭。正因为这场猛火，幕府才投下大量资金，重建江户，为日后的东京市打下了根基。时为日本明历三年，公元纪年应为1657年，原文误作1655年，特此说明。

2 据一本名为《纪文大尽》的故事书记载，定制这件振袖和服的少女唤作阿鲛，乃麻布百姓町酒商彦右卫门之女。同一本书还记录称，那座寺院是位于本乡的日莲宗本妙寺，绣在和服上的家纹为桔梗。不过，这个故事有很多不同的版本，我对《纪文大尽》的说法并不相信。因为该书断言，那名俊秀武士并非人类，而是由一条栖息在上野不忍池中的龙或水蛇所变化而成的。——作者注

牡丹灯笼[1]

一

从前，在江户牛込区住着一位旗本，名叫饭岛平左卫门。他膝下仅有一女，名叫阿露，意为“清晨之露”，当真是人如其名，清丽脱俗。阿露长到十六岁时，平左卫门又娶了一个妻子，但很快他就发现阿露与继母相处得并不融洽。于是他在柳岛专门建了一座漂亮的别苑供爱女居住，并安排一个名叫阿米的婢女服侍她。

1 源出中国明代瞿佑所著短篇小说集《剪灯新话》，原名《牡丹灯记》。该书“上承唐宋传奇之余绪，下开《聊斋志异》之先河”，刻版问世后，先传至朝鲜，再传于日本。宽文六年（1666），浅井了意在所编撰的《御伽婢子》一书中将该故事改写后，更名为《牡丹灯笼》，时代背景从元末群雄逐鹿时的浙江，改为战国初期天文年间的京都，男女主人公分别是荻原新之丞与公卿之女弥子。文久元年（1861），三游亭圆朝综合当时流传的各种《牡丹灯笼》故事，推出了《怪谈牡丹灯笼》，时代背景转为德川时代的江户，男女主角也变为阿露与萩原新三郎。小泉八云的版本，即是以三游亭圆朝的《怪谈牡丹灯笼》为底本，又参考《夜窗鬼谈》中的《牡丹灯》改写而成。其英文原题名为“A Passional Karma”，日文译本有直接按英文原意翻译为『恋の因果』或『悪因縁』的，也有翻译为『牡丹燈籠』的。拙译考虑到本篇怪谈与中国渊源颇深，中文译本遂从《牡丹灯笼》之译名。

阿露在新居生活得十分快乐，直至某日，常在饭岛家出入的医师山本志丈带了一个年轻的武士萩原新三郎前来拜访。萩原新三郎住在根津，相貌堂堂、温文尔雅，是个有名的美男子。阿露与他一见钟情，在短暂的拜会结束前，他们背着老医师许下了山盟海誓，决意厮守一生，永不变心。临别之际，阿露低声对新三郎说道：“记住，如果你不来见我，我决不独活于世！”

萩原新三郎对阿露的话无时或忘，一心一意想再找机会去见阿露。然而，礼教大防束缚着他，使他无法单独去阿露那儿。他唯有等待山本志丈再去阿露家拜访，因为这位老医师答应再带他一起去。不幸的是，老医师没有信守诺言。因为他已经察觉到两个年轻人之间萌生了爱意，他担心阿露的父亲会追究自己的责任。要知道，饭岛平左卫门一向以残忍嗜杀而出名。萩原新三郎是自己带去阿露别苑的，若是追究起来后果不堪设想。老医师越想越怕，所以决定与新三郎断绝来往。

转眼数月过去，新三郎的爽约令阿露心灰意冷。她想不通心上人爽约的原因，认定自己被辜负了。相思成疾的她日渐消瘦，没多久就香消玉殒了。几天后，忠诚的婢女阿米也因为伤心过度而告别了人世。主仆俩并排葬在谷中三崎町新幡随院法受寺的墓园中，这座名刹坐落于足立区，以每年举办菊花展而闻名。

二

萩原新三郎尚不知阿露已不在人世，他在沮丧和焦虑中病倒了，不得不长期卧床将养。虽然身子在慢慢康复，但仍然很虚弱。

就在此时，山本志丈意外地来看他了。这位老医师编出了许多看似合理的借口，以掩饰自己的失约。新三郎对他说道："开春以来，我就一直病着，什么也吃不下……而您却从不来探视，未免太过薄情。我还想请您带我再去一次阿露小姐家呢！我要送她些礼物，感谢她对我们的热情款待。可惜，我没法儿独自前往。"

山本志丈神情严肃地说道：

"萩原君，我非常遗憾地告诉你，阿露小姐已经去世了。"

"什么？"新三郎浑身一震，如受雷击，"去世了？"他喃喃地重复着，脸色顿时变得煞白，"你说她去世了？"

老医师沉默了一会儿，似乎在整理思绪。片刻后，他缓缓说道：

"我犯了个大错误，不该让你们俩认识。你们似乎一见钟情，避开我躲在小房间时，你肯定对情窦初开的她说了什么甜言蜜语，使她对你一往情深。我察觉到了她对你的好感，所以开始不安，害怕她父亲知道后，把所有的过错都归咎于我。因此很长一段时间我都不来找你，故意和你保持着距离。然而，就在几天前，我正好去饭岛家拜访，极其意外地听说他的女儿竟然去世了，还有婢女也随主人一道去了黄泉。回想起曾经发生的一切，我可以肯定，她是相思成疾，为爱而逝……"

说到这儿，老医师苦笑一声，继续道："唉，萩原君，你才是真正的罪魁祸首啊！是的，就是你！难道你不觉得因为自己的英俊，而使女孩们为你相思致死是一种罪过吗？好了，逝者已矣，再深究也毫无意义。你现在要做的，就是为她诵经祈福……再见。"

老人说完，匆匆忙忙地走了。他希望能够避开更深入的交谈，因为他觉得这件让人痛心的事，自己也有一定的责任。

三

萩原新三郎沉浸在阿露之死的悲伤中，难以自拔。当他感到自己心神稍定后，便用木牌为阿露做了个灵位，将灵位摆在家中佛龛处，奉上祭品，请来僧人为早逝的恋人诵经祈福。从此以后，他每天都认真地摆放祭品，反复诵经。阿露肉身虽死，却永远活在了新三郎的记忆中。

就这样，日复一日，新三郎孤寂凄清地活着，生命对他而言已没有了意义。转眼到了盛大的盂兰盆节[1]，他开始收拾屋子，为过节做准备。还在门口挂上灯笼，引导亡魂归来，同时摆好了供品。

盂兰盆节的头天晚上，太阳下山后，他来到阿露的灵位前焚香拜祭一番，而后点亮了门口的灯笼。

月朗星稀，夏夜没有一丝风，又闷又热。萩原新三郎穿着一件薄夏袍，来到走廊乘凉。他坐在那儿心潮起伏，幻想着、悲伤着，时而舒展筋骨，时而吸口烟驱赶蚊子。他的住宅旁没有什么邻居，也没有多少路人经过，四周一片静谧，他能听到的，仅仅是附近溪水轻柔的流淌声和昆虫细微的鸣叫声。

然而寂静很快被突然传来的女子穿着的木屐声打破了——咔嗒咔嗒、咔嗒咔嗒，声音越来越近、越来越快，直传到庭院的篱笆边才停了下来。萩原新三郎心感诧异，自己已与外界断绝往来，还会

1 盂兰盆节的十三日为“迎え火”（迎火日），这天要“迎接祖先”。“迎灵棚”又称“精灵棚”，是日本人在当天特别搭建的祭坛，用来摆放祭品。

有谁来拜访自己呢？他踮起脚朝篱笆外望去，只见两名女子，一个婢女模样的手提一盏漂亮的牡丹灯笼，另一个十七八岁、体态婀娜轻盈，身穿绘有秋草纹样的振袖，正背对自己站在篱笆外。几乎是同时，两名女子一齐转身面向萩原新三郎，新三郎大吃一惊，他认出两名女子竟然就是阿露和她的婢女阿米。

两名女子立即停下脚步，婢女惊叫道："啊！太不可思议了……是萩原君！"

萩原新三郎也朝婢女喊道：

"阿米，啊，你是阿米！我记得你。"

"萩原君！"阿米错愕地喊道，"这怎么可能！我们听说你已经死了！"

"不会吧！"萩原新三郎惊讶道，"为什么我得到的消息是你们已经死了呢？"

"啊，太可怕了！"阿米回答道，"怎么老是出现不吉利的'死'字呢？是谁告诉你的？"

"进屋说吧。这样更方便谈话，我来开门。"萩原新三郎道。

三人进屋，互相问好后坐定，新三郎道："请你们原谅，我那么长时间没有再登门拜访。但是，大约一个月前，山本志丈医师告诉我，你们都已经死了。"

"是他告诉你的？"阿米惊呼道，"真卑鄙，竟然这样说！也是他对我们说萩原君去世了。如今想来，肯定是他有意欺骗咱们，这并不难做到，因为你太容易相信别人了。这件事情，起因可能是我家小姐不小心透露出对你的爱意，消息传到她父亲那儿，她的继母阿国就秘密谋划，唆使那医师造谣我们的死讯，以便拆散你们。

我家小姐惊闻你去世的消息，立时便要削发为尼。但我阻止了她，并最终说服她断了这个念头。后来，小姐的父亲要把她嫁给某个年轻人，小姐坚决拒绝了。于是那个继母便时不时地找碴儿挑衅，忍无可忍之下，我们只好搬出了别苑，在谷中三崎町找了一间小屋住下，靠做些杂活维持生计……小姐每天都在为你诵经祈福，今天是盂兰盆节的第一天，我们刚去完寺庙，所以才会这么晚了还遇上你。”

“噢，太不可思议了！”荻原新三郎喜出望外地叫道，“这是真的吗？不会是梦吧？看，这是她的灵位牌，我每天都在为她诵经祈福呢！”他指着阿露的灵位说道。

“嗯，对此我们深表感激。”阿米微笑地回应道。

“至于我家小姐，”她转向阿露，阿露始终用袖子半掩着脸，沉默不语，显得端庄娴静，“我家小姐为了你，已宣称情愿七生[1]与父亲断绝关系，即使被父亲杀死也在所不惜……唉，你们既然情投意合，那么你今晚愿意让她留下来，陪你过夜吗？”

荻原新三郎既惊且喜，面色苍白，喉头干涩，用颤抖的声音说道：

“请……请你们留下来……但不要大声说话——因为这附近住了一个麻烦的人，是一个叫白翁堂勇斋的相士，他可以通过观察人的面相，预测出那人的祸福。他这人十分古怪，所以最好不要让他知道你们住在这儿。”

---

1 “七生”意指连续七次的轮回转世。在日本的戏剧和故事中，父亲要与孩子断绝七生关系的情况并不少见。这种断绝意味着七生七世再无亲缘关系，在今生之后的六世中，犯错的儿子或女儿将会持续感受到父母的不悦。——作者注

于是，两名年轻女子便在萩原新三郎的家中宿了一夜。次日天亮前，她们匆忙起床，告辞回家。此后无论天气好坏，她们夜夜准时来到新三郎家中，极尽缠绵之美事，就这样持续了七天。萩原新三郎越来越迷恋阿露，他们俩如胶似漆，难舍难分。

四

在新三郎家隔壁，有一间小屋舍，住着一个叫伴藏的人。伴藏和他的妻子阿峰，都是萩原新三郎的仆人，他们认为是在主人的帮助下，自己才过上了比较康定的生活，所以对主人忠心耿耿。

某个深夜，伴藏听到主人房中传出女子的阵阵媟笑声，他心中大感不安。主人不是一直单身吗？怎么房中会有女人的声音？他担心善良的新三郎会被水性杨花的女人给骗了，届时家中仆人必定最先遭殃，因此决定去探个究竟。次日夜间，他轻手轻脚地悄悄来到主人屋外，从窗板的缝隙中向内窥视。借着寝室中的烛光，他依稀瞧见主人正和一个陌生的女子在蚊帐里聊天。起初，因为女子背对着他，所以看不清女子的样貌。但从衣着和发型可以看出她很年轻，并且体态婀娜。[1]伴藏将耳朵贴在窗板上，清楚地听到了他们的对话。那女子道：

“如果我父亲跟我彻底断绝关系，你愿意娶我吗？”

萩原新三郎答道：

“当然！我一百个愿意！能和你白头偕老，是我毕生的心愿。

1 按日本习俗，衣服的颜色与式样以及发型的风格，都根据女性的年龄而定。——作者注但你也不必担心会和父亲断绝关系，因为你是他唯一的女儿，他非常爱你！我担忧的是，有一天我们俩会被残忍地分开。”

那女子温柔地答道：

“我从未想过接受其他人做我的夫君。即使我们的秘密被公之于众，我父亲为此而杀了我，九泉之下，我也会想你念你的。而且我确信，如果你失去了我，也会活不下去的……”说完，她慢慢地靠近他，用双唇亲吻他的脖颈，他也动情地回以热吻。

伴藏对所见所闻深感疑惑，这女子吐属文雅，不像是一般的民间女子，地位看起来颇高，那么她到底是谁呢？伴藏决定不顾危险，一定要看清这女子的容貌。他在屋子周围来回地寻找合适的位置，透过每一个缝隙和孔洞向内窥视。终于，他看清了女子的面目——但同时也被吓得浑身冰凉，汗毛直竖。

原来，新三郎紧紧搂在怀里的，竟是一具死去已久的尸骨——爱抚着情郎的，是只剩下骨头的纤长手指；腰部以下如同虚薄的淡影，消失不见。新三郎眼里所看到的年轻貌美与柔媚优雅，在他人眼中，却是恐怖的死之寂灭。就在此时，屋中另一名模样更加可怕的女子似乎察觉到了伴藏的存在，突然站起身，迅捷地向伴藏扑去。在极度的恐惧中，伴藏没命地朝白翁堂勇斋的屋子逃去。他疯狂地敲着门，终于叫醒了勇斋。

五

相士白翁堂勇斋是一位年迈的老者，他一生游历过许多地方，见闻广博，所以轻易不会对任何事情感到震惊。然而听完伴藏的叙述，他既惊且怖，猛地想起曾经读过的中国古代阴阳人鬼恋的故事。本来他觉得那只是虚构的传说而已，现实中不可能发生。但此刻，他开始相信伴藏所说的不会是谎话，萩原的屋中正发生着某些怪异的事情。如果事实就是伴藏所猜测的那样，那么年轻的武士已危在旦夕。

"倘若那女子是鬼魂，"勇斋对受惊的仆人说道，"那么你家主人的性命已岌岌可危了，只有用特别的办法才能救他。须知凡为鬼魂所迷者，脸上必会显现出尸气。而活人脸上所显现的是纯净的阳气，死人则是阴气沉沉。两者一为清一为浊，浊气侵蚀清气，凡人即便精血旺盛，能活百岁，也禁不起鬼魂秽邪的销蚀。所以我们必须尽快去救萩原君。伴藏，今晚发生的事，你千万不要再对任何人提起，就连你的妻子也不能说。等天亮后，我去找你的主人。"

六

次日清晨，勇斋找到萩原新三郎当面质问，新三郎起初试图竭力否认有女子来过家中，但他发现撒这样的谎完全是徒劳的，而且他也感觉到眼前这位老者并无恶意，终于一五一十地将事情和盘托出。他恳求勇斋替自己保守这个秘密，因为他打算尽快与阿露完婚。

"天哪，太愚蠢了！"勇斋喊道，他万分惊恐，再也没有耐心慢慢劝解新三郎了，"萩原君，你知道吗，每天晚上来和你幽会的那个女人，早已经死了！你正被某种可怕的幻觉缠绕……你日思夜想的阿露，事实上已不在人世了。你不断地为她诵经，在她的灵位前摆放祭品，这些就是证据啊！现在，你被鬼魂的嘴唇亲吻过、被鬼魂的手指爱抚过，从你此刻的脸上，我看到了死相——也许我这么说，你并不相信。可是萩原君，如果你还想活命的话，请一定要听我的。否则，你活不过二十天。她们告诉你住在下谷区谷中三崎町，你去过那里吗？没有，你肯定没有！那么，今天就去吧！越快越好，找到她们的家，探个究竟！”

勇斋真诚地做出劝诫后，便告辞离开了。

萩原新三郎心惊肉跳，将信将疑，沉思片刻后，他决定接受勇斋的建议，去一趟下谷区。于是他立即动身，赶到了谷中三崎町，开始寻找阿露的住处。然而他走遍了每条街巷，在每个路口都细细察看，还问遍了行人，却始终找不到阿米所描述的小屋。他耐着性子，又在町中逐人访问，但所有人都不知道町里有这样一间小屋，还住着两名女子。最后，新三郎带着失望离开了三崎町。此时天色已晚，他决定抄近路回家，而这条捷径恰好经过新幡随院法受寺。

当他走到新幡随院后园时，突然，他的目光被这里的两座坟墓吸引住了。其中一座坟墓造型普通，应该是地位较低者的；而另一座则占地颇广、宏伟肃穆，墓碑前挂着一盏漂亮的牡丹灯笼。新三郎觉得这盏灯与盂兰盆节那晚自己见到的、由阿米提着的那盏牡丹灯笼十分像，这个巧合令他疑窦丛生。他仔细地瞧了瞧墓碑，但上面什么也没有，连生前的名字也没有刻，只有死后的戒名。于是，他决定去寺里了解下情况。一位僧人告诉他，那个大的坟墓，是不久前为饭岛平左卫门的女儿而建的。旁边那个小坟墓，则葬着她的婢女阿米，阿米是因为伤心主人之死而谢世的。

一切都真相大白了。一刹那，荻原新三郎的脑海中浮现出那晚阿米说的话："我们只好搬出了别苑，在谷中三崎町找了一间小屋住下，靠做些杂活维持生计……"荻原新三郎只感到一阵寒意从心底涌出，不由得惊惧万分。他以最快的速度赶到勇斋家中，恳请他帮助自己。但勇斋却对这种情况无能为力，他能做的就是把新三郎送到新幡随院的长老良石大师那儿，请求最直接有效的帮助。

七

良石大师是一位德高望重、道行深厚的圣僧，能以一双慧眼，洞悉凡人的种种疾苦遭遇，并探寻出因果根源。他不动声色地听完荻原新三郎的述说后，缓缓说道：

"你如今的境遇相当危险。唉，一切皆是前世冤孽，有因故有果，因果报应，方有此劫。此刻你身上阴气甚重，但其中玄机多说你也不明。老衲只能告诉你，那鬼魂并非因为憎恶而要伤害你，她对你毫无敌意。相反，她对你满怀炽烈之爱。你们的孽缘牵缠，也许在前世就已开始了，甚至于更早，在三世或四世前。虽然她的外貌、社会地位等，在每一世都不同，但都不能阻止她追慕痴恋你。所以，你想摆脱她是十分困难的……现在，老衲借一个极为灵验的护身符给你。这是一个纯金的佛像，叫作海音如来——因为他的讲法声能够穿透整个世界，听起来好似大海的声音。你必须把这个纯金佛像护身符放在腰间贴身处，它能祛除死灵，保护你不受侵害。此外，老衲还要在寺里做一场施饿鬼法事，超度那些孤独的亡魂……这里有一本佛经，叫《雨宝陀罗尼经》，你必须每晚在屋中认真诵读……再给你一包法符，你把它们贴到家中所有的门窗处，无论多小的窗户都要贴。只要你照老衲说的去做，就能依仗佛力阻止死灵侵入。切记，无论发生何事，都不能停止诵经。”

荻原新三郎恭恭敬敬地谢过良石大师，带着纯金护身符、佛经和一包法符，以最快的速度在太阳落山前赶回了家。

八

在勇斋的指点与帮助下，新三郎终于在天黑前将屋中所有门窗都贴上了法符。随后勇斋离开了他的住处，只留下新三郎一人。

夜幕降临，晚风清凉，明月皎洁。荻原新三郎闩好门，将纯金护身符藏在腰间贴身处，然后躲进蚊帐中，在微明的烛光下开始诵读《雨宝陀罗尼经》。他囔囔地念诵着佛经，尽管事实上并不清楚经中的含义。不久后，他感到有些倦乏，想要闭目休息，却无论如何也睡不着。午夜已过，睡意全消的他，听到了从传通院中传来的钟声，已是丑时。

钟声渐止，从老方向传来了新三郎熟悉的木屐声，但与以往不同的是，这次的脚步十分缓慢：咔嗒……咔嗒，咔嗒……咔嗒。新三郎的前额立刻冒出了冷汗，他颤抖着打开佛经，大声诵读起来。脚步声越来越近，一直走到篱笆边，突然停了下来。说来也怪，荻原新三郎感到无法再待在蚊帐里了，一股奇异的力量压倒了他的恐惧心理，驱使他要出去看个究竟。他放下佛经，蹭到窗边，从窗缝中往外看。只见阿露站在门外，阿米提着牡丹灯笼，两人望着门口处贴着的法符，无法进屋。阿露今天显得特别美丽，甚至比她生前还美，浑身散发出一种难以抗拒的魅力，萩原新三郎的心被一种几乎不可抗拒的力量深深吸引住了，然而对死亡的恐惧又令他不敢轻举妄动。爱与恐惧的挣扎令他的内心如同堕入焦热地狱[1]般，痛苦地煎熬着他。

片刻后，新三郎听到阿米对阿露说道：

“小姐，我们回去吧。萩原君肯定已经变心了。他昨晚许下的诺言都是骗我们的，你看，所有的门都闩上了，今晚我们是进不去了……很明显，他不想再见你了。你要下决心不再想他，这样做才是明智的。因为他对你的感情已经变了，你不必为一个负心汉而伤心。”

阿露泪如雨下，泣道：

“真不敢相信。昨晚还海誓山盟，今夜他就变心了……我常听人说，为什么男人的心跟秋日的天空一样阴晴不定呢！可是，我不相信萩原君会这么残忍地抛弃我！……阿米，我求你想想办法，让我见见他……如果你不答应我，我永远也不回家。”她不断地为新三郎说着好话，并用长袖半遮住自己的脸，那模样好似梨花带雨，十分娇羞动人。新三郎又爱又怕，但对死亡的恐惧终究占了上风。

阿米说道：

“小姐，你何苦痴情于这等负心汉呢？唉，这样吧，咱们瞧瞧屋后有没有地方可以进去。来，请跟着我！”

于是，阿米牵着阿露的手，一齐来到屋后。霎时间，两人的身

1 日本佛教八热地狱中的第六重。在此地狱里的一天，相当于人间数千年（一说数百万年）。——作者注

影就像灯笼的火被吹熄一样，消失在夜色中。

九

夜复一夜，每晚丑时，两个鬼魂都准时到来，萩原新三郎总会听到阿露的哭声，他确信自己已经安全了。但万万没想到，他那仆人的性情，竟为他招来了厄运。

再说新三郎的仆人伴藏，他向勇斋保证绝不把见到的怪事告诉任何人，甚至是他的妻子阿峰。可是过不多久，伴藏就受到鬼魂的骚扰。每天夜里，阿米都来到他的住处，阴森森地叫醒他，逼他去主人屋后将门窗上贴的法符揭掉。出于恐惧，伴藏每次都假意应允在次日日落前一定办好，但他从没有真正去干过，因为他知道如果那么做，主人新三郎就会有麻烦。在一个风雪交加的夜晚，阿米又一次叫醒伴藏，在他枕边弯着腰，威胁道："你小心点儿，居然敢将我们的话当成耳边风。如果明天晚上你还没有照我说的去做，到时候你就知道后果有多严重了！"说完，她突然露出狰狞的表情，把伴藏吓得魂不附体。

伴藏的妻子阿峰并不知道所发生的一切，她以为丈夫近日来的惊惶不安，只是因为休息不好，频发噩梦所致。但当晚她突然被细碎的说话声吵醒，侧耳倾听，竟是一名女子在对伴藏说话。当阿峰扭头去看她时，话声登时停止了，透过微弱的烛光，阿峰见到丈夫因恐惧而颤抖苍白的脸。陌生女子消失了，但门窗都紧闭着，看不出她是如何进来的。这引来了妻子的嫉妒，她开始斥骂并质问伴藏，伴藏不得不将这个秘密说了出来，同时告诉妻子自己正处在进退两难的境地。

阿峰的愤怒顷刻消失了，取而代之的是惊慌和恐惧。然而她是一个精明的女人，立刻就想到了办法搭救丈夫，那就是牺牲他们的主人。她在伴藏耳边细述了一个巧妙的法子，教丈夫如何避开死亡的威胁并从中获利。

次日深夜丑时，阿露和阿米再度前来。阿峰躲在一旁，听着她们“咔嗒、咔嗒”的脚步声，急忙让伴藏趁着夜色出去与她们见面。伴藏壮起胆子，近前道：

“对于二位的指责，我诚心诚意地接受。但是，我并非有意惹恼你们，之所以没有将法符揭掉，是因为我和妻子要靠萩原君生活。在不能确保生存的情况下，我们当然不希望他有任何危险。可如果我们能得到一百两黄金，那就十分乐意帮忙了，因为那时我们已不需要靠主人生活。所以，只要二位能给我一百两黄金，我就帮你们揭去贴在门窗上的法符，而我们也不用担心会失去唯一的生存支柱了。”

听伴藏说完这番话，阿米和阿露互视一眼，沉默片刻后，阿米道：

“小姐，我早就告诉过你，我们没有理由对此人作恶，所以没必要再滋扰他了。你也不必为萩原君伤心烦恼了，变心的人不值得留恋。小姐，我再次恳求你，不要再牵挂他了！”

阿露凄然泪下，哀道：

“阿米，你不明白，无论发生什么事，我都无法控制自己不去想他！我知道你有办法弄到一百两黄金的，我请你帮帮这个忙，让我有机会最后再见他一面。我求你了！”她用长袖遮着脸，语气中透着幽怨与恳切。

“唉！你真的要我这么做吗？”阿米说道，“你也知道，其实我并没有钱，可既然不管我怎样劝说，你都坚持要见萩原君，我只好竭力去想办法，尽量弄到这笔钱，明晚带到这儿来……”她转身对背信弃义的伴藏说道，“伴藏，我必须告诉你，萩原君身上有一个海音如来的护身符，只要将它贴身放着，我们就无法接近萩原君。所以你必须想办法将护身符取走，还要将门窗上贴的法符揭去。”

伴藏低声答应道：

“只要有那一百两黄金，不管你们吩咐什么，我都能做到！”

“嗯，小姐，”阿米道，“那就请你耐心等到明晚吧。”

“阿米！”阿露泣不成声，“今晚又见不到萩原君了，真是可悲啊！”

阿露的鬼魂幽幽地哭泣着，在婢女鬼魂的带领下，缓缓离去。

十

到了第二天，夜幕低垂，鬼魂也随之临近。当晚，哀叹声只来自新三郎的屋中，门外已不再有叹息声。因为在丑时，出卖主人的伴藏得到了一百两黄金。于是他蹑手蹑脚地将窗户上的法符揭走了一张，并趁主人洗澡时，用一个伪造的铜质护身符替换了原先的纯金护身符。之后他来到荒无人烟处，将法符和护身符深埋进地里。如此一来，阿露和阿米的鬼魂就能够自由出入萩原家而不受阻拦了。她们用袖子遮着脸，化作一团轻烟，慢慢飘起，像水汽一般，从揭去了法符的窗户中飘了进去。屋里后来发生了什么事，伴藏就不知道了。

夜色退去，东方现出鱼肚白，伴藏壮起胆子，来到主人屋前敲门。然而多年来第一次他敲门却无人应答，一股寒意涌起，令他内心感到不安。他开始大着嗓门儿，高声叫门，里面仍然没有回应。伴藏急忙叫来了阿峰，在她的帮助下，进入了屋中。

伴藏独自来到寝室前，轻声呼唤着主人的名字，里头依然静悄悄的。他打开防雨窗，让阳光直射入屋，举目一望，寝室中毫无动静。最后，他战战兢兢地掀开了蚊帐一角，只一瞬间，他便惊叫着逃出了屋子。

萩原新三郎死了，死得很恐怖。从他脸上的表情可以看出他死前一定受到了极大的惊吓。在他的身旁，是一具女人的骷髅，只剩下森森白骨的胳膊、手指，紧紧地搂着新三郎的脖子。

十一

相士白翁堂勇斋在卖主贪财的伴藏的苦苦哀求下，答应来查看尸首。当他见到那可怕的一幕时，也感到万分惊骇。他用犀利的目光仔细观察着，很快就发现，屋后一个小窗上贴的法符不见了；在检查新三郎尸体时，他又发现，一个铜质的伪造护身符替换了原先的纯金护身符。他开始怀疑这一切都是伴藏所为，但人命关天，在采取进一步措施前，他决定就这件蹊跷迷离的事，先与良石大师商量一下。因此，在完成尸检后，他以最快的速度赶到了新幡随院。

良石大师并没有听他说明此行目的，而是立即将他请到了僧房中。

“你能来，我很欣慰。”良石大师道，“请坐，放松点儿……嗯，有件事我要告诉你，萩原君已经死了。”

勇斋大吃一惊，叫道：

“是的，他死了！可是，大师您怎么会知道？”

良石大师答道：

“萩原君的死，乃因果报应的结果。他的仆人背信弃义，出卖了他。唉，宿因所构，缘尽还无。发生这一悲剧是不可避免的，他的命运在出生前就已经决定了。所以，你也不必再为此事伤脑筋了。”

勇斋道：

“此前曾听人言，大师神通广大，能知过去未来。今日方信此言非虚。不过尚有一事，在下有点儿担心……”

“我明白你的意思，”良石大师打断他的话，“是关于海音如来护身符被窃一事吗？此事无须担忧，护身符虽然被带到荒野焚毁，但在来年八月，它又会重新回到我这里。所以你不必挂怀。”

勇斋越发惊讶，他小心翼翼地问道：

“在下虽然学过阴阳道和占卜，并以卜算为生，却不明白大师是如何未卜先知的？”

良石大师肃容道：

“我如何未卜先知并不重要，我现在唯一关心的是萩原君的葬礼。萩原家族有自己的族坟，但把萩原君葬在那儿很不合适。因为他必须和阿露葬在一起，他们之间有着极深的孽缘，唯有今世葬于一处，才能了结这段孽缘。你必须出钱为他造一座墓，这是你欠他的。”

于是，荻原新三郎被葬在了阿露墓旁，就在谷中三崎町的新幡随院墓园中。

这个传奇的怪谈故事——牡丹灯笼，至此结束。

因果的故事[1]

从前，有位大名的正室患了重病，从文政十年[2]初秋开始就一直缠绵病榻，气息奄奄。勉强支撑到文政十二年四月，夫人自知大限将至。其时正值樱花盛开之际，她回想起了往昔在后花园里赏春樱的美好时光，想起了孩子们，还有丈夫诸多的侧室——特别是年仅十九岁的雪子。

“夫人啊。”这天，大名前来探视，说道，“你身受病痛之苦已然三年了。这三年来，我们日夜守护在你身边，为你斋戒拜佛，希望你能够痊愈。可叹费尽心力，你的病情也不见好转，就连最好的医生也束手无策。恐怕，人世是留不住你了……佛说，‘三界无安，犹如火宅’，人生本是极苦，能得解脱便是安乐。因此，生离

1 因果是佛教的一个术语，意为恶业，即在前世种下的恶因，在今生会遭受果报。或许本篇怪谈的标题，可以用佛教教义来做最好的解释：遭亡魂侵扰的受害者由于在前世犯下了罪恶的行为，所以在今生才会成为被加害的对象。而亡魂的施害目标也仅限于前世种下恶因之人。本篇故事的标题和内容都可在《百物语》这本怪谈故事集中找到。——作者注

2 “文政”是日本年号之一。日本文政十年，时为1827年。其时在位天皇系仁孝天皇，幕府将军是德川家齐。

死别的哀伤，我们更甚于你。我已决定为你做一场盛大的法事，无论花费多少，无论你有什么愿望，只要对你的来生有所助益，我都会竭尽全力去做。愿你黄泉路上莫彷徨，速至极乐净土，圆满一切功德果位。”

大名的语气极其亲切和缓，温柔地安抚着妻子。夫人合上眼，以细若虫鸣的声音，轻轻答道：

“承蒙夫君不弃，妾身万分感激……正如您适才所言，妾身罹病三年以来，身边所有人确实待我无微不至、尽心尽力……在此弥留之时，妾身也该当参透生死了……此刻再去想世俗的事，是不妥的——但是，我临终前还有最后一个心愿，唯一的心愿……请您让雪子到这儿来一趟。您知道，我视她如亲妹妹。我有一些关于这个家族的事宜安排要同她讲。”

大名赶忙传唤雪子来到夫人的房里。雪子照着大名的指示跪在病床前，夫人张开双眼望着她，说道：

“啊，雪子你来啦……很高兴又见到你，雪子……来，靠近些，这样才能听清楚我说的话，我已经无法大声说话了……

“雪子，我快要死了。在我身后，希望你能好好地侍奉夫君，不可疏忽怠慢……等我走了以后，正室的位置由你来坐，你要时刻陪伴在夫君身旁……当然，夫君宠爱你早已胜过我百倍，很快你就能名正言顺地成为他的正室了……我请求你，一定要看牢夫君，别让其他女人夺走他的爱……这是我最后的心愿，雪子……你明白了吗？”

“不，夫人！”雪子断然回答道，“我求求你，千万别这么说，我绝无任何非分之想。你也知道，雪子出身寒微，又怎敢有成为大名正室的妄念呢？”

“不！不！”夫人急了，嗓音嘶哑地说道，“现在不是说客套话的时候，你我应坦诚相待才是。我保证，在我死后，你肯定能够登上高位。雪子，我再次郑重地说一遍，我希望你成为正室……这件事对我而言，比成佛更重要。……啊！我差点儿忘记了！仍有一事要拜托你，雪子，你知道，在后花园里有一株八重樱，是前年从大和的吉野山移植来的，听说此时开得正盛呢。我很想去看看那些灿烂的樱花……再过不久，我就要和飘落的樱花一样凋谢了。但在死前，我一定要看到那樱花。来吧，雪子，请立刻背着我去后花园。雪子……是的，背着我，让我看到樱花……就是现在……”

说这些话时，夫人的声音渐渐地变得清晰有力，仿佛强烈的赏樱渴求赋予了她新的力量。孰料片刻之后，她却又突然哭泣了起来。雪子不知所措，只好一动不动地跪在床边，望着大名。大名点点头，答应了夫人的请求。

“这是她在世上最后的心愿了。”大名说道，“她一直就很爱看樱花。那株大和樱盛开的美景，她想欣赏很久了。亲爱的雪子，去吧！带夫人完成这个心愿！”

于是，雪子转过身来，就像乳娘背孩子那样，将脊背趋向夫人床前，说道：

“夫人，我准备好了。接下来该怎么做，请您吩咐。”

“好，就这样。”濒死的夫人不知从哪里涌出惊人的力气，紧紧攀住雪子的背膀，等到雪子站起身的那一瞬间，她将枯瘦的双手从衣襟迅速伸进雪子的腋下，而后一把抓住雪子的双乳，随即发出一阵诡异的大笑。

“我的心愿终于实现了！”夫人叫喊道，“樱花的果实[1]现在被我抓住啦。虽然这不是后花园里的樱花，但在我临死前终于达成愿望了……啊！我太高兴了，太开心了！”

夫人大叫数声，倒在弓着腰的雪子身上，就此一瞑不视。

侍女们慌忙上前，想把趴在雪子背上的夫人尸身搬到床上去，但奇怪的是，这件原本看上去相当容易的事情，却无论如何都难以办到。夫人冰冷的双手牢牢地抓在雪子的乳房上，就像生了根一样，怎么也拔不开。雪子在恐惧与疼痛的双重打击下，晕了过去。

大名急忙传唤医生们前来，但医生查看后也是束手无策。他们用尽一切办法，都不能让夫人的双手脱离雪子的身体。因为夫人并不仅仅是用手指扣住双乳那么简单，而是将整个手掌以一种不可思议的神奇力量，粘连在了雪子的皮肤上。如果强行将双手拔下来，雪子也必然会跟着流血受伤。

当时在江户最有名望、医术最好的医师，是一位荷兰来的外科医生。大名立即派人去请了他来。荷兰医生小心谨慎地检查完后，耸耸肩，表示自己也查不出原因来。他坦言，强行将两只手从乳房上剥离，是非常危险的行为。除非即时将夫人的双手从尸体上切断，否则别无他法可以解除雪子的困境。

大名无可奈何，唯有答应采用荷兰医生的方法。这位外科医生便将夫人的双手自手腕处齐齐截去。然而，亡者的两个手掌，依然紧紧粘在雪子的乳房上，转眼间，手掌就变得像去世极久的人的手一样，漆黑枯干。

1 在日本的谚语与诗歌中，常将女性姣好的外貌比喻为樱花，而将女性的道德情操比喻为梅花。——作者注这，还仅仅是恐怖的开始。

那一对干枯失血的手掌，其实并未真正死去，时不时地还会像巨大的灰蜘蛛般蠕动。每到夜里丑时，手掌便狠狠地捏住雪子的乳房，掐啊，拧啊，压啊，令雪子痛苦不堪。等到了寅时，才慢慢停下来。

雪子备受折磨，难以忍受，只得出家当了托钵尼[1]，法名脱雪。她无论行至何方，总是带着一个灵位牌，牌上写着夫人的戒名："妙香院殿知山凉风大姊"。每天，脱雪都会谦卑地向灵位牌膜拜祷告，期望能平息夫人妒忌的执念。然而，宿因深种，恶果难消。每晚一到丑时，那对手掌就准时开始折磨、羞辱脱雪。就这样年复一年，十七年过去了。根据最后听脱雪讲述自己故事的那些人证实，那天晚上，她寄宿在下野国[2]河内郡田中村的野口传五左卫门家。当时是弘化[3]三年，此后再没有过关于她的消息。

---

1 手托钵盂行游四方，乞求布施的尼姑。

2 下野国属东山道，俗称野州，今之枥木县。

3 "弘化"是日本的年号之一，时在1844年至1848年。此一时期的天皇是仁孝天皇、孝明天皇，幕府将军是德川家庆。

天狗的故事[1]

在后冷泉天皇[2]时期，有一位德高望重的法师住在西塔寺里，寺院坐落于京都附近的比睿山。一个夏日，这位善良的法师到京都游览之后，经由北大路回寺院去。途中，他见到一群男孩子正在虐待一只鸢，他们用陷阱捕获了这只鸢，并用棍子狠狠地打它。“哦，这可怜的动物！”法师同情地惊叫道，“孩子们，你们为何要这样折磨它？”其中一个男孩答道：“我们想杀死它，取得羽毛。”出于怜悯，法师说服孩子们把鸢给他，他则以随身携带的一把扇子作为交换。随后，法师将鸢放生了，鸢因为未受到较大的伤害，所以还能振翅飞走。

完成了这件慈悲的善举，法师心中愉悦，继续他的行程。没走

1 本故事可以在名为《十训抄》的日本古代故事集中找到。同样的故事也曾被改编为有趣的能剧谣曲《大会》。在日本的流行艺术中，天狗一般情况下要么被描绘成长着喙状鼻子、背生双翼的人，要么被描绘成猛禽。天狗虽有不同的种类，但一律被看作出没于山中的妖灵，能变化多种外形，偶尔会以乌鸦、秃鹰或鸢鹫的姿形出现。佛教把天狗族归入“魔民”之列。——作者注

2 日本第七十代天皇，1045年至1068年在位。

多远，他看到一个相貌奇特的僧人从路边的一片茂林修竹中出来，快步走到自己面前。这僧人恭恭敬敬地向法师行礼，说道："大师，承蒙您仗义相救，使我逃脱殒命大劫。现在，我要以适当的方式来报答您的恩惠。"

法师闻言大感惊诧，道："真的吗？可我不记得曾经见过你呀。请告诉我你是谁？"

"我此刻这等模样，您自然认不出。"那僧人答道，"我就是在北大路被那些顽劣的孩子折磨的那只鸢，是您救了我的命。这世上再没有比生命更宝贵的了。所以我希望能以某种方式报答您。如果您想拥有什么东西，或者想去了解、接触什么事物——简而言之，任何我能为您做到的事情——都请告诉我。我恰好有一点儿六神通[1]，也就是超自然的能力，能够满足您几乎所有的愿望。"

听了这番话，法师内心已然明了，自己正在和一只天狗谈话。他坦白地说道："朋友，我今年已经七十岁了，早已心如止水，世上的名利荣耀都不能吸引我了。我唯一关心的，是我的来生，但那是一件任何人都无法帮助我的事，告诉你也没用。真的，我想不出任何值得渴望的事情。我毕生唯一的遗憾，就是当佛祖说法时我不在天竺，不能出席在灵鹫圣山上举行的盛大法会。为此，每天早晚我诵经祷告时，心中都深感遗憾。唉，我的朋友！如果能像菩萨一样，穿越时间与空间，让我目睹那场妙不可言的大法会，那我该有多么幸福啊！"

"为什么不行呢？"天狗惊呼道，"这个虔诚的愿望是很容易

1 指六种超越人间而自由无碍之力，分别是：天眼通、天耳通、他心通、宿命通、神足通、漏尽通。

实现的。灵鹫山的那场法会，我至今仍然清楚地记得。我可以让发生在那里的每件事都在您面前重现，保证和当时绝无二致。回忆这件神圣的事，真是与有荣焉，想想就令我激动不已……跟我来吧！”

法师被带到了山坡上的一片松林中。“现在，”天狗说道，“请您闭上眼睛在这里等一会儿。当听到佛祖说法的声音时再睁开双眼。您可以尽情观览法会的每一个场景，但看到佛祖显圣时，绝不能让您的虔敬心以任何方式影响到您——绝不可鞠躬行礼，或者祈祷惊叹。您必须一言不发，只要流露出哪怕一点点的恭敬之意，就会有非常不幸的祸事降临到我身上。”

法师欣然点头，答允遵守以上约定。天狗便匆匆离去，似乎要去做些准备。

白日渐尽，暮霭四合，老法师耐心地在一棵树下闭目等待。终于，美妙的梵音在头顶响起，清越深沉，若洪钟之声——释迦牟尼佛开始讲法了。

法师在耀目的光华中睁开眼睛，感觉一切都变了：自己身处之地，果然正是灵鹫山——天竺的圣山；一切都和《妙法莲华经》所描述的一模一样。此刻，他身旁的松树消失了，取而代之的，是从未见过的由七种宝物做成的树，七宝树华美挺拔，树叶和果实皆为玉石制成。花雨缤纷，大地被天女撒下的曼陀罗花和曼珠沙华[1]覆盖；天空被庄严壮丽的伟大佛音充盈。法师看到佛陀端坐于半空中的狮子宝座上，若月光笼罩大地。普贤菩萨在他的右手边，文殊

1 曼珠沙华，梵语音译，指赤莲花，神界天花之一种。

菩萨在他的左手边，并诸菩萨摩诃萨，蔚如云霞，共相围绕。一时佛光普照，光华直射空中，如星雨洒落世间。乃至天、夜叉、龙、阿修罗、人、非人等，闻佛所说皆大欢喜，信受奉行。法师还见到了舍利弗[1]、迦叶[2]、阿难陀[3]，以及如来佛的所有弟子。还有威风挺立如火柱的大梵天王、四大天王，又有大龙王、乾达婆、迦楼罗、日神、月神、风神等一切诸天无数神。在这闪耀不尽的无数光芒之上，他清楚地看见一束光从佛陀的前额射出，刺穿无尽的时空。光芒中显现出东方佛土一百八十万居住者、六道众生，甚至已经寂灭涅槃的佛的身影。他看到所有的神魔，皆在狮子宝座前鞠躬行礼；他听到一切有情众生，都在念诵《妙法莲华经》，其声如海潮澎湃。他心神激荡，完全忘记了与天狗的约誓，愚蠢地以为自己真实地站在佛陀座前，禁不住流下了欣慰与感激的泪水，忘情地俯身敬拜，高呼道："佛祖保佑众生！"

突然，大地剧烈颤动，像一场地震似的，奇景消失了。法师发现自己独处于黑暗中，跪在山腰的草地上。奇景的骤然而逝、自己食言所做的欠妥的事，都令他感到无比沮丧。他拖着沉重的脚步难过地踏上归途，那个古怪的僧人再度出现在他面前，以责备和痛苦的语气说道："由于您违背了对我的承诺，没有克制住情感，护

1 释迦牟尼十大弟子之一，又译作鹙子、舍利子。他持戒多闻、敏捷智慧、善讲佛法，故号称"智慧第一"。

2 释迦牟尼的首徒，又译大迦叶、迦叶波、迦摄波。他少欲知足，常修苦行，故称为"头陀行第一"。"头陀"是梵文Dhūta的译音，意为清心寡欲，扫除世间尘垢烦恼，是佛教苦行之一。

3 释迦牟尼十大弟子之一，其名意为欢喜、无染。释迦牟尼五十五岁时，选阿难陀为常随侍者。阿难陀竭力服侍佛陀，对佛的一言一语都谨记无误，因此被称为"多闻第一"。

法天童[1]从天而降，极其愤怒地责打我们，骂说：‘尔等怎敢如此欺骗一位虔诚的信徒？’那些我找来表演的僧人，都万分惊恐地逃走了。至于我，我的一只翅膀被折断了，从此再也不能飞翔了。”说完这些话，天狗就永远地消失了。

1 护法善神之使者，以护持佛法为目的，现童子形。

选自《佛田的落穗》

人偶之墓

万右卫门正哄着屋里的一个小女孩进食。这孩子大约十一岁，聪明且温顺可人。她的名字叫伊根，就是“春稻”的意思。她娇柔纤弱的身体，看起来与这名字颇为契合。

在万右卫门的温言劝说下，她开始讲述自己的故事。这时她清了清嗓子，换了种语调——我猜想她会讲一些离奇的事情。她说话时用的语调，又尖又细、平缓均匀，虽微微带着点儿甜美，但几乎没有任何情感，就好像炉灶上小水壶的喷气声。在日本，一个女孩或女人用这般淡定、平和、带有渗透力的语调讲述一些或感人或残忍或可怕的故事是挺常见的，但从来不会像这样冷漠，它暗示着诉说者正在努力地压抑控制自己的情感。

“家里共有六口人，”伊根说，“母亲、父亲、年迈的祖母，还有哥哥、我和妹妹。父亲是一名裱糊匠，装裱屏风，也裱褙字画。母亲给人剃头，哥哥是印章篆刻店的学徒。

“父亲和母亲的工作收入都不错，母亲甚至能比父亲赚更多的钱。因此我们一家丰衣足食，从未体验过任何真正意义上的悲哀，直到父亲病倒。

“当时正值酷暑，天气炎热，父亲虽然染病，但他一向都很健康，所以我们并不认为他的病会危及生命，他自己也不以为意。出乎意料的是，到了第二天，他竟然就病死了。我们万分震惊，母亲竭力掩饰住内心的悲伤，一如既往地招待来理发的客人。但她的坚强并没有维持多久，父亲走得那么急，所带来的悲痛实在是太深了，就在父亲下葬后的第八天，母亲也去世了。一切来得如此突然，家里所有人都深受打击。这时，邻居告诉我们，必须马上做一个‘人偶之墓’，否则家里还会有人死去。我哥哥虽然相信邻居的话，但没有立刻去办。也许是因为没有足够的钱，具体原因我不清楚。总之，人偶之墓没有造起来……”

“什么是‘人偶之墓’？”我插话问道。

“我想，”万右卫门答道，“你在日本肯定见过不少人偶之墓，只是你不知道它们是什么、叫什么罢了。它们看起来就像小孩子的坟墓，人们相信，当一家人中有两人死于同一年时，就要提防有第三人也会很快死去。因为有这么个古谚：‘三坟并立总难免。’所以，如果家中有两个人在同一年下葬，必须紧接着在先前两座坟的边上，造起第三座坟，坟里埋一口棺材，棺材里放一个小稻草人，最后竖起一块带有戒名的小墓碑。戒名要由墓地所属寺庙的僧人在墓碑上书写。大家都坚信，只要造了人偶之墓，就可以避免再一次的死亡……继续讲吧，伊根。”

女孩继续说道：

“家里还有四个人，祖母、哥哥、我和妹妹。我哥哥十九岁，父亲去世前他刚学徒期满：我们认为这是神明对我们的怜悯。作为家里唯一的男人，他成了一家之主。由于他头脑活络、交游广阔，善于做生意，所以他有能力养活我们。第一个月，他赚到了十三日元，对于一个篆刻师而言，已经很好了。然而，有一天晚上，他回家时身体不适，直嚷着头疼，此时距母亲去世有四十七天了。那晚他根本无法进食，次日早晨连起床都困难，发起了高烧。我们竭尽全力照顾他，彻夜守在病床边，但始终不见他的病情有所好转。在生病后的第三天清晨，他竟然迷迷糊糊地与母亲对话，我们都被吓坏了。那天是母亲去世的第四十九天，也正是她的灵魂离开家的日子。哥哥说话时的模样，就好似母亲在召唤着他：'是的，妈妈。好的，我很快就来！'接着他告诉我们，母亲拽着他的袖子，要拉走他。他试图用手指出方向，对我说：'她就在那里，那里，你们看见她了吗？'我们告诉他什么也没看见。他又说：'你们看的速度太慢，她现在躲起来了，就躲在地板下面。'整个早上，哥哥就这样一直不停地嘟囔着。最后，祖母跳了起来，用脚使劲地踏着地板，大声责备母亲道：'你这样做大错特错了。你生前我们对你多好啊，从来没对你说过半句不客气的话。你现在为什么要带走这个孩子？你要知道，他现在是家里唯一的顶梁柱，如果你带走他，就没有人祭祀祖先了，也没有人传宗接代了，这个家族的姓氏就会彻底消亡。哦，你这样做太残忍了！可耻！卑鄙！'祖母气得浑身颤抖，骂完后坐下来失声痛哭，我和妹妹也哭了起来。但是哥哥依然说母亲拽着他的袖子。太阳下山时，他也死了。

“祖母泪流满面，抚摩着我和妹妹，唱了一首她自己编的短歌。这歌我现在还能记得：

失去双亲的孩子呀，
好比海岸边的千鸟[1]。
日暮常哀泣呀，
夜夜拧干衣袖。[2]

“第三座坟墓造起来了——可是，它并非人偶之墓，而是哥哥的墓——它夺走了我们家最后的希望。由于失去了生活来源，我们只好寄居在亲戚家。冬天时，祖母也去世了。那是在一个寒冷的夜里，当时没有人发现，直到早上，我们才察觉她离开了我们，安静得就像睡着了一样。之后我和妹妹被迫分开了，妹妹被父亲的一个制作榻榻米的朋友收养了。他对她很好，甚至送她去学校上学！”

“这个故事真是太惊人了，简直不可思议！唉……”万右卫门感慨道。紧接着是片刻出于同情的沉默，然后伊根伏地行了个礼，起身准备离开。当她把脚伸进草鞋时，我朝她刚才坐的地方走去，打算问万右卫门一个问题。伊根察觉到我的用意，马上给万右卫门打了一个无法言说的奇特手势，万右卫门见了，立即制止了我，不让我在他身旁坐下来。

“她希望，”万右卫门解释道，“阁下在坐下前，能先铺上垫子。”

“为什么？”我惊讶地问道，同时发觉我的赤脚下面，那女孩

1 “千鸟”这个词，适用于多种鸟类，在这里指的是海鸥。因为海鸥的叫声，被认为是在表露悲伤与哀戚，所以才有这样的比喻。——作者注

2 日本传统服装的长袖，常常在难过时被用来擦拭眼泪并掩饰哀痛的神情。由于衣袖常被泪水浸湿，所以要“拧干衣袖”——这在日本诗歌中是一种常用的抒情方式。——作者注

子刚才跪坐过的地方热气尚存。

万右卫门接着解释道：

“因为这女孩认为，如果不铺上垫子而直接坐在他人先前坐热过的地方，那么后坐者将会传染到先坐者一生全部的痛苦。”

但我并不相信，直接坐了下去，没有铺垫子。万右卫门与我相视而笑。

“伊根，”万右卫门道，“小泉先生已将你全部的悲伤，都转移到他身上去了。因为他想要理解和体会他人的痛苦。你不必为他担心，伊根。”

胜五郎转世记[1]

一

下文并非编造的故事——至少不是我编造的故事。它只是对一份古老的日本文献——或者说是一系列文献——的翻译。其中有很多签名和印章，可以追溯到本世纪[2]初。不同的作者似乎都利用过这些文件，特别是名为《佛教百科全书》的奇异佛教故事集的编纂者，他们为该作品中的第二十六段叙述提供了素材。然而，本译本是根据在东京一家私人图书馆发现的手稿副本翻译的。除附加在文中的一些注释外，其他所叙本人概不负责。

虽然开头部分的阅读可能会显得枯燥乏味，但我还是建议从头到尾仔细阅读整个译本，因为除了记忆前世的可能性，它还暗示

1 胜五郎轮回转生一事，在江户时代末期的日本曾非常有名。1815年，在武藏国多摩郡中野村，确实有个叫胜五郎的孩子，能详细说出前世的情形，引发各方惊异。学者平田笃胤为此写过《胜五郎再生记闻》，后被小泉八云引用，写入随想集《佛田的落穗》中，在西方轰动一时。人们视之为神秘现象，很是认真地研究了好些年头。

2 本文发表于1897年，此处的“本世纪”指十九世纪。

了许多事情。我们会发现它反映了已逝去的日本封建时代的一些情况，也反映了旧时的信仰——不是高深的佛教，而是任何西方人都难以理解的东西：人们关于前生和转世的共通观念。鉴于这一事实，官方调查的精确性和所接受证据的可信度，必然会成为次要的问题。

二

去年十一月的某一天，胜五郎和他的姐姐阿穗在稻田里玩耍，胜五郎突然问姐姐："姐，你在生到我们家以前，是在哪里呀？"

阿穗回答他说：

"出生前的事，我怎么会知道呢？"

胜五郎显得很讶异，惊叹道：

"姐姐对出生前的任何事都不记得了？"

"难道你记得吗？"阿穗问。

"我确实记得啊。"胜五郎答道，"我曾经是程洼村久兵卫的儿子，当时我的名字是藤藏。姐姐都不知道吗？"

"啊！"阿穗说，"我会把这事告诉爹和娘的。"

胜五郎顿时大哭起来，说道：

"请不要告诉他们！不能让爹和娘知道。"

阿穗考虑了一会儿，回答道：

"好吧，这次我先不说。但下次你要是做了淘气的事，我就会说出来。"

从那以后，每当两人吵架时，姐姐就会威胁弟弟说："好吧，那我就把那件事告诉爹和娘。”一听这话，男孩便立刻向姐姐屈服了。这种情况发生了很多次。某天，父母无意中听到了阿穗的威胁。他们认为胜五郎一定是做了什么坏事，就想搞清楚到底是怎么回事。阿穗被父母责问后只好说出了真相。父亲源藏和妻子，以及胜五郎的祖母津野，都认为此事极其不可思议。为此，他们唤来胜五郎，连哄带骗，软硬兼施，想让孩子说清楚那些话的意思。

犹豫一阵后，胜五郎终于说道：“我就告诉你们吧。我前世是程洼村久兵卫的儿子，母亲叫志津。在我五岁时，久兵卫去世了，一个名叫伴四郎的人成了我的继父，他非常疼爱我。但在第二年，当我六岁的时候，不幸感染天花而死。在那之后的第三年，我投胎到现在这位母亲的肚子里，获得了重生。”

男孩的父母和祖母听完后，都大感震惊。他们决定尽一切力量去打听程洼村伴四郎这个人。但是，由于他们每天都要为生计奔波辛劳，抽不出时间去做其他事，所以并没有立即着手进行调查。

胜五郎现在的母亲濑井每晚都要给四岁的小女儿阿常哺乳，因此，胜五郎和他的祖母津野睡在一起。他们挤在床上，经常聊天。一天晚上，趁着胜五郎处于倾诉欲强烈的情绪中时，祖母说服了他，让他把死亡时发生的事告诉自己。于是胜五郎说道：“四岁前的所有事情我都清楚记得，但打那时起，我却变得越来越健忘，很多事都忘记了。不过我仍然记得我是死于天花，被装进一个坛子里[1]，埋在一座山上。人们在地上挖了一个洞，把坛子扔进那个洞里。坛子掉了下去，发出‘砰’的声响——我清楚地记得那声音。

1 日本自古以来就有把死者装进大坛子里的习俗，通常是红色的陶质容器，称为“瓮棺”。尽管大部分死者被装进与西方形制不同的木质棺材里，但这种大坛子仍然被使用。——作者注然后我就莫名其妙地回到了旧屋里，在生前的枕头上落了下来。[1]不一会儿，一个看上去很像祖父的老人进来，把我带走了。我不知道他是谁，也不知道他是人是鬼。我跟着他走啊走，感觉轻飘飘的，就像在飞一样。分不清是晚上还是白天，似乎总是黄昏。我感觉不到冷，也感觉不到暖，也不觉得饿。我想我们已经走得很远了，可我仍能听到家里人说话的声音，虽然很微弱；还有为我念佛祷告的声音。我还记得，当家里人在家中的神龛前摆上热乎乎的牡丹饼做供品时，我吸入的供品的热气……奶奶，永远不要忘记向尊贵的佛敬献热腾腾的食物，也不要忘记给僧人们布施哦——我相信这都是极好的善行。[2]后来，我就只记得老人带我曲曲折折地走了好些路，经过村外那条小径，来到这个地方。老人指着这所房屋对我说：'现在你可以投胎了，因为你已经死了三年。你将降生在那屋子里，将要成为你祖母的人非常慈祥，所以出生在那里对你来说是件很幸福的事。'说完这些，老人就走了。我在这屋子门口的柿子树下待了一会儿，正准备进去，就听到里面有说话声。有人说，由于父亲现在挣的钱很少，母亲必须去江户做工。我当时想：'我才不要投胎到这种人家。'于是我在院子里停留了三天。第三天，家里人决定，母亲不用去江户了。当天晚上，我穿过木拉门的孔隙进入屋里，之后，我又在灶台旁停留了三天，接着就钻进了母亲的肚子里。我还记得出生时没有任何痛苦。——奶奶，你可以把这些告诉

1 此处所表达的意思，不是把枕头放在头下躺着，而是灵魂在枕头上盘旋，或像昆虫一样落在上面。没有躯体的灵魂，通常被认为会在家里的屋顶上停息。下一句中提到的老人的幽灵，似乎是神道教的概念，而不是佛教的。——作者注

2 这样的建议在日本佛教文献中是非常常见的。这里男孩所说的"佛"不是指佛陀本身，而是指死者的灵魂希望被那些爱他们的人称为"佛"，就像在西方我们有时把死者说成"天使"一样。——作者注

爹和娘，但千万不要告诉任何外人。”

祖母将胜五郎对她说的话告诉了源藏和他的妻子。从此以后，男孩再也不避忌和他的父母谈论前世的话题了，而且经常会对他们说：“我想去程洼村，请让我去拜祭一下久兵卫的坟墓。”源藏觉得胜五郎这孩子实在太离奇了，说不准什么时候就会死去，因此最好立即去打听打听，在程洼村是不是真的有个叫伴四郎的人。但他不想自己去打听，因为身为男人这样做太过冒失。所以他没有亲自去程洼村，而是拜托母亲津野在这一年的元月二十日，带着孩子一道前去。

津野和胜五郎来到程洼村，当他们进入村子时，祖母指着附近的屋子问男孩：“是哪家呢？这家，还是那家？”“都不是，”胜五郎回答，“是在更远的地方，更远！”他快步走在祖母前面领路。终于，他走到一座屋宅前，嚷道：“就是这家！”也不等一等祖母便立即跑了进去。津野跟在孙子身后，向人打听这屋里的主人叫什么名字，某人回答道：“伴四郎。”津野又问伴四郎的妻子叫什么名字，得到的回答是，“志津。”随后津野又追问是否有一个叫藤藏的孩子出生在这户人家。“是的，”某人回答道，“不过那个男孩在十三年前就死了，当时他才六岁。”

至此，津野才相信胜五郎没有说谎，禁不住流下了眼泪。她向这户人家的主人讲述了胜五郎告诉她的关于对前世回忆的一切。伴四郎夫妻深感惊异，他们抚摩着胜五郎，哭了起来。他们说，现在的胜五郎比六岁时死去的藤藏要俊秀得多。与此同时，胜五郎四处张望，看到伴四郎家对面一家烟草店的屋顶，他手指着说：“以前没有这家店。”接着又说，“那边以前也没有树。”这些话完全正确，所有的怀疑都从伴四郎和他妻子的脑海中散去了。

津野和胜五郎在当天就回到了中野村的谷津。此后，源藏多次让儿子去伴四郎家，并让他去拜祭前世的生父久兵卫的墓。

胜五郎有时会说："我是喏喏大人[1]，因此请一定要善待我。"有时他又会对祖母说："我活到十六岁大概就会死了[2]，但是，正如御岳大人[3]所教导的那样，死亡并不可怕。"他的父母问他："你不想成为一名僧人吗？"他答道："我绝不做僧人。"

村里人再也不叫他胜五郎了，他们给他起了个绰号叫"程洼小僧"。每当有人到家里来看他时，他会立刻变得十分拘谨，躲进内室不出来。所以无法与他进行面对面的交谈。这些内容都是我[4]完全按照他祖母所言而记录的。

我问源藏夫妇和津野，他们中是否有人做过什么善事。源藏和他的妻子说，他们从未做过任何特别的善事，但孩子的祖母津野，一直都有每天早晚祈祷念佛的习惯，而且她对于任何上门的僧人或

1 "Nono-San"或"Nono-Sama"，日文里写为"ののさま"，是日本孩子对死者的灵魂、佛陀、神道教神明的称呼，即Kami（神）。"向喏喏大人祈祷"，是向神灵祈祷的儿童用语。根据神道教的思想，祖先的灵魂会成为神明。——作者注

2 现实中的胜五郎活到了明治二年（1869）十二月，终年五十五岁。直到二十一世纪，日本一些地方每年都还会举办与胜五郎相关的纪念、研究活动。

3 御岳，みたけ，是信浓国一座有名的圣山的名字，是朝圣者参诣的重要场所。在德川幕府时期，一位叫作一心的律宗派佛教徒来到该山朝圣。他回到自己的家乡江户下谷坂下町后，开始宣扬某些新的教义，并凭借据说是在朝拜御岳时获得的力量，为自己赢得了创造奇迹的声誉。——作者注

4 此处的"我"指的是当时鸟取藩的支藩藩主松平观山。他因为女儿露姬在六岁时死于天花，十分伤心，因而隐居起来。就在这时他听到了死于天花的藤藏转世的故事，精神一振进而心生期待，遂于文政六年（1823）二月某日，专程去到中野村胜五郎家寻访，想探个究竟。胜五郎见到藩主大人吓得说不出话来，一旁的祖母一五一十地将知道的事替孙子说了。当年三月，松平观山整理了胜五郎祖母所说的话，作成文章，送给一些有名的文人和僧侣看，在江户造成了巨大讨论。

朝圣者都会布施两文钱。不过除了这些小事，她也没做过什么可算功德的事了。

（胜五郎转世的故事到此结束。）[1]

三

也许现在有人会问我，你相信这个故事吗？仿佛我相信与否，和此事有什么关系似的！我认为，这个问题并不重要。在我看来，一个人能记住前世的可能性，取决于记忆的内容。如果是我们每个人心中无限的全能自我，那么我就可以无条件地相信整本《佛本生故事》[2]的内容。至于“虚妄之我”，仅仅是感觉和欲望交织之物，那么我最好的表达方式就是讲述一个我曾经做过的梦。无论它是黑夜之梦还是白昼之梦，都不需要担心，因为它只是一场梦。

---

1 上述内容摘自一本名为《椿说集记》的书籍（“椿说”与“珍说”同义），年代为文政六年四月至天保六年十月。在书的结尾处写着：“文政年间至天保年间，所有者：南仙波、江户、芝、车町。”在这下面又有如下说明：“西之洼。购自大和屋佐久治郎。明治二年廿一日（？）”根据这一点可以看出，这本书似乎是由一个叫南仙波的人从文政六年到天保六年年底的十三年时间里亲耳听到的一个故事，或从他得到的一本书中抄录的。——作者注

2 所谓“本生故事”，即佛陀前生的故事。《佛本生故事》是将分散在佛教三藏中的本生故事辑录在一起的故事集，主要讲述佛陀前世的思想言行。按照佛教的说法，释迦牟尼在成佛之前，只是一个菩萨，还逃不出轮回。他必须经历无数次生命轮回，才能最终成佛。

选自《来自东方》

浦岛太郎的故事

一旦你听完这个故事，你将永远无法忘记它。每年夏天，当我徘徊于海边时，尤其是在那些非常安柔、宁静的日子里，它总是萦绕在我的脑海中。它的本土版本有许多种，是无数艺术作品的灵感来源。但最令人印象深刻、最古老的是收录在《万叶集》[1]中的一种，这是一部可以追溯到五世纪至九世纪的诗集。伟大的学者阿斯顿[2]曾把这个古老的版本翻译成散文，而伟大的学者张伯伦[3]则把它翻译成散文和诗歌。但对于英语读者来说，我认为最具魅力的版本，是张伯伦为儿童编写的版本，载于《日本童话系列》中，因为

1 《万叶集》是日本最早的诗歌总集，收录了自四世纪至八世纪中叶的大量诗歌，分为杂歌、挽歌、相闻歌等，总数约四千五百首。由于成书时日本还没有自己的文字，所以全部诗歌都是以借用汉字作为表音符号（万叶假名）的形式记录。其文学与历史地位，相当于《诗经》在中国的地位。

2 威廉·乔治·阿斯顿（William George Aston，1841—1911），英国学者，1864年作为英国领事服务部的见习译员首次来到日本，此后在日本长时间工作、生活，完成了一大批厚重的日本研究论著与译著，成为公认的日本研究巨擘。

3 贝锡尔·霍尔·张伯伦（Basil Hall Chamberlain，1850—1935），英国学者，日本文化研究者，是第一批对日语语言学及日本历史进行严肃学术研究的西方人之一，出版有《〈古事记〉注解英译本》等译著。彼时任东京帝国大学荣誉教授，与小泉八云交好。

其中有日本艺术家所绘制的精美彩图。这本小书就在我面前，我将尝试着用我自己的语言，重述一遍这个传说。

一千四百一十六年前，渔家少年浦岛太郎驾着小船离开了住之江海岸。

那时的夏日和如今一样，有着令人慵懒欲睡的温柔的蓝色，只有几片淡淡的、纯白的云朵飘拂在宛如明镜的海面上。青山亦如是——在远方显着淡蓝，就像要融入碧空一般。风也懒洋洋地吹着。

此刻，少年也是懒洋洋的，一边钓鱼，一边任由他的船漂流着。这是一艘奇特的船，没有刷漆，也没有舵，样子你可能从未见过。可是，一千四百年后，在日本海沿岸的古老渔村前，仍然可以见到这样的船。

等了很久，浦岛太郎终于钓到了什么东西，立刻收线拉起，一看，原来是一只海龟。

龟是海龙王的圣物，其自然寿命可达一千年——也有人说是一万年。因此，杀龟是大错特错之事。浦岛太郎轻轻解开钓线，将龟放回海中，并向神明做了祷告。

但他再也钓不上什么。这天天气特别和暖，大海、天空和万物都非常非常宁静。他感到倦极了，便在漂流的小船上睡着了。

在这海上的梦境中，出现了一位美丽的少女——就像你在张伯伦教授的《浦岛太郎》故事彩图中见到的那样——她穿着深红与淡蓝相间的衣服，如瀑的黑发垂在背后，甚至垂到脚跟，正是一千四百年前皇族女子的着装。

少女滑过碧波，如风般轻盈。她悬停在船上熟睡少年的上方，轻柔地触醒他，说道：

“不必惊讶。因为你的善心，我父亲海龙王派我来找你，感谢你今天放生了一只海龟。现在，我们一起去我父亲在一座终年常夏的岛上建的宫殿。如果你愿意，可以娶我为妻，我们将永居彼处，幸福生活。”

浦岛太郎打量着少女，觉得不可思议。因为她比任何人类女子都要美，没人可以拒绝爱上她。随后浦岛太郎拿起一只桨，少女拿起另一只桨，他们荡起双桨，划船出发了。——正如你现在仍然可以看到的那样，在遥远的西海岸，夫妻俩一起划着渔船，航行在金色的夕阳中。

他们轻快地划过平静的湛蓝海面，向南方划去——来到那座终年常夏的岛屿，来到海龙王的宫殿。

（当你阅读到此处时，这本小书的正文突然变小了，淡淡的蓝色波浪涌现于整个页面；在海浪尽头的仙境中，你可以看到狭长的海岛和低缓的海岸，以及从常青树叶中冒出的尖顶——那是海龙王宫殿的顶部——就像一千四百一十六年前雄略天皇[1]的宫殿一样。）

在宫殿里，长相奇特的侍仆们——都是海中的生物——穿着礼仪长袍前来迎接，并将浦岛太郎当成龙王的女婿致以问候。

于是，龙王的女儿成了浦岛太郎的新娘，一场盛大得让人惊叹的婚礼在龙宫里举行了。龙宫沉浸在一片喜气洋洋的氛围中。

对浦岛太郎来说，每天都有新的乐趣和新的惊喜。海洋最深处的珍奇由龙王的仆人们带来；终年常夏的迷人岛屿则提供了极度的欢乐。就这样，三年过去了。

---

1 雄略天皇，日本第二十一代天皇，名大泊濑幼武，性勇猛、好武功，456年11月至479年8月在位，曾遣使赴中国，《宋书·倭国传》称其为倭王武。

尽管拥有了荣华富贵，可是每当少年想到双亲还在家中苦苦等待时，他的心情就变得十分沉重。终于，他恳求新娘让他回家一小段时间，只对父亲和母亲说一句话，然后马上就会赶回她身边。

听了这些话，新娘泪流满面，抽泣了很久后，对夫君道："既然你执意要走，当然可以走。但我非常担心你离开后，我们再也不能相见。所以，我要你把这个小匣子带上。如果你照我说的去做，它会帮助你回到我身边。切记，千万不要打开它——不管发生任何事！如果你打开了它，你将永远也回不来，并且永远都见不到我了。"

随后，新娘给了浦岛太郎一个系着丝带的小漆匣。（这匣子至今还能在神奈川海边的寺里见到，那里的僧人还保存着浦岛太郎的钓线，以及他从龙王国度带回来的奇珍异宝。）

浦岛太郎安慰了他的新娘，并向她承诺，永远不会打开匣子——甚至连丝带都不会解开。随后，在夏日的阳光下，少年离开了。越过平静的大海，终年常夏的海岛的形影，像梦一样在他身后消退。他再次看到了日本的青山翠岭，在北方地平线的白光中变得越来越清晰。

少年滑过碧波，终于再度回到家乡的海湾。他又一次站在了海滩上。然而，当他环顾四周时，一种莫名的、奇异的困惑却涌上了心头。

原来，这地方既和以前一样，但又不一样。父辈们的小屋不见了，有了一个村庄，但房屋的外形都很奇怪，树木、田野是陌生的，甚至人们的脸也很陌生。所有记忆中的地标几乎都消失了——神社是在一个新的地点重建的，树林已经从附近的山坡上消失了，只有流经村落的淙淙小溪声和群山的形状依旧未变。其他一切都是陌生的、新奇的。他试图找到父母的居屋，但徒劳无功。渔民们好奇地盯着他，他不记得以前曾见过这些人里的任何一张面孔。

这时走来一位拄着拐杖的老人，浦岛太郎向他打听去浦岛家的路怎么走。然而老人显得非常惊讶，让浦岛太郎将问题重复了多遍，随后嚷道：

“你问浦岛太郎呀！你从哪里来的，怎么不知道这个故事？浦岛太郎呀，他被淹死已经四百多年了，墓园里还立了一块碑纪念他。他家族所有人的坟墓，都在那个墓园里——那旧墓园现在已经废弃不用了。你真是太蠢了，竟然还问浦岛太郎的屋子在哪里？”老人对提问者的愚蠢发出了嗤笑，一瘸一拐地离开了。

不过浦岛太郎还是去了村里的墓园——那个废弃不用的旧墓园。在那里他发现了自己的墓碑，还有他父亲、母亲以及家族亲眷们的墓碑，还有许多他认识的其他人的墓碑。这些墓碑非常古老，长满了青苔，很难看清刻在上面的名字。

他意识到自己可能陷入了某种奇怪的幻象中，成了幻象的受害者。他回到海滩上，手里一直拿着那个匣子，那是海龙王女儿送给他的礼物。但这幻象究竟是什么呢？匣子里又会有什么呢？或者说，匣子里的东西会不会是造成幻象的原因呢？怀疑战胜了承诺。他冲动地背弃了对妻子的诺言，解开丝带，打开了匣子！

霎时间，无声无息地，从匣子里冒出一股白色的冰冷的幽灵般的水汽，像夏天的云一样升向天空，而后迅速地飘向南方，飘向寂静的大海。匣子里空空如也，别无他物。

浦岛太郎猛地明白幸福已被自己毁掉——他再也不能回到心爱

的海龙王女儿的身边了。在绝望中，他痛哭失声。

一切只在一瞬间。随即，浦岛太郎的身体也发生了巨大的变化。一股冰冷的寒气吹彻他周身的血液；他的牙齿脱落了；他的脸干瘪了；他的头发变得像雪一样白；他的四肢枯瘦了；他的体力衰退了。他毫无生气地倒在沙滩上，被四百年岁月的重负压垮了。

而今，在《日本书纪》中记载道："雄略天皇廿一年[1]，丹后国[2]馀社郡水之江住人浦岛子，乃岛根神之后裔也，乘钓舟往至蓬莱。"[3]此后，连续三十一代天皇统治期间——从五世纪到九世纪——再没有关于浦岛太郎的消息。之后再有记录时，是这样写的："淳和天皇天长二年[4]，浦岛太郎归来，然不久即去，从此不知所终，无人知其下落。"

1 此处小泉八云错记为"廿一年"，实为"廿二年"。

2 丹后国又称丹州、北丹，领域大约为现在京都府的北部。丹后国原为丹波国一部分，所以《日本书纪》中此处写为丹波国。

3 《日本书纪》此处原文为："秋七月，丹波国馀社郡管川人瑞江浦岛子，乘舟而钓，遂得大龟，便化为女。于是，浦岛子感以为妇，相逐入海，到蓬莱山，历睹仙众。语在别卷。"

4 日本天长二年，时为825年。

选自《陌生日本的一瞥》

弘法大师的书法

一

弘法大师，是日本佛教地位最高的僧人，真言宗[1]的创立者[2]。他最早教会日本人以平假名进行书写，并创作了“伊吕波歌”[3]。在诸多抄经名手和书法家中，弘法大师更是卓尔不群，其书法笔意遒劲，堪称一代大家。

在《弘法大师一代记》一书中，记载了这样一件逸事：弘法大师尚在中国游历时，皇宫里有间殿阁，墙壁上的题字因为年深日久，已被侵蚀得模糊不清。唐皇便派人将他唤来，命他重写一遍题

1 流传于日本的佛教密宗，以“即事而真”“三密加持”为主要法门。因重视念诵真言（咒语），故得此名。始祖为弘法大师空海（774—835）。空海于延历二十三年（804）入唐，师事惠果学习密宗真谛；大同元年（806）携带佛典经书、法物等归国。弘仁七年（816），他在高野山创立真言宗。

2 我的挚友真锅晃，亦是此宗信徒。——作者注

3 “伊吕波歌”，又称“色叶歌”，是空海根据佛教经学的教义，用47个平假名编成的歌谣，起到字音表的作用，类似于英文的字母歌。平假名，传说是空海取汉字草书体创制出来的日语表音符号。

字。弘法大师双手各执一笔，左右脚趾间也各夹一笔，嘴里又叼了一支笔，五管齐下，龙飞凤舞地在墙上写了数个大字。这些字圆转妍美、俊逸潇洒，此前在中国无人能书——它们含润婉缛，好似河流中荡漾的涟漪般，令人赏心悦目。紧接着，弘法大师又提笔站在远处，将笔端的墨汁朝墙上泼溅开去。但见墨汁落处，斑斑点点，转眼间竟变成了灵动的字。唐皇大喜，御赐弘法大师“五笔和尚”称号，意为他能够以五管毛笔同时书写。[1]另有一次，当这位圣僧定居京都附近的高野山时，天皇殷殷期待，希望他能为金刚峰寺[2]题写名匾。于是天皇便派了一个使者，扛着匾额去找弘法大师。天皇的使者来到弘法大师的居所附近时，才发现有一条大河挡在眼前，而且由于连日暴雨，河水猛涨，根本无法过河。幸好，过得片刻，弘法大师出现在对岸。他听了使者带来的天皇口谕，便让使者将匾额高高举起。使者依言而行，弘法大师就在河对岸朝着匾额挥动毛笔，凌空书写。他笔走龙蛇，不一会儿，使者手中的匾额之上，就出现了几个铁画银钩的大字。

二

弘法大师很喜欢独自在河边沉思。一天，正当他冥思默想时，

1 空海是“和式书道”，即日本书法的创始人，其书法最高杰作是《风信帖》。相传唐朝皇宫墙上的王羲之墨迹因年久而残缺不全，唐德宗（一说唐宪宗）命空海填补缺字。空海挥毫而就，竟与书圣的真迹一般无二，唐皇遂赞誉他为“五笔和尚”。“和尚”这一称谓，在佛教系统中极为尊贵。而“五笔”指的是空海“篆、隶、真、草、行”五种书体皆工，而不是什么“以五管毛笔同时书写”。

2 空海于816年在高野山修建的真言宗总寺。

一名童子忽然悄无声息地站到他面前，好奇地凝视着他。童子虽然衣衫褴褛，但面容清秀俊朗，灵气非凡。弘法大师正觉得惊奇时，童子开口问道："您就是弘法大师吗？那位用五管毛笔同时书写的'五笔和尚'？"弘法大师答道："正是。"童子道："如果您真的是他，我想请您在天空上写字，可以吗？"弘法大师站起身、提笔，向着天空运笔挥毫，天空中登时显出字迹，字字飘若浮云、矫若惊龙。童子见了，说道："让我来试试。"便也像弘法大师那样，在天上写了几个字。随后童子又对弘法大师言道："我想请您在河面上写字，可以吗？"弘法大师便在河面上纵笔写下一首关于水的赞咏诗，字字洒脱秀逸，像树叶漂浮水中般停留在河面上，并不洇散。片刻后，才随波逐流而去。"现在换我试试看！"童子说道。随即他挥笔在河面上写了个草体的"龙"字。这个字一直凝定在水面上，竟然不被流水冲走。弘法大师见童子漏写了龙字上的那个点，就问道："为何不添上那一点呢？"童子答道："哦，我忘记了。请您帮我添上吧！"于是，弘法大师提笔为"龙"字添上了那一点。只见草书"龙"字霎时变成了一条真龙，在河里上下翻腾。天上则阴云密布、电闪雷鸣。那条龙张牙舞爪，伴着暴风骤雨腾空飞起，呼啸而去。

弘法大师问童子道："你到底是谁？"童子答道："我乃受世人顶礼膜拜的五台山大智文殊菩萨。"一面说，一面变化身形，隐去童子的幻相，显出菩萨真身。只见他周身散发着神佛特有的光华，柔和玄妙，殊非言语所能形容。随后文殊菩萨颔首微笑，徐徐飞向天空，消失于云海之间。

三

不过，有一次弘法大师为皇宫的“应天门”题写匾名，这回他自己也忘了给“应”字加点。京都的天皇便问他为什么，弘法大师答道：“是老僧疏忽了。但老僧立刻就能添上这个点。”天皇随即命人搬来梯子，因为匾额此刻已高悬于门楼之上。奇的是，弘法大师并不顺梯攀爬，而是站在应天门前的大道上，瞅准匾额，将毛笔轻轻一掷。只听嗖的一声，毛笔已落到“应”字上方，不偏不倚，刚好添上了那一点。紧跟着毛笔又飞回弘法大师手里。

弘法大师还曾为京都皇宫的“皇嘉门”题写过匾名。有个住在宫门附近、名叫纪百枝的人，对弘法大师的题字嗤之以鼻，指着匾额嘲笑道：“怎么这些字看上去就像大摇大摆的相扑手啊？”就在当天晚上，纪百枝梦见一个相扑手来到床头，跳到自己身上，挥拳便打，把他打得遍体鳞伤，他哭喊着从梦中醒来。定睛一看，那个相扑手变成了被他嘲笑过的字，回到了宫门的匾额上。

又有一个著名的书法家名叫小野道风[1]，也曾经嘲笑过弘法大师的题字。他手指弘法大师所题“朱雀门”三字的匾额，讥笑道：“这个‘朱’字，真像极了‘米’字啊，哈哈！”当晚，小野道风梦见被他嘲笑过的“朱”字变成了一个男子，跳到他身上，将他狠狠地暴揍了一顿，并在他脸上不停地跳着，上上下下，仿佛在舂米一般。那人边跳边说：“看清楚，我是弘法大师的使者。”小野道风惊醒后，发现自己鼻青脸肿，流血不止，就像真的被人蹂躏践踏

1 小野道风（894—966），日本平安中期书法家，擅长模仿王羲之字体，被誉为“羲之再生”。

过似的。

弘法大师逝世后，随着岁月流逝，皇宫中“美福门”与“皇嘉门”的题字，几乎剥蚀殆尽。天皇便命大纳言[1]行成[2]负责修缮门匾。但行成因为之前那些倒霉者，担心惹恼弘法大师会有厄运降临到自己身上，对天皇之命犹疑不决。踌躇再三后，行成在弘法大师的牌位前摆上祭品，祈求得到弘法大师的指点与首肯。当晚，弘法大师出现在行成的梦里，和蔼亲切地笑道：“莫怕，照天皇的旨意去办吧。”行成这才放胆修缮门匾，顺顺利利地于宽弘四年[3]元月修缮完毕。兹事见于《本朝文粹》一书。

以上所有故事，皆由我的朋友晃[4]向我讲述。

1 大纳言，正三位高官。负责将政务上奏天皇，同时向下宣诏天皇敕令。大纳言位列上卿，还负有参议政事、大节礼仪等职责。

2 指平安中期的权大纳言藤原行成（972—1028），也是一位著名书法家。

3 “宽弘”是日本一条天皇与三条天皇的年号。日本宽弘四年，时为1007年。

4 晃，即本文开头提及的真锅晃。他是小泉八云游历日本各地时的导游。

圆觉寺之钟[1]

几乎每座著名的寺院，都会出售记载着该寺历史与神奇传说的小印刷品，圆觉寺也是如此。我在寺院门口发现了几张类似的东西在贩卖，其中一张印着样式奇特的大钟图样。在朋友晃的解说下，我获知了以下这个故事。

文明十二年[2]，这口大钟曾经不敲自响过。某人听闻这一奇事后报以嗤笑，结果遭遇了不幸；另一个人则深信不疑，此后家业兴旺，顺心遂意。

彼时，在玉绳村有个名叫小野君的人病死了。他下到地府，在阎罗王的审判台前接受审判。鬼魂的主宰者阎罗王对小野君说道："你来得太早了！你在娑婆世界[3]寿命未尽，赶紧回去吧！"但小野君却求道："我该怎么回去呢？路途暗翳，我没办法走啊！"阎罗

1 该则故事非独立成篇，系《陌生日本的一瞥》第四章《江之岛朝圣》中的一节。

2 日本文明十二年，时为1480年。

3 根据佛教的说法，世人所在的世界称为"娑婆世界"。"娑婆"是梵音音译，原意是"堪忍"或"有缺憾"。

王回答道："你只要循着圆觉寺的钟声，就能找到回去的路。向南走，在南阎浮提界[1]就能听到那钟声。"小野君便向南走，果真听到了钟声，进而找到了穿越黑暗的路，在娑婆世界复活了。

在那一时期，日本各地都出现了一位身材高大的佛教僧人，大家以前从未见过他，也从未听过他的名字。他云游天下，所到之处都会劝说人们去圆觉寺的大钟前祈愿。后来人们才发现，这位身材高大的行脚僧，其实就是被超自然之力幻化成僧人的大钟。自从这些神奇的事情发生后，许多人便慕名前往大钟前祈愿，且人人如愿以偿。

1 "阎浮提"是洲名，在须弥山南方，故称"南阎浮提"。南阎浮提是娑婆世界四大洲中的一个洲，是人类现在的住处。中国称其为"南赡部洲"。

地藏的故事[1]

我的朋友晃告诉我，在一本名为《地藏经古趣意》的书里，记载了一个与古老建长寺[2]中地藏菩萨塑像有关的传说。

很久以前，在镰仓有一个女子，是浪人之妻，名叫曾我贞义，靠着养蚕缫丝聊以谋生。她一心向佛，时常去建长寺里参拜。某日天寒地冻，曾我贞义又来到寺中拜佛，见地藏菩萨的塑像在寒冷的天气中受冻，心生不忍，便打算做一顶乡农冬天戴的帽子，敬献给地藏菩萨保暖。她回到家后，立即动手赶制，很快就做成了一顶帽子，又拿去寺里，戴到地藏菩萨塑像的头上，然后虔诚地说道："真可惜我没有多少钱，否则我就不仅仅做一顶帽子了，而是缝制整套冬衣，让您全身上下都能暖和。唉，像我这样的穷人，只能敬献这么点儿不值得接受的供物了。"

后来，在治承五年[3]十二月，曾我贞义突然撒手人寰，时年五十

1 该则故事非独立成篇，系《陌生日本的一瞥》第四章《江之岛朝圣》中的一节。

2 建长寺是日本临济宗的总寺，居"镰仓五山"之首，由来自大宋的高僧兰溪道隆创建。

3 日本治承五年，时为1181年。

岁。但奇怪的是，整整三天，她的尸体都没有僵硬，反而一直保有体温。她的亲属们见此怪事，不敢将她抬去下葬。到了第三天夜里，她竟然复活了。

曾我贞义苏醒后，告诉亲友说，在她死去的当天，灵魂来到了阎罗殿。地府裁决者阎罗王一见到她，立即怒气冲冲地斥责道："刁妇，你生前竟敢无视我佛不杀生的教诲，将无数蚕浸在滚烫热水中，活活害了它们的性命。所以，你现在必须和它们受同样的苦。本王判你下镬汤地狱[1]，在那里受尽火炙汤煎之苦，直至赎清你的罪过。"话音刚落，立时扑上来几个鬼卒，牢牢抓住曾我贞义，把她拖到一口大锅旁，锅里满是熔化的各种金属。鬼卒一起用力，将贞义抛进大锅中，贞义登时吓得大声惊叫。突然，地藏菩萨从天而降，落入大锅中，炽热的溶液霎时间如油般平滑清凉，火焰也渐渐熄灭。地藏菩萨抱起贞义，飞出了大锅。他把贞义带到阎罗王面前，恳请阎罗王放了贞义。原来她曾经做过的那件善事，令她与地藏菩萨结缘，所以地藏菩萨才替她求情。于是阎罗王赦免了贞义，并让她还阳复活。

"晃，"我问道，"如此说来，按佛教的规定，所有人都不准穿丝绸喽？"

"当然不是！"晃回答道，"佛的教义只规定出家的僧人不得身穿绫罗绸缎。可是……"他的脸上浮现出平静的笑容，我分明听出了他嘲讽的话外音："可是，几乎所有的僧人，都穿着丝绸。"

1 镬汤地狱，佛教故事中十八层地狱中的第七层，置有十八铜镬，有五百罗刹以大石炭烧铜镬、煮沸汤，掷罪人于其中，以惩其生前之罪行。

观音雕像[1]

元正天皇[2]御宇之时，在大和国有一位佛教高僧德道上人[3]，他的前世乃是总持菩萨，为了拯救人们的灵魂而转生到凡人中间。一天晚上，在大和国的一个山谷中，德道上人正行夜路，忽然见到一道奇妙的光芒，便朝着光芒走去，发现发光的是一棵倒下的大树的树干。这是一棵楠树或樟树，从树上传出一阵阵芬芳，它的光芒就像皎月的柔光一样。望着这样的异象，德道上人明白这棵树是神树，于是他就想用此树雕成观音菩萨像。他念经诵佛，祈求佛赐予灵感。就在他念诵之际，一位老翁和一位老妪突然出现在他面前，对他说道："贵僧心愿，欲祈佛力相助，以此树雕成观音圣像，吾二人尽已知悉。请贵僧继续诵经，由吾二人来雕刻吧。"

德道上人按他们的吩咐，继续诵经。他看到两位老人轻而易

1 该则故事非独立成篇，是《陌生日本的一瞥》第四章《江之岛朝圣》中的一节。

2 元正天皇，日本第四十四代天皇，日本史上第五位女帝，715年10月至724年3月在位。

3 德道上人，此处英文原文为"Tokudo Shonin"，日文版《小泉八云全集·第三卷》中错译为"得度上人"。727年，因圣武天皇的发愿，德道上人在奈良长谷寺东之冈建造了十一面观世音菩萨立像，成为日本观音信仰的发祥地。德道上人有着非常虔诚的观音信仰，以开设西国三十三所观音灵场的大德而名闻东瀛。

举地将巨大的树干一分为二，而后各自在一半树干上雕刻观音像。他看着他们这样工作了三天。到第三天，工作完成了，展现在德道上人眼前的，是两尊完美无瑕的观音像。他向陌生人道："请告诉我吧，你们的尊姓大名。"老翁答道："吾乃春日明神[1]。"老妪答道："吾乃天照大神，太阳之女神。[2]"他们一边说，一边变显真容，飞升天空，从德道上人的视线中消失了。[3]

天皇听闻此事后，派敕使前往大和国朝拜供奉，同时建起一座寺庙。名僧行基菩萨[4]也来了，虔诚礼敬两尊观音像，并为奉天皇敕命而建造的寺庙献奉。他把其中一尊观音雕像安置在寺中供奉，祈请道："请您永远留在此处，拯救众生。"又将另一尊观音雕像掷进海里，祈请道："无论您去到何处，皆是最善有缘之地。请云游四海，拯救众生吧。"

这尊观音雕像漂到了镰仓。每当夜幕降临时，它便散发出万丈金光，好似阳光辉照大海。镰仓的渔民们被这耀眼的光芒惊醒，乘船出海，发现了漂浮的雕像，便把它敬带回岸上。天皇下诏，在镰仓海光山，为雕像建起一座寺庙，名为新长谷寺。

---

1 春日明神，又称"春日神""春日司所明神"，是神道教中的藤原氏氏神。

2 在真实历史中，德道上人在奈良长谷附近发现巨大的樟树后，委托造佛师稽文会和稽首勋，把樟树雕刻成两尊十一面观世音菩萨像。

3 这个古老的传说具有特殊的趣味性，它是佛教努力吸收神道教神明的例子之一，正如它已经吸收了印度和中国的神明一样。这些努力在很大程度上是成功的，直到佛教失势，神道教被恢复为国教。不过在出云和日本西部的其他地区，神道教一直占据主导地位，甚至侵占融合了许多原属于佛教的东西。——作者注

4 行基（668—749）是日本奈良时代的高僧，曾巡游诸国，架桥筑堤、建设道路、教化民众，还协助营造东大寺大佛，同时大力输入唐朝文化，对奈良文化的发展和佛法普及起到巨大的推动作用。745年朝廷颁赠给行基日本最初的"大僧正"称号，之后又赐封他为"大菩萨"。"大菩萨"是对伟大僧人的敬称。

洗豆桥[1]

在松江城东北普门院的附近，有一座桥，叫作“洗豆桥”。这个名字的由来，据说是因为从前每到夜里，便有个女鬼坐在桥下洗小豆。有一种非常美丽的拥有彩虹紫的日本鸢尾属花，名为“杜若”；还有一首关于这种花的歌谣，叫《杜若之歌》。这首歌绝对不可以在洗豆桥附近唱，出于某种已然被人们忘记的奇怪原因，在那一带出没的鬼怪一听到此歌就会勃然大怒，从而给唱歌者带来横祸。

曾经有一个胆大如斗的武士，在某天夜里来到洗豆桥，故意高声唱起《杜若之歌》。直到唱完也没见鬼怪出现，他大笑着回了家。在家门口，一位陌生的身材高挑的美女向他躬身施礼，而后递上一个古代女子用于存放信件的漆匣。武士也恭敬回礼，只听那美女说：“我只是个普通侍女——这是我家女主人的礼物。”言罢登时从武士眼前消失不见。武士打开匣子一看，其中竟然是一颗血淋淋的头颅。他慌忙冲进家中，发现会客室的地板上躺着自己孩子的尸身。

1 该则故事非独立成篇，是《陌生日本的一瞥》第七章《神国之都》中的一节。

买糖稀的女子[1]

在中原町，有一间小小的店铺，专门出售糖稀。这种琥珀色甜浆用小麦制成，如果母乳不足，人们就用它代替乳汁哺育婴孩。每到夜深人静时，总会出现一个身穿白衣、面无血色的女子，到小店铺中买一厘[2]钱的糖稀。店主见那女子身形消瘦、面色苍白，不由得心中好奇，便常常问她一些关心的话。但女子总是默不作声。终于，某天晚上，店主实在按捺不住好奇心，便偷偷尾随女子。不料一路跟着她，竟来到了大雄寺的墓园中。女子进入墓园后，店主惊惧不已，不敢再跟，急忙反身回店。

次日夜间，那名女子再度前来。但这次她并未购买糖稀，而是招了招手，示意店主跟着自己走。店主叫上朋友，战战兢兢地跟在女子身后，到了墓园。只见女子轻飘飘地向一座坟冢走去，随即消失无踪。店主和朋友忽然听到从坟冢下方隐隐传来婴孩的啼哭声。他们合力打开坟冢，提灯一照，只见躺在墓中的尸体，竟是那个常

1 该则故事非独立成篇，是《陌生日本的一瞥》第七章《神国之都》中的一节。

2 旧时日币一钱的十分之一。

在深夜来买糖稀的女子；她的尸体旁，还有一个活生生的婴儿。婴儿见到灯光，小脸上露出了欢快的笑容。在婴儿身边，赫然放着一小杯糖稀。原来那位母亲死时，已怀有身孕，她是带着腹中还活着的胎儿被埋葬的。她的骨肉就诞生在墓中。为了让孩子活下去，母亲的鬼魂就夜夜去小店买糖稀来喂养孩子。爱的力量，远比死亡的力量更强大！

狐[1]

一天晚上，一位松江的士族在回家的路上，经过母衣町时，看见一只狐狸被狗追着逃命。他用雨伞将狗赶跑了，给了狐狸一个逃跑的机会。次日夜里，他听到有人在敲屋门，一开门，看到一个美貌女子站在门口。她对他说："昨夜若非您仁慈相助，我已命丧黄泉了。真不知该如何答谢您的救命大恩。这份薄礼请您一定收下。"说完，她在他脚边放下一个小包袱，随即转身离去。士族打开包袱，发现里面是两只肥美的鸭子，还有两枚银币——那种又长又重的树叶形银币，每枚价值十或十二美元——正是现在的古董收藏家们热切寻求的珍品。过了一会儿，其中一枚银币在他眼前变成了一根草，另一枚则始终真实不变。

松江的医生杉贞庵，一天晚上被叫到离城不远的白鹿山的一座大宅里去接生。一个仆人手提一盏绘有贵族家徽的纸灯笼，在前头带路。杉贞庵进到那宏伟的豪宅里，得到了极高的武士阶层特有的

1 该则故事非独立成篇，是《陌生日本的一瞥》第十五章《狐》中的一节。

隆重礼遇。产妇平安生下一个可爱的男孩。这家人请医生吃了一席丰盛的晚宴，招待得非常优雅得体，最后送他回家，还馈赠了大量礼物和钱财。次日，医生按照日本的礼节，去回谢主人。然而那座大宅竟然找不到了。事实上，白鹿山上除了森林，什么也没有。回到家后，医生再次查看了得到的黄金，除了其中一块变成了草，其他都完好不变。

树灵[1]

有一个非常动人的传说——让人联想起古希腊的森林女神——是关于一棵柳树的故事，它生长在京都某武士的庭园中。由于这棵柳树有着不吉利的传闻，武士宅的租客想要砍掉它。但另一个武士劝阻道："不如把它卖给我吧，我会把它种在我的花园里。树是有灵魂的，毁掉它的生命实在太残忍了。"就这样，这棵柳树被买下来并移植到了新家。它在新家长势良好，它的灵魂出于感激，变成一个美丽的女子，成了那位武士的妻子。他们结合后，生下一个可爱的男孩。

数年后，统治该地的大名下令砍掉这棵树。妻子痛哭流涕，第一次向丈夫坦白了一切。接着她补充道："我知道自己必死无疑了，但我们的孩子可以活下去，你要永远爱他，这是我唯一的安慰了。"惊恐万分的丈夫徒劳地试图挽留妻子，终不能如愿。她向他诀别后，永远地消失在树身中。不消说，武士竭尽全力想说服大名

1　该则故事非独立成篇，是《陌生日本的一瞥》第十六章《日本的庭园》中的一节。

放弃砍树，但大名想用这棵树来修缮大佛寺——三十三间堂[1]，所以柳树不可避免地被砍倒了。然而柳树倒下后，突然变得极其沉重，三百个人合力都无法搬动它。这时，武士的孩子用他的小手拿着一根树枝，对柳树说道："来吧。"那树就跟着他，沿着地面滑行到了寺庙的庭院中。

1 "三十三间堂"是日本国宝级建筑，正式名称为"莲华王院"，位于今京都市东山区，为天台宗寺院，以供奉一千尊观音雕像而闻名。因其大殿以柱相隔为三十三间，故通称"三十三间堂"。

鸟取的被褥

许多年前，在鸟取城内，一家新开张的小旅店接待了它的第一个客人，一位奔波四方的商贾。为了让自己的小旅店有个好口碑，店主对商人服侍得特别殷勤。旅店虽是吉庆新张，但店主却颇为贫穷，所以一应器皿用品，悉数从二手货商店购回。尽管陈旧了点儿，但旅店仍予人朴素雅洁、宾至如归之感。客人十分满意，喝了不少暖蒸蒸的美酒，而后躺到地上铺好的柔软被褥上，打算美美地睡上一觉。

一般来说，在喝过大量温酒后，人都会睡得很香，尤其是在天寒地冻、被窝暖和舒适的夜晚。可是这位客人只睡了一小会儿，就被房间里的声音吵醒了——是小孩的声音，在不断地互相问着同一个问题：

“哥哥，你冷吗？”

“你也冷吗？”

有孩子出现在房间里，可能会惹恼客人，但不会令他感到惊讶，因为日本的旅店，在相邻的客房之间无墙无门，只以障子隔开。所以在客人看来，可能是隔壁房的孩子，在黑暗中走错了路，误入自己的房间。于是，他用和善的语气，发出几句责备的话。短暂的沉寂过后，一个哀凄微弱的声音再度在他耳畔响起："哥哥，你冷吗？"另一个温柔的声音关切地回应道："你也冷吗？"

客人起身剔亮灯烛，游目四顾，房中没有其他人，障子也紧闭着。他检查了可以躲人的壁橱，里面也是空空荡荡。客人深感奇怪，再次躺下，让油灯继续亮着。很快，小孩子哀凉的问话声又一次向枕边传来……

"哥哥，你冷吗？"

"你也冷吗？"

一瞬间，客人感到一股寒意爬上心头，不是因为凉夜的冰冷。两个小孩的问话声反复持续着，一次比一次可怕。他察觉到对话声是从被褥中发出的。不错，正是这床被褥，发出了令人胆战心惊的声音。

客人匆忙收拾了行李，迅速冲下楼，叫醒店主，把这件怪异的事说了。店主颇为不快，答道："事实上，尊贵的客人，为了使您满意，我已尽全力服侍您。适才所言之事，怕是您饮酒过多，迷迷糊糊做的一场噩梦吧？"可是，不管店主好说歹说，客人就是不肯再住下去，坚持立刻结账，搬到另一家旅店去了。

次日晚间，又有一位客人前来投宿。到得深夜时分，这位客人竟也满肚子的抱怨，叫醒店主，要求退房，并且所说怪事与昨晚一模一样。令店主迷惑的是，这位客人睡前滴酒未沾，神志清醒得很。店主怀疑这可能是竞争对手想出来的卑鄙伎俩，企图搅扰旅店的生意，便提高嗓门儿激动地回应道："绝不欺瞒阁下，我们侍奉客人都是尽心竭力，而您却莫名其妙地说些有损本店清誉的话，实在让人无法接受，我还要靠这间小旅店维持生计呢。您说出这些无稽之谈来，是很不对的。”客人听了，也动了肝火，严词回击。两人各不相让，吵得面红耳赤，不欢而散。

不过，在客人愤愤然离开旅店后，店主开始半信半疑，便决定亲自去查个究竟。他走进空空的客房，翻检被褥，就在此时，传来了两个孩子的对话声。登时，他明白了，两位客人说的都是实话，客房里果然有一床被褥会发出声音——幸好，仅仅这床被褥有异，其他器物皆寂然无声。他将被褥带回自己的寝室，裹着它直至破晓。在此期间，这床被褥不断地发出：“哥哥，你冷吗？”“你也冷吗？”的对话声，店主为此一夜不曾合眼。

翌日天一亮，店主就起身了。他拎着奇怪的被褥，去找二手货商店的老板，然而商店老板毫不知情，因为这床被褥是从一家更小的店收购来的。而那家小店的店主，又是从城郊一个更穷的商人那里购买的被褥。旅店店主只好挨个儿去打听。

终于，循着线索，旅店店主访查到，被褥属于一户租住在小屋里的贫家，是房东把被褥拿去卖了。其中还有一个催人泪下的故事。

被褥的原主人，全家租住在一间每月只需六十钱[1]租金的小屋里，但这对于寒门而言，已是一笔巨大的开销。父亲每月仅有两三日元的收入；母亲又长年患病，不能工作。家里还有两个男孩——一个六岁，一个八岁。他们才搬到鸟取不久。

1 “钱”是旧时日本货币单位之一，一日元等于一百钱。

有一年冬天，父亲得了一场重病，苦撑了一周就弃世下葬了。随后不久，长期卧病的母亲也跟着离开人世，两个年幼的孩子成了孤儿。兄弟俩不知可以向谁寻求帮助，为了活下去，他们被迫将小屋里还能换点儿钱的物品，都拿去变卖。

然而，可以变卖的物品能有多少呢？他们将去世父母的衣裳、自己大部分的衣服，还有一些日常用品——火盆、杯子、茶碗，以及其他零碎的杂物，每天卖一些，换来仅够果腹的食物。最后，除一床被褥外，家中已四壁空空，再无东西可以变卖了。兄弟俩饭都吃不饱，小屋的租金就更拿不出了。

可怕的大寒来临了，这是最冷的节气。滴水成冰，寒风凛冽，屋外积雪过膝，兄弟俩无法出门，只好一起裹着那床仅剩的被褥，打着哆嗦，用孩童的纯真之心彼此关怀：

“哥哥，你冷吗？”

“你也冷吗？”

屋中绝无取暖之物，天色低沉，纷飞的大雪夹着寒风，呼啸着扑进小屋。

他们害怕风，但更害怕房子的主人。房东粗暴地叫醒他们，要求他们交租。这是个面貌可憎、冷酷无情的人，当确定兄弟俩付不出租金后，就凶巴巴地把他们赶到雪地里，还夺走了仅有的那床被褥，并把小屋锁了起来。

冰天雪地里，兄弟俩都只穿着一件蓝色的薄衫，其他衣物早已变卖，用来换取一点儿食物。他们无处可去，虽然不远处就有一座千手观音堂，但积雪过深，浑身乏力的他们怎么也走不到那里了。无奈之下，兄弟俩趁着房东远去，偷偷摸摸地从小屋的后门溜回屋里。严寒的天气，令倦意很快袭来。为了暖身，哥儿俩紧紧搂抱在一起，昏昏沉沉地睡着了。梦中，观音菩萨为他俩盖上了一床崭新的被褥，这床被褥雪白柔软，看上去美极了。盖在身上，再也不觉得冷了。

他俩就这样永远地睡了过去……直到数日之后，有人发现了他们冻僵的尸体，便把他们送进了千手观音堂的墓地，为兄弟俩找到了一处长眠之地。

小旅店的店主打听明白这些事后，唏嘘不已，遂决定将这床会说话的被褥，敬奉给千手观音堂的僧人。僧人们高诵佛经，为两个孩子的亡魂超度。从此以后，被褥缄默静寂，再也没有发出任何声音。

弃子[1]

古时，在出云国一个叫作持田浦的小村中，住着一个贫寒的农夫。因为太穷，他无力抚养孩子，所以每当妻子生下婴儿时，他就狠心将刚出世的婴儿抛到河里淹死，然后用孩子一生下来便夭折的理由，对村民们搪塞过去。就这样，妻子一产下婴儿，不管是男婴还是女婴，当天夜里就被偷偷弃入河中。前后弃杀了六个婴儿。

然而，随着日子一天天过去，农夫的家境慢慢宽裕起来，不仅买了田地，还开始有了积蓄。与此同时，妻子生下了第七个孩子——是个男孩。

对此，农夫说道："咱俩现在养得起一个小孩啦！等到咱们年老时，身边也需要人照顾。而且这孩子的样貌生得挺好，咱们好好把他养大吧！"

孩子一天天茁壮成长，辛劳的农夫心中充满惊喜——因为他知道，自己日甚一日地喜爱着这个儿子。

1 该则故事非独立成篇，是《陌生日本的一瞥》第二十一章《日本海边》中的一节。

某个夏夜，农夫抱着这个孩子来到院子中。孩子出生已满五个月了。

当晚皓月如盘，夜色柔美。农夫大声赞叹道：“啊，这样美好的夜晚真是难得啊！”

这时，他怀中的孩子突然抬起头，盯着他的脸，用大人的口吻说道：“父亲，你上次抛弃我的时候，也是这样一个月色皎洁的夜晚，不是吗？”说完，婴儿立即恢复到平常的模样，从此不再说话。

农夫大惊，幡然悔悟，遂出家为僧。

考验[1]

很久以前，当狐女和妖精还在这片土地上出没的时候，有一个武士的女儿随父母来到了京都。她是如此貌美，令所有见过她的男子都为之倾倒。成百上千的年轻武士渴望娶她为妻，并向她的父母表达了意愿。因为在日本，婚姻大事须由父母做主，这是一直以来的习俗。不过凡事皆有例外，这位少女的情况就是一个例外。她的父母宣称，女儿的夫君由她自己挑选，举凡有意者，都可以不受拘束地上门求爱。

许多有钱、有地位的男子，都以追求者的身份来到少女家中，每个人都尽其所能地向少女求婚——或赠送奇珍异宝，或施以甜言蜜语，或奉上斐美情诗，或信誓旦旦许下永恒承诺。不管对何人，少女都温言相待，使他们心中充满希望。可是她又开出了奇怪的条件，每个追求者都被要求以武士的荣誉起誓，接受她的爱情考验，同时绝不能把考验的内容透露给其他活着的人。求

1 该则故事非独立成篇，是《陌生日本的一瞥》第二十五章《妖怪与幽灵》中的一节。

婚者们都同意了。

然而，即使是最有信心的求婚者在经历了考验后，也突然放弃了他们的求婚，似乎有什么东西极大地吓阻了所有人。事实上，有不少人甚至就此逃离京都，任凭亲友如何劝说，也无法劝他们回来。但没有任何人解释过原因。因此，那些对这个谜团一无所知的人纷纷在私底下议论说，这个美丽的少女一定是狐女或妖精。

当所有非富即贵的求婚者都放弃了他们的求婚时，来了一个除佩刀之外一无所有的武士。他是一个好人，态度诚挚，风度翩翩。少女似乎很中意他，但依然循例让他发下与其他人一样的誓言。在他起誓后，少女与他约定等某个夜晚再来相会。

当那晚到来时，少女独自在家中接待武士。她备下丰盛饭菜，亲手呈上，并服侍武士用饭。餐毕，少女告诉武士，希望他能在深夜时与自己一道外出。武士欣然答应，并询问她欲往何处。但少女没有回答他的问题，霎时间变得异常沉默起来，同时举止也很怪异。过得片刻，她从房间里退出，只留下武士一个人。

午夜过后，少女回来了。她身穿一袭白衣——像个幽灵——而且一声不吭，招手示意武士尾随跟来。他们匆匆走出宅门，整个城市都沉浸在梦乡中，这就是所谓的“胧月夜”吧。据说，鬼魂总是在这样的夜晚游荡。少女步履迅疾，走在前头。当她飞快奔过时，惊起阵阵狗吠。她出了城，来到一座被巨大的树影遮蔽的小山丘，那里有一片古老的墓地。她闪进墓地，就像一道白色的影子被黑暗吞没。武士跟在后面，十分惊异，手紧紧按在佩刀上。当他的眼睛适应了黑暗，他看到：

在一座新造的坟墓旁，少女停了下来，示意他等着。掘墓者的工具还扔在地上，她顺手操起一把铁锹，开始疯狂挖墓，速度和力量都出奇地超过常人。最后，她的铁锹碰到了棺材盖，发出隆隆声；又过了一会儿，还很新的白色棺木显露出来。她掀掉棺材盖，露出里面的一具尸体——一个小孩的尸体。少女用鬼魅般的动作，拧下尸体的一只胳膊，撕成两半，蹲下来，开始吞吃上臂。随后，她将另一半胳膊扔给她的追求者，对他喊道："吃吧，品尝品尝我爱吃的东西！"武士片刻也没有犹豫，蹲在坟墓的另一边，吃起那半只手臂，并说道："太好吃了！求你再给我一点儿！"原来，那只手臂是用西京出产的最好的甜点做的。

少女大笑起身，欢呼道："在所有求婚者中，你才是最勇敢的。只有你没被吓得落荒而逃！我想要一个无所畏惧的夫君，就是你了！我愿意嫁给你，爱慕你，你是个真正的男子汉！"

守候[1]

很久以前，在一个名字已经被遗忘的大名的时代，一座古城里住着一对两情相悦的青年男女。他们的名字已经被忘却了，但他们的故事流传至今。由于他们的父母比邻而居，所以他们在襁褓中就已订下婚约。童年时他们青梅竹马，两小无猜。随着年龄渐长，彼此更是越来越喜欢对方。

男子在成年之前，双亲就过世了。所幸一位富有的高阶武士将他收至麾下，这位武士是男子家族的世交。看到男子彬彬有礼、聪明伶俐，且武艺高强，主人很快就对他青眼有加。因此，男子希望自己能尽快出人头地，如此便能迎娶未婚妻了。但战争在北部和东部爆发了，身为家臣，他受命跟随主人奔赴战场。出征前，他去看望了心爱的女孩，他们在女方父母面前交换了誓言，他发誓，从当天算起的一年内，只要他还活着，就一定回来迎娶未婚妻。

男子出征后，过了很长时间都音信全无，那时也没有像现在

1 该则故事非独立成篇，是《陌生日本的一瞥》第二十五章《妖怪与幽灵》中的一节。

这样的通信系统，女子对战争的种种可能性充满忧虑，伤心之下，变得脸色苍白、身体虚弱。后来，她终于通过一个向大名报信的前线信使打听到了男子的消息；接着，另一个信使又给她带来了一封信。这以后就再也没有消息了。对等待的人而言，一年是如此漫长。一年过去了，男子仍未归来。

寒来暑往、春尽夏残，男子依旧音信杳然。女子猜想他已经死了，哀伤得一病不起，不久便撒手人寰，入土安葬了。她那年迈的双亲再无其他子嗣，悲痛得无以复加，又不想再住在孤凄冷清的家里，于是一段时日后，他们变卖家产，开始了千寺朝圣——参拜一千座日莲宗佛寺的大朝圣之旅。这一壮举需要很多年才能完成，所以他们卖掉了自己的小房子和房里所有的器物，只留下祖先牌位、不可变卖的圣物，以及亡女的灵位。按照将要离乡者的习俗，这些东西被寄放在宗寺中。因为他们信奉的是日莲宗，所以他们寄放的宗寺是妙高寺。

二老动身后第四天，与他们女儿订婚的男子就回到了城里。原来他先前已得到主人许可，起程回乡兑现诺言。然而，他虽然离开了战场，但途中所经过的地方依然狼烟未净，道路和关隘皆有军兵把守，他被耽搁了很久，历经千难万险才回到家乡。当他听到心上人去世的不幸消息时，悲痛欲绝，一连数日不省人事，一副奄奄待毙的模样。

但是，当男子逐渐恢复健康时，所有记忆中的痛苦再度袭来，他为自己没有殉情而感到遗憾。为此，他决心在未婚妻的坟墓前自尽。趁无人注意，他带着佩刀悄悄来到埋葬心上人的墓地——荒凉凄冷的妙高寺墓地。在那里，男子找到了女子的坟墓，跪在墓前流泪祭吊，低声表明决心。突然，他耳畔传来她的呼唤声：“夫君！”随即，他感到她的手正搭住自己的手。他急忙转过身，只见心上人就跪在自己身边，面带微笑，尽管脸色有点儿苍白，但依然如记忆中那么美丽。男子的心怦怦直跳，一时间竟因惊奇、疑惑、喜悦而无语凝噎。女子说道：“夫君勿疑，确实是我。我并未死去，这完全是误会。可是人们以为我已弃世，匆促将我埋葬。就连双亲也误认为我已经离世才去朝圣。然而你看，我活得好好的——不是鬼魂，是真实的我。请不要怀疑！你的真心我已看清，所有等待和痛苦都值得了……现在让我们马上离开，到别的城去，免得人们知道了这件事，那会给我们带来麻烦，毕竟大家都以为我已经死了。”

于是两人一起离开了。没有人注意他们，他们决定去甲斐国身延村，因为此地有一座著名的日莲宗寺院。女子说：“二老既然去朝圣，那么一定会到身延村来，只要我们住下，一定会跟他们相逢，一家人就能团圆了。”是以他们就来到了身延村，女子说：“我们开家小店吧。”两人就在通往寺院的开阔道路旁开了一家小食品店，售卖给孩子们的点心、玩具，还有给朝圣者们的食物。转眼过了两年，他们生活美满、生意兴隆，还生了一个儿子。

当孩子一岁零两个月时，妻子的父母在朝圣的途中来到了身延村。他们在小店前停下，打算买点儿食物，没想到却见到了女儿的未婚夫。二老痛哭流涕，问起原委。男子就带二老入屋，躬身行礼，随后说了一番令二老极为震惊的话：“我此刻所言，千真万确。令爱并没有死，她已是我的妻子，我们还育有一子。她现在在里屋陪孩子睡觉。请你们马上进去，给她个惊喜吧。她心里一直渴望再见到你们呢。”

于是当男子忙碌着准备款待二老时，二老轻手轻脚地走向里屋。母亲先进到屋内。

他们发现孩子睡得正香，但孩子的母亲却不见踪影。她似乎刚刚才离开，因为她的枕头尚有余温。二老等了很久，又到处寻找女儿，可就是找不着人。

最后，当他们在孩子和他母亲盖的被子下面，发现了一件他们记得是多年前寄存在妙高寺的东西时，他们才恍然大悟——那是被他们埋葬的女儿的灵位。

选自《天河绮谭及其他》

镜之少女[1]

足利幕府时期，南伊势大河内明神的神社，因年久日深，已然朽蚀颓坏，腐毁不堪。当时统治伊势国的大名北畠公[2]，由于长期征战以及其他要务使之分心，无财力亦无精力去修葺神社。神社的宫司[3]松村兵库只好孤身进京，向实际上掌握幕府大权的细川公[4]求助。

细川氏郑重接待了松村宫司，优礼备至，并允诺将修葺大明神社一事上禀给幕府将军。但同时他也认为，兹事体大，必须细细考察筹划，方能正式拨放重修神社的钱款。而考察一事颇费时日，因此，他建议松村先暂住京都，等待消息。松村答应了，将全家老小都接到京都，在京极町赁屋住了下来。

1 本篇怪谈，源自中国唐朝谷神子著《博异志·敬元颖》。

2 按真实的历史时间推断，此处的“北畠公”，应当是室町中期公卿、北畠家第八代当主北畠具教。

3 宫司，神社中神职最高者，事务总负责人。

4 按真实的历史时间推断，此处的“细川公”，应当是室町幕府管领、右京大夫、五国守护细川胜元。

这栋华屋重檐斗拱、廊宽厅敞，却相当长时间没有人居住。听说这是栋不祥的凶宅，宅子的东北角有一口井，传闻先前曾有数人落井，而原因却始终不明。但松村身为神官，自然不惧邪魔。全家人很快就搬进了新居，日子过得倒也舒服安乐。

转眼炎暑已至。这一年的夏天特别酷热，连续数月久旱不雨，京畿五国[1]皆遭了旱灾，河床干涸、井中水枯，整个京都的用水严重匮乏。可是，松村家庭院里的那口井却依然水量充沛，就像从山泉中涌出来一般。而且水质清凉澄澈，略微带点儿青苔味。

在这酷暑难熬的时日里，京都的人们听说松村宅的井水源源不绝，纷纷从四面八方涌来，汲水取用。松村来者不拒，慷慨地满足了大家的需求。尽管来打水的人络绎于途，井水却丝毫不见将要干涸的迹象，反而越涌越多。

然而，可怕的事情发生了。某日清晨，井里忽然浮出一具年轻男仆的尸体，这男仆就住在附近，连日来一直到井边汲水。

没有人知道男仆的死因，有人猜可能是自杀，但又不像。松村惊骇之下，忆起关于这口井种种不祥的传言。他开始怀疑，这井中或许隐藏有不为人见的邪灵在作祟。

为此，松村特意来到井边勘察，打算建一圈篱笆墙把井围起来。就在他伫立思考时，突然，一瞥眼间，发现水面上隐隐有活物在粼粼晃动。松村一惊，定睛细看，当晃动停止后，水面上那活物的身形轮廓逐渐清晰，显出一位少女的倒影。

少女十九二十岁的模样，浓妆艳抹，一抹胭脂唇娇嫩欲滴，尤

1 指京畿区域内的五国，又称“畿内”。分别是：山城国、大和国、河内国、和泉国、摄津国。

为撩人。起初，少女只侧着半边脸，随后将美丽的容颜慢慢转向松村，嘴角淡淡含笑。

霎时间，松村如饮琼浆，内心涌起一阵冲动，只觉头晕目眩、天旋地转。这清丽的笑靥，宛如明月在天，皎洁美好，简直无与伦比。引诱得他恍恍惚惚，丧魂失魄，便要纵身跃入那暗不见底的深渊……

但松村内心深处隐隐觉得大为不妥，遂竭力闭上双眼，收敛心神。强自镇定下来后才睁开眼睛，只见那少女的媚态美颜已经消失，四周恢复了一片明亮。他一低头，发现自己正站在井边上，险些就掉进去了。倘若这令人心迷神醉的美色诱惑再多持续一会儿，自己恐怕从此再也见不到阳光了……

回到屋里，松村立即唤来家人，嘱咐他们千万不可靠近水井，也不准再到井边打水。次日，他在井的四周筑起了一道严实的篱笆墙。

篱笆墙筑好一周后，忽然狂风大作，电闪雷鸣，暴雨倾盆而下，整个京都尽皆笼罩在一片阴影中，持续数月的干旱得到了极大程度的缓解。

然而，滂沱大雨连绵不绝，直下了三天三夜，风驰雨骤、雷电交加。京都以前从未有过如此暴雨，鸭川水位猛涨，洪水泛滥，多座桥梁都被冲塌了。

到了第三日晚间的丑时时分，一个少女在松村宫司的住所外猛敲宅门，并且大叫大嚷，要求开门放自己进去。松村心怀警惕，猜想那日在井边见到的，可能就是这少女。他吩咐仆人不要开门，自己则隐身门后，问道："谁在外头敲门？"

少女答道："请恕冒昧。我叫弥生……有要紧事，要跟松村大人说。请您开开门……”

松村谨慎地打开半边门，探头一看，门外女子的面孔，正是此前出现在井里的那张姣好的脸庞。只是这次，她脸上已没有了微笑，反而显得十分忧愁。

“你不能进来，”松村厉声拒绝道，“你不是普通人，而是井里的妖怪……为什么要引诱杀死那些无辜的人？”

井中少女声音甜美，如环佩叮当，清脆悦耳，答道：

“我要跟您说的正是此事……我本意绝不想伤害任何人。可是，自古以来，那口井里就住了一条大毒龙，它是井中之主，井水之所以长年不竭，正是由于它的精气生生不息。许久以前，我不小心掉进了井里，从此不得不受制于它。这毒龙爱喝活人的鲜血，便强迫我用色相去勾引男子，将他们诱入井中浸溺，供其吸血。

“但是，这几日天神命令毒龙，迁往信浓国[1]一个名叫鸟井池的大湖去。而且，永远都不准再回京都。今晚那毒龙终于走了，我才得以出来向您求助。此刻，因为毒龙的离去，井里的水已经很浅了，求您派人下到井底，搜寻出我的尸骸。求求您，不要再犹豫了！如果您帮了我这个忙，我一定会回来报恩的！”

说完，少女转身便走，没入风雨中消失无踪。

天光破晓，暴风雨终于止歇了。一轮红日自东方升起，晴空如洗，万里无云，一片湛蓝。

松村一大早就命人下井，找寻那少女的遗骸。众人来到井边，大吃一惊，原本涌水汩汩的井，而今已几近干涸。一伙人很容易就

1 属东山道，俗称信州，今之长野县。

下到了井底，但只找到了一些颇具古风的发饰，以及一面罕见的古铜镜，此外再没有发现任何人类或动物的尸骸。

松村推断，这面古镜可能就是解开谜团的线索。因为所有这样的铜镜，皆非寻常之物，都拥有自己的灵魂，且附着其上的灵魂，大多来自女性。

这面铜镜，因年深日久，外表已有了斑斑锈迹。松村请来巧手匠人细心清洁研磨后，一幅奇妙的图案浮现在镜背上。图案中的花纹细腻精美，衬托着一些符咒般的文字，大部分字符已模糊难辨，但尚能依稀辨认出一行日期：三月三日。

在旧历中，阴历三月三是一个节日，称作“弥生节”[1]，松村记起井中女子也自称“弥生”，便推断昨晚来拜访自己的少女，可能就是附在镜中的魂灵。

于是松村决定妥善安置这面古镜。他先吩咐工匠小心翼翼地磨亮古镜，重新镀银，而后将它收纳在用名贵木材做的锦盒里，郑重放置于一间特别准备的屋中。

当天黄昏时分，松村正独坐书房看书，忽然眼前人影一闪，弥生霍然现身。她看上去比先前更加妩媚动人，宛若夏夜的皎月般清柔明丽。

弥生恭恭敬敬地向松村致礼问候，声音仍然那么清脆甜美：

“此番我特为报恩而来，多谢恩公将我从寂寞凄清的境地中救

1 弥生节，始于770年前后的传统祭典，作为“宣告这一地区春天来临的节日”而备受人们喜爱。

出……您所料不错，我正是古镜中的魂灵。齐明天皇[1]在位时，我从百济被带到日本，从那时起，直至嵯峨天皇[2]治世，其间我都住在皇宫里，并被加茂内亲王奉为至宝。

“其后，到了保元年间[3]，我又被藤原氏收藏，成为藤原家的传家宝。那几年，京都战乱不堪，我便在此时被人扔入了井中。年深日久，人们也就慢慢忘记了我。

“而那条大毒龙，原本栖息在附近的大湖里，因为天皇要建宫殿，下令将大湖填埋，毒龙无处可去，便占据了那口水井作为栖身之处。我落井之后，无可奈何，只有听凭毒龙摆布。它强迫我服侍它，还逼我用美色惑人，戕害无辜。幸好，天神明察秋毫，将毒龙永久地放逐到了外地……

“现在，我还有一个不情之请。请您将我进献给将军足利义政，他和我的旧主颇有渊源。只要您按我说的去做，好运必然降临。此外，松村大人，我还必须告知您，您即将大祸临头了，这屋子后日就会坍塌，您和家人绝对不能再住下去了……”

如此叮咛示警一番后，弥生再次消失于无形中。

松村事先得到警告，立即带着家人与财产转移到其他地方住下。隔日，瓢泼大雨骤然而降，比之上次更加猛烈。洪流滔天，松村先前住的屋子被彻底冲毁了。

风雨停息，洪水退去后，松村经由细川氏的安排，正式觐见幕

---

1 齐明天皇，日本第三十五代和第三十七代天皇。第一次在位时期：642年1月至645年6月；第二次在位时期：655年1月至661年7月。她是一位女天皇。

2 嵯峨天皇，日本第五十二代天皇，809年4月至823年4月在位。

3 时在1156年4月至1159年4月。其间鸟羽法皇病死，后白河天皇与崇德上皇爆发了争位之战，即著名的“保元之乱”。最终崇德上皇败走，源平争霸开始。

府将军足利义政。他将这件令人惊奇的异事写成文章，连同古镜一起呈给将军亲览。

镜之少女的预言，果然应验了。将军得到这件珍贵的礼物，欢喜异常，不仅赐予松村大量的昂贵礼品，还捐了大笔金钱用来修葺大河内明神的神社。

伊藤则资的故事

大约六百年前，在山城国宇治郡，住着一位年轻的武士，名唤伊藤则资，系平家之苗裔。伊藤相貌英俊，性情温良，文韬武略无一不精。可惜的是，他家境贫寒，在朝中亦无显贵倚作靠山，故而仕途不顺，唯有投身诗文、潜心学问，以风月为友，过着宁静恬退的日子。

某个秋天的傍晚，当伊藤独自在琴引山附近散步时，偶然遇见一位同样徜徉于山间小径的少女。她衣饰华贵，看上去有十一二岁的模样。伊藤向她致意后，问道："姑娘，此际行将日暮，山野荒僻，你可是迷失了路途呢？"少女抬头望了望伊藤，笑靥如花，轻描淡写地答道："不妨事！我是名婢女，就在附近一座府邸中奉侍，再走一小段路便到了。"

通过她对敬语的使用，伊藤明白这个少女确实是侍奉某位达官显贵的婢女，但她的回答仍然使他感到惊讶，因为他从未听说过有什么名门望族住在附近。于是他说道："在下家住宇治，此时正要返家。此处人迹罕至，如不见弃，请容在下伴你同行一程吧。"少女对这一提议十分嘉悦，优雅致谢。二人遂一路同行，边走边聊。少女颇为健谈，天气、花朵、蝴蝶、鸟儿，无所不谈；还聊到了她曾经去过的宇治，聊到了家乡京都的风景名胜。伊藤津津有味地听着她滔滔不绝的神侃，感觉时间过得飞快。不久，他们转过一道弯，走进一座被一片茂密小树林所遮蔽的小村庄。

当伊藤到达村子时，村子里显得非常阴暗，因为太阳已经下山了，余晖在树荫掩蔽下，无一丝薄暮微光。“多谢阁下好意相送。”少女指着一条通向大路的窄径道，“我得走这条路了。”“如此，请允许在下送你回府吧。”伊藤应道。他俩一起转入窄径，道路昏暗无法看清，只能摸索着前行。幸而少女很快就在一扇小门前停了下来，昏暗中可以看到，那是一扇格子门，透过门可以依稀见到宅邸的灯光。“这里就是我所奉侍的贵人府邸。”少女说道，“阁下既已不辞辛劳地走了这么远的路，敢请屈尊入内歇息片刻否？”伊藤同意了。他对这种不矜细行的邀请感到喜悦，同时也想知道究竟是怎样的达官贵人会选择在如此幽僻的村子居住。他知道，有时某些名门望族会由于对朝廷不满或惹上政争，而以隐居的方式避世遁俗。他猜想这户人家可能也是出于这样的原因。

穿过少女为他打开的门，伊藤发现自己置身于一个古色古香的大庭园中，隐隐约约可以看到一条小溪蜿蜒曲折，流水潺湲，穿过小型山水园景。“阁下请在此稍候片刻，”少女道，“待我去通报尊驾光临。”言罢快步向正屋走去。这是一座轩敞屋宅，似乎非常古老，从建筑风格上看，并非本朝时期所建。推拉门没有关上，室内的灯光被长廊前张挂的精美竹帘遮挡，帘后隐约可见有一位女子的曼妙身影在晃动。突然，古筝的乐声响起，在夜色中悠扬回荡。

琴声是如此柔和悦耳，伊藤几乎无法相信自己的耳朵。当他聆听之际，一种愉悦感笼罩了他全身——这是一种奇怪的与悲伤交织在一起的愉悦感。他想知道到底是怎样的女子，竟会弹出此等精绝的妙乐！更想知道弹奏者究竟是不是女子，所弹是否真的是尘世之乐。因为这乐声仿佛拥有魔力般已渗入了他的血液中。

悠扬乐声渐息，几乎在同一时刻，伊藤恍然回神儿，发现少女正站在自己身边。“阁下，”少女说道，“家主有请尊驾入内。”她把伊藤带到门口，在那里脱下鞋子。一位老妇人，可能是统领侍女的女官或这家的女主人，来到门槛处欢迎他。随后，老妇人引领伊藤穿过一间间屋子，来到大宅深处一间明亮的大房内，恭敬致礼后，请他坐上贵宾席。伊藤对房间里摆设之奢、装饰之奇，深感惊讶。少顷，几个婢女送上糕点，他注意到摆在面前的杯子和其他器皿都有着罕见的、精湛的做工，上面还饰有表明拥有者地位不凡的徽纹。他越来越想知道是怎样显赫的人选择隐居在这幽寂之地，又是什么遭遇导致了其甘愿与清冷孤独为伴。但老妇人突然用一个问题打断了他的沉思。

“阁下便是宇治的伊藤大人，伊藤则资，是吧？”

伊藤躬身称“是”。他先前并没有将自己的名字告诉那个少女，所以如此相询，令他感到讶异。

“请恕老身冒昧。”老妇人继续说道，“大人见谅。像老身这般上了年纪的人，即便有所询问，也非出自好奇之心。大人进门时，老身便有似曾相识之感，询问姓名只是为了消除疑虑，方便进一步细谈。老身有件极重要事须告禀大人，大人平日里常经过本村，敝府公主[1]在某天早上偶然见到您经过，从那一刻起，她就对您朝思暮想，终致相思成疾。我等为此事忧心不已，遂想方设法探听大人名讳与居所，并打算修书一封告知原委。孰料您和那小婢女竟一同登门，真是意外之喜。此刻我等欢欣无尽，非言语所能表述，真不敢相信竟有这般幸运。谢天谢地，想必是主掌姻缘的出云大神从中撮合了这次会面。既然命运把您带到这里，如果不会令您感到困扰的话，也许您不会拒绝与我家公主见上一面，令她芳心愉悦吧？”

一时间，伊藤不知该如何作答。如果这位老妇人所言属实，那么他就得到了一个非比寻常的机会。只有最炽热的爱，才能促使一个贵族家庭的女儿按照自己的意愿去寻求一介穷寒武士的感情。他默默无闻、无钱无地位亦无主公，前程渺茫，竟能得到世家千金垂青，实在罕见。然而，利用女性的弱点来谋取自身利益，有负男儿本色，颇不光彩。况且这突如其来的爱情也不免令人生疑、使人不安。该如何婉拒这出乎意料的请求，伊藤对此颇感棘手。经过短暂的沉默后，他答道：

“困扰倒是没有，因在下既无妻室也无婚约，与别的女子亦无瓜葛，迄今仍与父母同住，双亲从未提及在下婚娶之事。不过，有一事须坦诚相告，在下家境清贫，在朝中又无靠山，故而在出人头地前，并不敢娶妻成婚。此际承蒙错爱，不胜惶恐，只能实言告知，在下无分毫值得贵公主垂爱。”

老妇人微笑着听完，似乎对这一席话相当满意，回答道：

---

1 日本臣子家的小姐称为“公主”，即某某姬。非官家小姐不得称为“姬”。而皇族女子，比如天皇的女儿或者姐妹，则称为“内亲王”。

"大人不忙做出决定，且先见过我家公主。或许见上一面后，便不会有所迟疑了。现在请屈尊随老身来，这就去见公主。"

老妇人将伊藤引入另一间更大的客房中，那里已摆设好筵席。将伊藤请入上座后，老妇人让伊藤稍等片刻，自己告退而去。待她回来时，身边是那位公主。一看到这位年轻的女主人，伊藤便立即再度感受到在庭园里听古筝时的那种奇异的愉悦感。即使是做梦，他也从未梦见过如此美丽的佳人。光晕仿佛从她身上散发而出，穿透过衣服，如皓月的辉光穿过浮云般照耀着她；她飘逸的乌发随着身姿的摇摆而舞动，好似春风吹拂下的柳枝；她的朱唇像沾带晨露的桃花一样娇艳。伊藤目眩神迷，深感迷惘，不停地问自己：此刻眼前所见之丽姝，莫非是居于灿烂天河边的织女？

老妇人微笑着转身，向那位垂首不言、双目下视、晕生双颊的美人说道：

"公主，您瞧，在我们最不抱希望的时候，您想见的人却主动登门了。如此幸运的事，只有在上天的旨意下才能发生。一想到此，我就喜极而泣。"她禁不住抽泣起来。"现在，"她用袖子拭去泪水，继续说道，"你们两位唯有一件事可以做——除非任何一人表示不愿意——彼此许诺、互定终身，并即刻开宴完婚。"

伊藤默然不应，眼前这不可思议的一幕幕已令他神摇意撼，口讷难言。婢女们端着美酒佳肴鱼贯而入，将婚宴摆在二人面前，并祝福他们。但伊藤依旧恍恍惚惚，离奇的际遇和新娘的貌美绝伦，仍使他困惑不已。他的心里充满了前所未有的喜悦，就像坠入无边的寂静中。不过渐渐地，他恢复了往常的平静，此后，他发现自己能够镇定自若地交谈了。他无拘无束地喝着酒，并且敢于以一种自嘲而又谦和的方式，大方地说出了压在心头的疑虑和担忧。与此同时，新娘依然静美如月光，始终娴雅淡然，当伊藤对她说话时，她只是娇羞地报以浅笑。

伊藤对老妇人说道：

“在下以往独自散步时，有许多回经过此村，却不知这座尊贵大宅的存在。自从造访贵邸后，在下一直在想，为何如此显赫的家族，会选择这样清寂的地方居住呢……现在，既然在下与你家公主已结为夫妻，却尚未知晓她那高贵家族的姓氏，这未免有些于理不合吧？”

听到这番话，一丝阴影掠过老妇人慈祥的面庞。一直静默的新娘也变得面色苍白，似乎满腹忧愁。沉默片刻后，老妇人答道：

“这个秘密要对您长期隐瞒，是很难的。老身以为，既然您已是我们中的一员，就应该让您知道实情。那么，伊藤大人，告诉您吧，您的新娘是伟大而不幸的三位中将平重衡[1]的女儿。”

听到“三位中将平重衡”这句话，年轻的武士陡然感到一阵凉意，如被寒冰刺穿他所有的血管一般。平重衡，这位了不起的平家将军、公卿，在几百年前就已化为灰烬了。伊藤恍然大悟，他周围的一切——屋宅、灯烛和婚宴——皆是昔时梦幻。他面前的女子们，也并非活人，而是逝者的魂灵。

然而仅仅片刻之后，他心中冰冷的寒意便消散了，魅惑越发强烈地吸引住伊藤。他一点儿也不害怕，虽然新娘来自地府黄泉，

1 平重衡（1157—1185），平安时代末期武将、歌人，平清盛第五子。位阶正三位，故称“三位中将”。其人相貌堂堂，精通音律，且勇力过人，在源平合战中是平家的重要将领。1184年一之谷大战中，平重衡遭源氏军所败，并被俘虏，次年于木津川畔被斩首。

但他的心已完全沉陷。尽管俗话说，娶亡魂者终成亡魂——然而，他清楚自己已不止一次做好了赴死的准备。与其用言语或眼神背弃佳人，令面前的美丽脸庞因忧愁而双眉紧蹙，倒不如让自己献出生命。对于新娘的痴情，他没有半分疑虑。事实已经告诉了他，如果不是真心实意，那么继续进行欺骗岂不是更容易得逞？既然她选择了告知真相，就断然不会再有什么诡计。这些想法和思绪也转瞬即逝，他决心接受这怪异的事件，就仿佛自己是寿永[1]时期的人，要像被平重衡的女儿选为夫婿那样行事。

“唉，真可哀！”他感叹道，“我也听闻过重衡大人辞世前的惨况。”

“是啊，”老妇人抽泣着回答道，“这样的命运确实太残酷了。主公的马，您知道，被箭射倒了，压在他身上。当他呼救时，那些靠他恩赏过活的人却在他最需要帮助时抛弃了他。后来他被俘虏了，押送到镰仓，在那里，他们残酷地折磨他，最后处死了他。[2]他的妻子和孩子——这位可亲的公主——当时只能隐姓埋名躲藏起来，因为到处都在搜捕杀害平家族人。当主公的死讯传到我们这里时，夫人无法承受悲痛，弃世仙游。平家举族遭难，或死或逃，所

1 “寿永”是日本的年号之一。这个时期的天皇是安德天皇与后鸟羽天皇，也是后白河法皇的院政期。该年号使用期间发生了源平合战。

2 平重衡为保卫当时由平家一族控制的京都而进行了一场英勇的战斗后，被源氏军的大将源义经出其不意地击溃。一个唤作“家长”的士兵，是个神箭手，一箭射翻了平重衡的战马，平重衡被压在挣扎的马身下面。他呼唤随从，要求再牵一匹马来，但那随从却逃走了。平重衡随后被源义经擒住，交到源氏一族首领源赖朝手上。赖朝将平重衡关进笼子里，押送去镰仓。在那里，经过种种羞辱后，平重衡得到了一段时间的善待——因为通过一首中国诗，他打动了赖朝那颗残忍的心。但在第二年，由于平重衡曾经奉清盛之命攻伐南都，应南都僧众的请求，平重衡被处决。——作者注

以除老身之外再无人照顾年幼的公主。她当时只有五岁，老身作为她的乳娘，尽心竭力抚养她。年复一年，我们穿着缁衣，到处流亡，潜藏四方……这些悲伤的事再说下去就不合适了。”老妇人叹息着，抹去泪水道：“老身无法忘怀过去，多唠叨了几句，请大人宽恕。您瞧，我一手抚养长大的小公主如今可出落成大美人了——倘若是在高仓天皇[1]御宇之时，她的命运将会多么美好啊！不过，此刻她已得到了梦寐以求的夫君，这就是最大的幸福……好了，时辰已晚，新房已经备好，请早入洞房，互亲互爱，直到天明吧。”

老妇人站起身，将隔开客房与寝室之间的围屏拉开，领着新人进入新房，接着又说了许多贺喜的话后，退了出去，留下伊藤和他的新娘独处。

当他们相拥共眠时，伊藤问道：

“我心爱的人儿，请说给我听，你是什么时候开始想让我做你夫君的？”

（一切都显得如此真实，以至于伊藤几乎忘了，周围所有事物不过是编织的幻觉。）

公主用莺燕般美妙的声音答道：

“我可敬的夫君，第一次见到你，是在我和乳娘去石山寺的时候。从见到你的那一刻起，世界对我来说就变了。但夫君应该不记得了，因为我们的邂逅不是在你的今生，那是非常、非常久远的事了。从那时起，你历经多次生死轮回，拥有过多具俊美的肉身，而

1 高仓天皇，日本第八十代天皇，1168年3月至1180年3月在位。他与平家渊源颇深，其母建春门院平滋子，是权臣平清盛之妻平时子的妹妹；其妻中宫建礼门院则是平清盛之女平德子。高仓天皇治世时，平家权势达到顶峰。

我始终是你现在看到的这副模样。我无法接纳另一个身体，也不愿轮回转世，只因我对你梦萦魂牵。亲爱的夫君，为了与你重逢，我已经痴痴地等待了很久很久。”

新郎听完这番令人难以置信的话，心中毫无惧意。只要一息尚存，能用臂弯紧抱着她，听她的呢喃、受她的爱抚，则今生今世夫复何求。

春宵苦短，寺院的钟声宣告了黎明的到来。鸟儿开始唧唧啾啾地欢唱，晨风吹拂，引得树木窃窃私语。突然间，老妇人推开新房的障子门，喊道："孩子们，是时候分开了！一到白天，你们就不能在一起，哪怕只有片刻都会给大人带来性命危险。快，你们赶紧道别吧。”

伊藤一言不发，收拾好准备离去。他隐约明白老妇人发出警告的意思。既然万般皆是命，半点儿不由人，那就听天由命好了。他只求能让他的梦幻新娘欢悦便行。

新娘将一方雕工奇特的小砚台放在他掌心，说道：

“夫君年轻有为，乃学富五车之人，想来不会鄙弃这件薄礼。此砚系旧爱之物，颇为古老，由高仓天皇御赐予家父。正因如此，我才将它看得极为珍贵。”

作为回赠，伊藤恳请妻子接受他佩刀上的笄[1]作为纪念。这把刀的刀柄用金银镶嵌物做装饰，雕着梅花与夜莺的图案。

随后，在先前那位小婢女的引领下，伊藤穿过庭园，他的新娘和那位乳娘陪同他来到大门口。

1 这是一对藏在刀鞘上的金属小棒的名称，像筷子一样使用。它们有时还会被装饰得非常精美。——作者注当他走下台阶，转过身来，准备道别时，老妇人说道：

“我们将在下一个庚子年再会，时间是您来这里的同月同日同时。今年是庚寅年，所以大人将不得不等待十年。但是，老身有不能说的原因，我们不能仍在此地相见。公主与我等将搬去京都附近，那里住着高仓天皇、列祖列宗以及平家族人。当您到来时，相信平家满门都会欢腾迎迓。到了约定那天，我们会派驾笼[1]前去迎接大人。”

伊藤步出大门，经过村口时，仰见村子上空繁星熠熠；当他走到开阔大路上时，看到寂静的田野上已曙光渐显。他的怀里揣着新娘的信物，她的柔媚呢喃仿佛尚在耳边萦绕。尽管如此，如果不是半信半疑地用手指摩挲着那砚台，他很难说服自己，昨夜的记忆不是一场梦，他依然是在人间过着凡人的生活。

但是，即使命运已确凿无疑地如此安排，他也没有任何悔恨，只为分离的痛苦而忧恼。想到还要再过十年，那幻境才能重现——十年！这十年中的每一天都将多么漫长！为何要煎熬这么多的岁月，他无从索解。亡者的秘密只有神明才能洞悉。

后来，伊藤经常在独自散步时，重访位于琴引山的小山村，隐隐盼望着能再次看到过去的景象。但是，无论是白天还是黑夜，他再也找不到那条幽僻小径里的格子门了。那个独行夕阳下的小婢女的身影，也再不曾遇见。

他认真地向村里人询问，人们都认为他中邪了。村民们异口同声，确定从来没有什么身份高贵的人在村里居住过，那一带也从来

1 日本古代特有的一种人力交通工具，分为四人抬和二人抬两种，是将军、大名、公卿和武士阶层的驾乘，类似于中国的滑竿。

没有过他所描述的那种庭园。不过，在他所说的地方附近曾经有一座大佛寺，寺院墓园的几座墓碑仍然可以看到。伊藤去了那儿，在一片茂密的草丛中发现了这些墓碑，墓碑都是中国古风样式，上面覆盖着苔藓和地衣，刻在碑上的文字已经无法辨认了。

这段离奇的经历，伊藤没有告诉任何人。但是亲戚朋友们很快察觉到他的外表、举止有了很大变化。他的脸色一天比一天苍白，身体一天比一天消瘦，尽管大夫诊断他身体没有疾病，可他看起来就像个幽灵，走路轻飘似影。他本是勤于思索、喜欢独处之人，而今却对以往能给予他欢悦的一切事物都无动于衷了，甚至对那些可能为他带来荣誉的诗文学问也意兴索然了。他的母亲以为给儿子订门亲事或许能激发儿子往昔的雄心壮志，令他恢复对生活的兴趣，但伊藤坚称自己已发过誓，绝不娶世间任何女子。就这样，岁月如梭，时光流水般逝去。

终于，到了庚子年，又是秋高气爽的季节，可惜伊藤再也不能像他喜欢的那样独自散步了，他甚至已无法从床上起身。他的生命在消亡，没有人能够解释原因。他陷入了长时间的昏睡，以至于人们常误以为他已经死去。

在一个月色皎洁的夜晚，伊藤从昏睡中被一个孩童的声音惊醒，只见当年那个小婢女立在自己床边。十年前，就是她引领自己去到那业已消失的庭园门口。小婢女向伊藤致礼，微笑道："敝主人命我来告知，今晚将在京都大原[1]迎候大人，那里是主人的新家。现已为您送来一顶驾笼。"言罢，小婢女就消失了。

1 大原位于京都东北端，在古代是皇族、贵族隐居避世的场所，也是僧侣们的隐栖之地。

伊藤心中明白，这邀请将使自己永远也见不到太阳的光芒了，但他又为这个消息倍感欢悦，浑身又有了气力。他坐起身，唤来母亲，头一次向母亲讲述了自己和新娘的故事，并向母亲出示了那方砚台，同时要求将砚台放进棺材里随葬。嘱咐完后，伊藤便撒手人寰了。

砚台与伊藤一起被埋葬了。在安葬仪式之前，古董行家们对它进行了鉴定，一致认定该砚制作于承安年间[1]，上面刻有一个生活在高仓天皇时代的工匠的铭识。

1 “承安”是高仓天皇的年号，时在1171年至1175年。

选自《日本童话集》

画猫的男孩[1]

在很早很早的时候，日本的一个小村子里住着一对贫穷的农民夫妇，他们心地都非常善良，膝下育有多个子女。然而要喂饱这些孩子，却是极其困难的事。其中的长子年仅十四岁，身体就已十分健壮，能够帮助父亲干农活儿了。而底下的小女孩们，差不多刚学会走路，就要学着帮母亲料理家务。

家里的老幺是个男孩，打小就个头矮小、身体羸弱，看上去干不了粗重的农活儿，人家都说他永远也养不大。但他非常聪明，比哥哥姐姐们都聪明。所以他的父母认为：与其让小儿子当一辈子农夫被埋没，不如送他去寺院里做个僧人。于是在某天，这对夫妇便领着小男孩来到当地的寺院，恳求善良的老住持收小男孩为徒，教他修行向佛所必需的知识。

老住持慈蔼地与小男孩谈了谈，问了几个颇难的问题，结果男孩回答得相当巧妙。老住持便答应收他入寺，做个小沙弥，以培养

1 本篇作品发表于1898年。

高僧的标准教导他。

男孩的领悟力很强，对老住持的教诲也十分服从。各种知识，他一学就会。但美中不足的是，男孩喜欢在学习时画猫，还画在一些不该涂写的地方上。只要有机会独处，他就在经书的页边，寺里的屏风、墙壁、柱子上，大画特画各种姿态的猫。老住持为此训诫过他多次，但他依然故我，还是不停地画着，因为他实在控制不住自己。他简直就是个绘画的天才，可是正因如此，他也不适合当沙弥了，一个好沙弥应当时刻诵经习典才是。

有一天，男孩又在纸屏风上画了好几只惟妙惟肖的猫，老住持再也无法容忍了，非常严厉地对男孩说："孩子，你永远也当不了一个出色的僧人了。离开这间寺院吧，也许你会成为伟大的画家。现在，我要给你最后一个忠告，晚上住宿的时候，千万要待在狭小的空间里，别在宽敞的地方歇睡。切记切记！"

男孩对老住持说的"要待在狭小的空间里，别在宽敞的地方歇睡"不明所以。他一面收拾包裹，一面在心里琢磨这句话，但还是想不明白。他不敢去问老住持，只好说声"再会"，伤心地离开了寺院。

出了寺门，男孩开始发愁，不知该何去何从。他不敢直接回家，父亲肯定会因为他不守寺规而处罚他。忽然，他记起离此十二里远的邻村有一座极大的寺院，寺里也有不少僧人。何不去那里瞧瞧，看能否继续做沙弥。

然而，那座寺院实际上已关闭许久了，男孩却不知晓。寺院关闭的原因是有一个可怕的妖怪在作祟，把僧人们全吓跑了，妖怪趁势占据了寺院。几名大胆的武士曾经夜袭寺院，欲除去这个妖怪，却无一生还。自然地，就没有人向男孩说过这些事情。所以男孩仍然大步走向邻村，希望那儿的僧人会热情地收留自己。

等到达邻村的时候，天已经黑透了，村民们全都歇下了。男孩望见大寺院就在主街道另一头的山丘上，寺里隐隐透出灯光[1]。男孩迎着灯光径直走了过去，敲了几下寺门，里面声息全无。他一敲再敲，还是没有人来开门。无奈之下，他只得轻轻地推了推门，那门没有上闩，一下就被推开了。男孩高高兴兴地踏进了寺门，东张西望，希望能看见一个僧人。但寺里唯有孤灯一盏，不见人影。

他以为很快就会有僧人迎出来，便坐下来等待。游目四顾，但见寺中里里外外都蒙上了一层灰尘，结着厚厚的蜘蛛网。男孩心中暗喜，心想僧人们必定需要一个沙弥来干洒扫清洁的活儿。可他又觉得很奇怪，和尚们怎么会任由寺院满是灰尘呢？不过，令男孩高兴的是，在角落里有几扇白屏风，很适合用来画猫。虽然已经很累了，但男孩又涌起了画猫的冲动。他飞快地从包裹里取出笔砚，研好墨，在屏风上画起猫来。

他在屏风上画了许多只猫，画着画着，上下眼皮子开始打架。就在他打算躺在一扇屏风边睡去时，心里猛地一个激灵，想起了老住持的叮嘱："千万要待在狭小的空间里，别在宽敞的地方歇睡。"

这座寺院面积广大，他又是孤零零一人，难免觉得害怕。尽管不明白这句话里的含义，但男孩依然决定找个"狭小的空间"来睡觉。他在旁边找到一个有拉门的小橱柜钻了进去，回手把门拉上，

1 据讲故事的人说，在过去妖怪经常发出这种亮光，以引诱孤身旅人前去投宿。——作者注

躺下来，一会儿就睡着了。

深夜时分，男孩被一阵喧闹的恐怖怪声吵醒了——似乎橱柜外有人在厮打争斗。这太可怕了，男孩恐惧得连透过小橱柜的裂缝窥看都不敢，只是屏住气息，僵直地躺着，丝毫不敢动弹。

寺里的灯光熄灭了，然而凄厉可怕的声音还在不断传来，而且越来越大声，整座寺院都仿佛在震颤。过了很久很久，声音终于沉寂下来，但男孩依然一动也不敢动，直到晨曦射进了小橱柜的缝隙，他才敢起身。

男孩小心翼翼地从柜子里爬出来，四处张望，先是看到寺里的地上溅满了血，接着看到一件更恐怖的事——地面正中央有一具硕大的尸体，那是一只嘴牙狰狞的老鼠，它的身躯比小牛犊还大！

究竟是谁或是什么东西杀了巨鼠？寺里没有其他人，也不见别的动物啊！惊讶万分的男孩突然注意到屏风上的那些猫，只见它们的嘴上和爪子上都沾着殷红潮湿的血渍。男孩恍然大悟，原来巨鼠是被自己画在屏风上的猫给咬死的。这时，男孩也终于明白老住持睿智的忠告“千万要待在狭小的空间里，别在宽敞的地方歇睡”是什么意思了。

这个画猫的男孩，后来成为一个非常著名的画家。他画的一些猫画，直到如今，还在日本各地被游人参观着。

蜘蛛精[1]

在一些非常古老的书籍中，记载着日本从前有许多蜘蛛精；甚至有传说称，直到现在，日本仍有蜘蛛精。白天时，它们同普通的蜘蛛一样，但到了夜静更深，所有人都睡着的时候，它们就会变得身形巨大，做出极其恐怖的事来。人们相信，蜘蛛精拥有一种特异的法术，可以变成人类的模样，然后去欺骗善良的人。这不，现在就有一个在日本非常有名的、关于蜘蛛精的故事。

从前，在某个偏远的乡村，有一座闹鬼的寺院。没有人敢住在里面，因为蜘蛛精控制了整座庙宇。很多勇敢的武士都曾经自告奋勇去寺里，为了杀死那些作祟的蜘蛛精。然而，他们入寺之后竟悉数下落不明，杳无音信。

最后，出了一个以勇敢和细心著称的武士。一个月朗星稀的夜晚，他决意前往寺庙除妖。出发之前，他对同伴们说："如果到了明天早上，我还活着的话，就会敲打寺里的鼓报信。"随后，他就

1 本篇作品发表于1899年。

孤身闯进了寺庙，身边仅带了一盏灯笼来照明。

夜幕降临，武士蜷缩在一张神台下面，神台上放了个布满灰尘的佛像。刚开始的几个时辰，并无任何异象出现，他也没听到什么声响。但半夜过后，一只蜘蛛精现身了，它只露出半边身子和一只眼睛，嗅了嗅，说："这儿有人的味道！"武士屏息静气，不动声色，蜘蛛精找不到人踪，便离开了。

紧接着，又出现了一个僧人。这个僧人弹奏着三味线[1]，悦耳动听。武士心想，如此魅惑人心的乐音，弹奏者一定不是人类。于是他拔刀而起，迎上前去。僧人也看到了他，哈哈大笑道："你以为我是蜘蛛精吗？不是的，我是这座庙里的僧人，我必须靠琴音来驱赶蜘蛛精。三味线的音色听起来还不错吧？你要不要也弹弹？"

说着，他将三味线递给了武士，武士警惕地用左手接过琴。就在这一瞬间，三味线突然变成了一张巨大无比的蜘蛛网，僧人也露出了真面目，变成一只硕大的蜘蛛精。武士的左手被蜘蛛网死死缠住，无法摆脱。他拼命地挣扎，同时右手举刀狠劈蜘蛛精，把蜘蛛精砍成重伤。但武士整个人都被蜘蛛网缚住，动弹不得。

幸运的是，受伤的蜘蛛精爬走了。日出时，人们大着胆子来到寺庙，发现武士被困在一张可怕的蜘蛛网里，赶忙将他救了出来。他们见地面上留有蜘蛛精的血渍，便顺着血迹走出寺庙，来到一个荒废花园的洞口处，洞里断断续续地传出可怕的呻吟声。人们互相鼓励着，进到洞里，发现了受伤的蜘蛛精，于是齐心协力，把它给杀了。

1　日本传统弦乐器，起源于中国的三弦，由细长的琴杆和方形的音箱两部分组成。演奏时，演奏者用象牙、玳瑁等材料制成的拨子拨弄琴弦，弹出清幽纯净、质朴悠扬的声音。

丢失团子的老奶奶[1]

很久很久以前，有一位天性乐观、爱说爱笑的老奶奶，喜欢用糯米做团子。

一天，正当她又做了一堆团子来当晚餐时，一个团子骨碌碌掉到了地上，滚进了小厨房地板上的一个洞里消失不见了。老奶奶伸手进洞想把团子摸出来，突然，地面呼啦一声坍塌了，老奶奶掉进了洞里。

那洞很深，她跌下来却毫发无伤。当她站稳的时候，发现自己站在一条小道上，这条小道跟她家前面的那条路很相似。此时天光熹微，她身畔的稻田一眼望不到边，但稻田里却空无一人。为什么会这样？我也不知道，看来老奶奶似乎掉进了另一个国度。

老奶奶落身的这条小道，十分陡峭倾斜，她在道上找团子，可想而知，自然是徒劳无功。她想：大概是滚到斜坡下面更远的地方去了吧？于是就一路朝小道的下方跑去，边跑边喊：

1 本篇作品发表于1902年。

"我的团子，我的团子，我的那个团子去哪里了？"

跑了一会儿，见到一尊地藏菩萨的石像立在路边，她便上前问道：

"地藏菩萨啊，您见过我的团子吗？"

地藏菩萨回答说：

"见过呀，我看到它从我跟前的这条路直滚了下去。但我奉劝你最好不要再往前去了，因为有个恶鬼住在下面，他会吃人的。"

老奶奶只是笑笑，又叫嚷着继续往下跑："我的团子，我的团子，我的那个团子去哪里了？"这时，她遇见了另外一尊地藏菩萨石像，于是她又问道：

"地藏菩萨，您见过我的团子吗？"

地藏菩萨说：

"见过呀，我刚刚看到你的团子滚过去了。但是你不能再跑下去啦，因为下面住着个吃人的恶鬼。"

老奶奶依然只是笑笑，又叫嚷着跑了下去："我的团子，我的团子，我的那个团子去哪里了？"随后，她遇见了第三尊地藏菩萨石像，于是她再度问道：

"尊敬的地藏菩萨，您见过我的团子吗？"

地藏菩萨答道：

"现在就别提你的团子了，恶鬼就要来啦！快，蹲下来，躲在我袖子后面，千万别出声。"

不一会儿，恶鬼来到地藏菩萨的石像前，他停了下来，躬身作揖，说道："您好啊，地藏菩萨。"

地藏菩萨也礼貌地回了声："你好。"

便在此时，恶鬼突然吸了两三下鼻子，闻了闻周围的空气，疑惑地叫道：“地藏菩萨，地藏菩萨，我闻到了附近有人的气味，你闻到了吗？”

“哦？”地藏菩萨说，“可能是你弄错了。”

“不，不会的！”恶鬼又吸了吸鼻子，说，“我的确闻到了人的气味。”

“呵呵呵。”老奶奶忍不住笑出声来。恶鬼立刻将他毛茸茸的手掌伸向地藏菩萨的袖筒，一下子把老奶奶拽了出来。老奶奶仍然笑眯眯的。

“啊！哈！”恶鬼大喊。

这时地藏菩萨说话了：“你打算把这位老奶奶怎么样？你不能伤害她。”

“我不会的。”恶鬼答道，“但我要把她带回去，专门做饭。”

“呵呵呵！”老奶奶笑着。

“那就好，”地藏菩萨说，“但你必须善待她，否则我会很生气的。”

“我一定不会伤害她！”恶鬼发誓道，“她每天只要干少许时间的活儿即可。再见了，地藏菩萨。”

于是，恶鬼带着老奶奶向着小道下坡走去，走了很长一段路，来到一条又宽又深的大河边，岸上系着条小船。恶鬼把老奶奶放到船上，渡河来到河对岸的鬼之家。鬼之家的面积非常大，恶鬼将老奶奶带到厨房里，命令她做晚饭，给自己以及另外一个同屋住的恶鬼吃。他给了老奶奶一柄小小的木饭铲，说道：

“记住，你只需要在锅里放一粒米，然后用这个木饭铲搅拌，米就会成倍成倍地增加，直至装满饭锅。”

老奶奶照恶鬼说的，仅放了一粒米入锅，然后用木饭铲开始搅拌。在她搅拌的过程中，米粒由一变二、二变四、四变八、八变十六，然后三十二、六十四……她每搅动一次饭铲，米粒的数量就会增加，不到几分钟，大锅就满了。

此后，这位乐观的老奶奶在恶鬼的家里待了很长一段时间。每天，她都为恶鬼和他的朋友做饭，恶鬼也从来没有伤害她或吓唬她。由于恶鬼吃得比任何一个人类都要多，所以老奶奶每天都要做极多的米饭。不过幸好有神奇的木饭铲，她的工作变得十分轻松。

然而，日复一日，老奶奶开始觉得很寂寞，便想回到自己的小屋，做自己的团子。终于有一天，机会来了，恶鬼们有事离开了鬼之家，老奶奶觉得是时候逃跑了。

她先把神奇的木饭铲藏入围裙里，然后跑到河边。四下一望，见没有人看到她，船也停在岸边，便立即跳上船，往彼岸划去。老奶奶的船划得真好，不一会儿就离岸边很远了。

可是河面相当宽，就在她划了差不多四分之一的时候，恶鬼和他的朋友回到了家中。

他们惊讶地发现厨师不见了，连同神奇的木饭铲也不见了。他们立即匆匆忙忙地追到河边，看见老奶奶正在快速地划着小船。

恶鬼们不会游泳，也没有船，唯一能捉住老奶奶的法子，就是在老奶奶到达对岸前，把河里的水喝光。他们跪在河边，大口大口地喝水，老奶奶尚未划到河中央，河水就差不多快干了。

老奶奶用尽全力，不停地划，但此时河里的水位已经很浅了，恶鬼们不再喝水，开始涉水过河。老奶奶灵机一动，抛下船桨，掏出那柄木饭铲，对着恶鬼乱挥，并做出种种鬼脸，恶鬼们都被逗得哈哈大笑。

就在他们纵声大笑的刹那间，刚刚喝进肚里的河水，全都吐了出来，于是河水又满了。恶鬼们过不了河，快乐的老奶奶安全地抵达了彼岸。她一上岸就拔腿飞奔，不停地跑啊跑啊，直至回到自己家。

从此以后，老奶奶的生活幸福极了，因为她随时都能做团子，那个神奇的木饭铲能够为她提供无穷无尽的米饭。她把做好的团子卖给邻居和游客们，很快就变得十分富有了。

穿武士服的小人儿[1]

在日本，居室里的地板通常被一层草质柔软的榻榻米铺盖着。榻榻米质地严实、拼接紧凑，仅能用小刀从中间划过。日本人因其严谨的作风，时刻保持着榻榻米的清洁，通常一年就要更换一次榻榻米。日本人在居室内从来不穿鞋子，也不像英国人那样用椅子或者沙发等家具。他们在榻榻米上打坐、睡觉、吃饭，甚至有时连写字都在榻榻米上，所以榻榻米必须保持非常洁净。日本儿童在他们刚会说话的时候，就被教导不能随意损坏或弄脏榻榻米。

凡是写过关于日本趣闻逸事书籍的西洋旅游者，大多认为日本的儿童更懂得服从，至少不那么调皮。他们不会随意损坏或者弄脏任何东西，包括他们的玩具在内。一个日本小女孩不会弄坏、丢弃她的洋娃娃，反而会很好地爱惜它，并且能一直保存到她结婚生子、成为一名母亲。接着，她会将这个洋娃娃再送给她的女儿当童年玩具，她的女儿也会像妈妈一样爱惜玩具，再把它送给自己的孩

1 本篇作品发表于1903年。

子。孩子们都会和她们的祖母一样，珍爱这玩具。在日本，我就看到一个洋娃娃在百年之后，仍旧和刚买来时一样漂亮。这让人从中看到日本孩子有多懂事，从而也就能想象得到，日本人的居室肯定能够保持一贯的干净整齐，不会被孩子淘气任性的行为破坏。

也许你会问，是否所有的日本儿童都是如此呢？答案是否定的。虽然大部分如此，但仍有一些淘气包。在这些淘气包的家里，榻榻米会是什么样子呢？也没有你想象的那么糟糕，因为有妖精在保护它呢。这些妖精会惩罚，至少是吓唬那些随意弄脏榻榻米的淘气孩子。我不太确定那些妖精是否还住在日本，因为新式铁路和电报把许多妖精都吓跑了，但仍有一些关于他们的故事留存下来。

从前，有一个十分可爱却又异常懒惰的小女孩。她的父母十分富有，雇了许多仆人服侍她。这些仆人很喜欢小女孩，为她包办了一切事情，其中也包括本应由小女孩自己做的事。这大概就是她懒惰的根源。当她长大，变成一个美丽的少女时，仍然懒惰得很。但是因为仆人们每天都帮她穿衣梳妆，使她看上去明媚动人，所以没人察觉到她有懒惰的缺点。

后来，少女嫁给了一个勇敢的武士，随夫君住进了另一座屋子。但是，新居里只有很少的几个仆人，她感到很无助，先前事事都要依靠仆人，到了这里却再没有人围着她转并殷勤地侍候她了。为了取悦夫君，她不得不自己穿衣、自己梳妆打扮，以保持过去那样的整洁漂亮。这些事对她来说都相当麻烦。不过，由于她的夫君作为武士，常要随军远征，所以，她有时仍可以由着性子偷懒。而她的公公婆婆已然年迈，且和蔼温良，也不会为懒惰一事斥责她。

一天晚上，她的夫君又随军出征去了。她刚歇下，就被一阵奇怪的声音吵醒，赶忙点亮油灯，环顾四周。你们猜，她看到了一幅怎样不可思议的场景呢？

只见数以百计的日本武士打扮的一寸小人儿，正围绕在她的枕边手舞足蹈。他们穿着华丽的裃[1]——这种服装她丈夫只在节日时才穿——头发束发成髻，腰两边挎着两把小刀，一边跳舞一边瞅着她笑，同时一遍又一遍地齐声高唱道：

我们是穿着武士服的小人儿，
夜深了，安睡吧，
尊贵高尚的人。

歌词听上去好像蛮客气，但很快，少妇就看到其中有个小人儿朝她扮鬼脸，接着，所有小人儿都朝她扮起了鬼脸。

她扑上前去，想抓住其中几个，但小人儿们迅速散开了，令她扑了个空。她又想将他们从屋里赶走，但他们非但不走，口中还不断地唱着“我们是穿着武士服的小人儿”，嘻嘻哈哈地嘲笑她。霎时间，她意识到他们其实是妖精，登时惊惶起来，却喊不出声。那些小人儿也不理会她，在她身边继续唱歌跳舞，通宵达旦，直到天亮后，才突然消失了。

少妇羞于向别人倾诉昨晚发生的怪事。因为她是武士的妻子，不希望被别人认为没有胆量。

1 裃，音读“Kamishimo”，是日本特用汉字，指的是江户时代武士的正式礼服。其质地主要是亚麻布，由上身肩衣下身袴组合而成，式样精致美观，且上下身同色，故名“裃”。另外，袴，在中文里是裤的异体字，在日本指男性传统礼服的下裳。

接下来的每个晚上，那些小人儿都如期而至，唱歌跳舞、嬉闹喧嚷，夜夜如此。而且出现的时间相同，皆在半夜两点左右，也即日本老一辈人称为“丑时”的时候。少妇因为缺少睡眠，又经不住这样的惊恐折磨，病倒了。但那些小人儿依旧每晚必来。

她的夫君归来后，见到妻子无精打采地躺在病榻上，以为这是自己的疏忽导致的，故而深感抱歉，连忙嘘寒问暖。起初，少妇不敢将病因告知夫君，担心夫君笑话她。但后来夫君温柔地哄着她，终于令她说出了每晚发生的事情。

出乎意料的是，夫君听完并没有嘲笑她，反而表情严肃地低头沉思，而后问道：“那些小人儿大约什么时候来？”

她回答说：“总是在相同的时间，丑时。”

“好的。”夫君说道，“今晚我藏起来，暗中观察他们，你不要害怕。”

当晚，武士藏在卧室的壁橱里，透过拉门的细缝观察着外面的情况。

他等待着，丑时一到，只见小人儿们突然从榻榻米里冒出来，开始了他们的歌舞，依然唱着：

> 我们是穿着武士服的小人儿，
> 夜深了，安睡吧，
> 尊贵高尚的人。

他们看起来相当怪异，舞姿滑稽、荒腔走板，让武士忍俊不禁。但一瞥眼间，瞧见娇妻脸上畏惧的神情，他连忙收敛。跟着他又想到几乎所有的日本幽灵鬼怪都害怕武士刀，便拔出佩刀，挺身冲出壁橱向那些小人儿砍去。顿时，小人儿们立即变成了——你猜，变成了什么？

牙签！

这些小得不能再小的一寸人，就是一堆牙签，瘫倒在榻榻米上。

原来，年轻的妻子懒惰到连牙签都不愿意及时扔掉。每天用完一支新的牙签，就随手扔在榻榻米的缝隙中。久而久之，守护榻榻米的妖精们对她的这种行为非常恼火，就决定惩罚她。

武士厉声责骂懒惰的妻子，少妇自己也羞愧得不知所措。一个仆人被叫进来，把牙签清理走并烧掉了。从此以后，那些小人儿再也没有回来过。

（还有一个与此类似的、关于懒惰女孩的故事。有个小女孩经常在吃完梅子后，把梅子核藏在榻榻米的间隙里，尽管没被发现，但长期下来越积越多。最后妖精们生气了，决定惩罚她。于是每天晚上，都有众多的小妇人，穿着红色的长袖和服，一起从地板里跳出来，唱歌跳舞，朝小女孩扮鬼脸，干扰她入眠。凑巧，有天晚上小女孩的母亲起来看女儿，见到了这些小妇人，将她们全部赶走，才发现小妇人竟都是梅子核变的。小女孩的坏习惯终于被发现了。此后，醒悟的小女孩变得非常勤快。）

返老还童之泉[1]

很久很久以前，在日本某处的一座深山里，住着一个贫穷的樵夫和他的妻子。他们都已年至耄耋，膝下无儿无女。每天，当丈夫独自去森林里伐木时，妻子便留在家中纺纱织布。

有一天，老人深入比以往任何时候都要远的、森林的最幽僻处，去寻找一种特殊的木材。其时暑热蒸腾，而他又辛勤工作，因此感到十分口渴。突然，他发现了一眼自己此前从未见过的小泉，泉水异常清冽，他赶忙摘下大草帽，跪下来就着泉水痛饮一气。

喝完泉水，老人猛地感到一股暖流游遍四肢百骸，浑身上下登时精力充沛，舒适无比。泉水仿佛正以一种奇特的方式使他身强体健起来。他低下头，泉水中映出了自己的倒影，一看之下，惊得他向后直跳开去：泉水映出的虽然依旧是他的面容，但与他平日在家中铜镜里所见到的完全不同，那竟是一张年轻人的面孔。他简直不敢相信自己的眼睛，伸出双手摸了摸头顶，头上刚才还光秃秃的，

1 本篇又名《青春不老泉》，是小泉八云最后一篇怪谈作品，在其辞世十八年后的1922年方才发表。

自己还用随身带的小蓝毛巾擦过，现在竟然已被浓密的黑发覆盖了。不仅头发长了出来，脸庞的皮肤也变得像少年一样光滑，所有的皱纹都不见了。与此同时，体内源源不断地生出了新的力量。他惊奇地瞧着自己因岁月流逝而变得干瘪的四肢，现在已变得结实有力、肌肉隆起。

原来，在不知情的情况下，老人喝了可以返老还童的泉水，恢复了青春。

他高兴得又蹦又跳，纵声欢呼，然后以一生中从未有过的速度跑回家里。当他步履匆忙地跑进家门时，他的妻子被吓坏了，因为她把他当成了一个陌生人。樵夫兴奋地将发现返老还童之泉的事告诉妻子，妻子起初感到难以置信。樵夫不得不大费唇舌，终于使妻子相信了这个奇迹——站在眼前的年轻人，真的是自己的丈夫。随后，丈夫将泉水所在的方位详细地告知妻子，叫她与自己一块儿去那里。

妻子说道："夫君啊，你现在已经变得如此年轻英俊，是不会继续喜欢一个老太婆的，所以我必须马上去喝那泉水。但我们两人不能同时离开这所房子，我去的时候，你就待在屋里看家吧。"说完，她孤身进了森林。

依照丈夫的指点，妻子轻易就找到了返老还童之泉。她急不可耐地跪下来，拼命地汲饮泉水。噢，泉水是多么清凉甘甜！她不停地喝呀喝呀，中间仅停过一次喘口气，又不停地喝呀喝呀。

她的丈夫在家里不耐烦地等着她回来，他期望看到妻子变成一个漂亮窈窕的大美女。但是妻子始终没有回家，丈夫开始有些担心了，便关好家门，去森林里寻找妻子。

他来到泉边，却找不到妻子。正当他沮丧欲返时，突然听到泉边一处高高的草丛里，有“哇——哇——”的啼哭声传出。他连忙奔过去，发现了妻子的衣服和一个非常小的女婴，顶多只有六个月大。

原来，贪心的老妇人喝了太多神奇的泉水，以至于返老还童过了头，跨越了青年时期，回到了不能说话的婴儿期。

年轻的丈夫把女婴抱在怀里，女婴以一种悲伤而异样的眼神望着他。他把女婴带回家，对着她喃喃自语，心中充满了忧郁，这件事真是出人意料啊！

译后记

一

首先必须予以说明的是，《怪谈》《骨董》《日本杂录》等书，最开始系小泉八云用英文写成，其后由落合贞三郎、户川明三、田部隆次、平井呈一、平川佑弘、森亮、田代三千稔、繁尾久、上田和夫、船木裕、小林幸治等人翻译为日文，又陆续由不同的出版社出版，版本有全集、选集、注解集等。因为译者的不同，日译本的诸版《怪谈》，在所收录的篇目与数量上均存在差异。这些差异，给中译本篇目的敲定带来一定的困扰。所以本书在2008年初版时，难免有遗珠之憾。此后又经一次小规模修订再版，但依然未竟全数之功。

作为中国内地的第一个《怪谈》译本，十余年间，拙译《怪谈》加印多次，反响较佳，其间还数次被坊间不良书商抄袭侵权。此次承蒙“读客文化”锓梓新版，故而决心在前两版基础上，再做一番增补修订，除改正错误之外，还对小泉八云作品的大量版本进行了全面地搜检，选出所有契合“怪谈”名目的篇章，同时尽力对每篇的出典都加以考据，以求克臻全功。

二

本书今回既经全新增补修订，并冠之以“全集”名义行世，自然要求对小泉八云所编撰的怪谈故事囊括无遗。那么，如何可谓之“囊括无遗”呢？

首先，对“怪谈”二字，要有明确的定义，不能只要涉及神神怪怪，就一律充作怪谈。日语中的“怪谈”，狭义上指江户时代的灵异故事，广义上泛指所有以日本为故事发生地的灵异恐怖故事，并不包括传统的日本神话、民间俗谣和佛教宣化故事。小泉八云长期浸润于日本文化中，作品中各种类型的日本故事交错杂糅，若不能明确辨析，便难免异卉乱杂了。

其次，在确定何谓“真怪谈”的基础上，再进行原版纸书与电子版的彻底检索。除独立成章的大型怪谈篇目外，还须将包含在散文中的、非独立成章的小型怪谈故事也提取出来，两相交融，如此方能罔有孑遗。此后无论如何搜检，也终无沧海遗珠之憾。

小泉八云的全六十九篇日本怪谈故事，散见于：

《怪谈》，1904年出版，全书共计二十篇，包括正文与附录两部分。正文收录了十六篇志异及一篇关于蓬莱的散文；附录则是以昆虫为主题的小品文，其中杂录一篇蝶的志异。

《骨董》，1902年出版，全书共计二十篇，其中志异十一篇，注释中包含灵异故事一篇，其他篇目是与怪谈无关的抒情散文与杂感。

《日本杂录》，1901年出版，书中收录六篇怪谈，其余篇目与怪谈无关。

《影》，1900年出版，书中收录六篇怪谈。

《灵之日本》，1899年出版，书中收录五篇怪谈。

《佛田的落穗》，1897年出版，书中收录两篇怪谈。

《来自东方》，1895年出版，书中收录一篇日本民间奇谈《浦岛太郎的故事》。

《陌生日本的一瞥》，1894年出版，书中收录十二篇怪谈。但必须特别说明的是，该书中多篇怪谈非独立成篇，而是杂录于大主题中。

小泉八云逝世后的1905年所出版的《天河绮谭及其他》中，也收录了两篇怪谈。

此外，日本出版商长谷川武次郎曾面向西方读者刊行《日本童话集》，其中收录了五篇小泉八云改编的日本怪奇传说。

本全集所选定之篇目，剔除了以上诸书中与怪谈故事无关的小品文、日记、抒情随笔、昆虫研究、游记杂感、民间俗谣、转介《古事记》的古日本神话、天竺佛经故事等篇目，以及一些并不能称为故事的叙述性讲解与引用的内容，完整保留辑录了所有怪谈故事，且未做任何删节，是迄今收录小泉八云的怪谈中篇目最齐全的中文译本。

三

综上所述，乃确定本书之移译，日文版以『小泉八雲全集』（第一書房，1926年）、『小泉八雲全集』（みすず書房，1954年）、『全訳小泉八雲作品集』（恒文社，1964年）为底本，同时参考『怪談・奇談』（角川書店，1979年）、『小泉八雲怪談奇談集』（河出書房新社，1988年）、『怪談・奇談——小泉八雲名作選集』（講談社，1990年）、『怪談——小泉八雲怪奇短編集』（偕成社，1991年）、『完訳怪談』（筑摩書房，1994年）、『妖怪・妖精譚』（筑摩書房，2004年）、『対訳小泉八雲作品抄』（恒文社，2009年）、『怪談』（国書刊行会，2011年）、『新編 日本の面影』（角川書店，2013年）、『新編 日本の怪談』（角川書店，2019年）等书，逐一与英文原版核对文字，同时在分段与列序上亦与原作保持一致，力争以最严谨的态度，将《怪谈》的全貌呈现给广大读者。

特别值得一提的是，为使全书译文做到精益求精，译者的朋友关宁女士，还在百忙中认真阅读了《怪谈》的英文版*Kwaidan: Stories and Studies of Strange Things*（Tuttle Publishing，2005年）、《骨董》的英文版*Kotto: Being Japanese Curios, with Sundry Cobwebs*（Cosimo Classics，2007年）、《日本杂录》的英文版*A Japanese Miscellany*（New Ed，2002年）、《影》的英文版*Shadowings*（Clack Press，2008年）、《陌生日本的一瞥》的英文版*Glimpses of Unfamiliar Japan: Two Volumes in One*（Tuttle Publishing，2016年）等书中的相关篇目，以英文版参校译者的译文，进行细致的二度把关，做到

中、日、英三语互勘互补，务求令译文臻于完美。

此外，学者倪考梦、日语专业翻译林爱民等朋友，在本书的翻译过程中，也给予了译者热情的帮助，在此一并致谢。

王新禧
2008年8月初版
2011年12月增补修订再版
2021年夏增补修订全集

三
个
圈

经典就读三个圈　导读解读样样全

三个圈
独家文学手册

导　读

小泉八云和他的《怪谈》

作者：王新禧

（日语译者、中国文字著作权协会会员。译有《平家物语》《怪谈》《雨月物语》等多部日本小说。）

一、小泉八云

今天，在中国提起小泉八云这个名字，有不少人可能会感到陌生。这位与马克·吐温、契诃夫、左拉、莫泊桑等大文豪身处同一时代的作家，身后却略显寂寥。然而，小泉八云对日本民间文学的光大以及对东西方文化的交流，却做出了了不起的贡献与成就。

小泉八云，爱尔兰裔希腊人，本名拉夫卡迪奥·赫恩（Lafcadio Hearn），1850年6月27日生于希腊爱奥尼亚群岛中的莱夫卡斯岛。他的父亲查尔斯·赫恩是英军驻希腊部队里的一名爱尔兰军医，母亲是一位美貌的希腊女子，她以莱夫卡斯岛的古名“Leudakia”的变体为儿子取名为“Lafcadio”。小泉八云一生都在夸耀他的希腊血统，并对希腊带有明显的情感倾斜。

小泉八云只在希腊待了两年，就随父母迁回了父亲的故乡爱尔兰。他的童年几乎没有幸福可言，3岁时，他的母亲因语言不通，无法融入当地的文化与宗教信仰，逐渐精神失常；4岁时，母亲抛弃他返回希腊，从此母子二人终生再未相见；7岁时，父母正式离婚，随后父亲带着第二任妻子远赴印度。至此，赫恩被父母彻底遗弃。小小年纪的他就不得不生活在巨大、幽暗的三层楼房中，又因缺乏父母的呵护，常受到其他孩童的欺负，导致幼小的他十分缺乏安全感，性格孤僻、敏感，这成了他一生无法治愈的心理问题。从童年起，孤独无助的赫恩就沉迷于民间奇谈、幻想故事中，他广泛阅读希腊文学，尤其是神话部分。幽灵、精怪、森林巨人、荒野武士和神话英雄陪伴着他，并让他拥有了独特的审美偏好，也形成了对奇幻事物异常敏感、好奇的性格。

后来，好心的姨祖母收养了孤苦伶仃的赫恩，他得以进入一所天主教教会学校读书。可是不幸接踵而至，15岁时，赫恩在学校操场上玩游戏，左眼被飞来的绳结误伤致盲，这给他留下了一生的阴影。此后，他拍照时都只将右边脸庞展示给镜头。16岁时，父亲病死于埃及。17岁时，姨祖母破产，他被迫辍学，并被送到伦敦东区与姨祖母的前女仆一起生活。19岁时，为生计所迫，他搭乘移民船孤身远赴美国，坚强地开始了颠沛流离的生活。

初到异国的赫恩举目无亲，为了生存，他在俄亥俄州辛辛那提市辗转做过许多份工作，包括报童、秘书、记账员、邮递员、烟囱清扫工、印刷所杂工等，还睡过街头和马厩，在贫困中苦苦挣扎。这种生活经历，使赫恩目睹了美国社会种种黑暗与腐朽，对他的人生观产生了极大的影响，也使他具备了从底层生活中观察全社会的能力。

辛辛那提市立公共图书馆里的5万册图书，是赫恩此时唯一的精神慰藉。他在图书馆里找了份秘书的兼职，徜徉在知识的海洋里，刻苦阅读，并努力发挥文笔长才，经过数年的努力，终于在1874年成了《辛辛那提询问者报》的新闻记者。记者工作促使他必须不间断地大量写作，这是非常好的练笔机会，在此期间他写下了大量的新闻报道、社会特写、随笔、事件短评和讽刺杂文。同年11月，他以奇异、详尽、大胆的笔法，深入报道了一桩制革所杀人案，这篇报道大受读者欢迎，赫恩也开始小有名气。报社将他的工资从每周10美元提高到了每周25美元。

1875年6月14日，赫恩与一位20岁的非裔美国女子结婚，这一行为违反了俄亥俄州当时的“反混血法”。可是这位女子曾在赫恩重病时悉心照料他，重感情的赫恩无法背弃恩人，因此不顾巨大压力，坚持这桩婚事。

1875年8月，《辛辛那提询问者报》解雇了赫恩，理由就是他的“非法”婚姻。赫恩一怒之下，去了竞争对手《辛辛那提商业报》工作。此后，赫恩与妻子分居，多次和解之后还是离了婚。

1877年秋，刚刚与妻子离婚的赫恩开始懈怠他的报社工作，对辛辛那提市也越来越不满意，进而产生了换个环境的念头。在《辛辛那提商业报》出版商穆拉特的支持下，赫恩离开辛辛那提市，来到了路易斯安那州的新奥尔良市。在这座海港城市，他生活了近10年，工作仍然是在报社当记者及编辑。雇用他的先是《城市日报》《时代民主报》，后来是《哈珀周刊》。作为编辑，赫恩创作并出版了近200幅关于新奥尔良市日常生活的木刻画，使报纸的发行量得到了较大提升。

在这段以报道新闻为本职工作的时期，赫恩开始尝试用业余时间翻译、改写法国小说。在少年时期，他曾被送往法国天主教教会学校学习，所以有着不错的法文基础。他陆陆续续地将法国作家福楼拜、法郎士、都德、左拉等人的作品翻译为英文，但其中的大部分在其生前一直得不到机会发表。这期间，他也在研究“异国文化和情趣”上投入了大量的业余精力，大量购买与中国、日本、印度、阿拉伯有关的文学书籍，初步培养起对奇异东方的文学兴趣。他从这些书中选取最感兴趣的神话故事和佛教寓言进行改编，而后在1884年合辑出版了《异乡文学拾零》一书。1887年，他又出版了《中国鬼怪故事》一书。此书所收录的6个故事，都是从中国古代神话、民间传说中改编而来的，赫恩发挥自己的想象，凭借自己的知识储备和文学观点，在法译本的基础上进行了二度创作。这种再加工、再演绎的“传作”方式，在日后的《怪谈》中得到了更广泛的应用。

自幼缺少亲情、成长过程孤独，孕育出赫恩喜做梦、爱幻想的性格，以及“泛灵论”的世界观。他认为人们相信有鬼怪存在是源于痛苦梦境的积累。同时，他认为天地万物各有其灵魂的存在，不管是对人还是对自然中的其他东西，都要重视“与灵魂的相互接触”。这一世界观对他写作方向的选择影响重大。

1887年，赫恩在新奥尔良市一个博览会上看到了英译本《古事记》，于是对日本的神话和民间传说产生了极大的兴趣。此时，日本经过明治维新，在东方迅速崛起，西方世界对这个古老、神秘的国度充满了好奇，赫恩也非常希望能前往日本做一次详尽的文化考察。

不过哈珀出版公司却把他派到了西印度群岛担任通信员。他在马提尼克岛待了两年，除了为《哈珀周刊》写文章外，还出版了两本书——《在法属西印度的两年》和《尤玛，一个西印度奴隶的故事》。

1890年，哈珀出版公司策划了名为“日本游记”的采访计划，打算采写一组关于日本历史文化的报道。这正与赫恩的心思相吻合。于是，他主动请缨，以特约撰稿人的身份乘轮船横渡太平洋，于1890年4月4日抵达日本横滨。

一生都在漂泊游历的赫恩，来到远东的神秘国度，初衷只是寻求创作灵感与新鲜的文学素材，并未设想结束半生飘零，终老日本。然而抵达日本的第一天，他就为某种神秘力量所吸引——“正是旅途中头一遭经过日本的街道所产生的微妙的惊讶，引起了在这个国家里真正的令人激动的感受”。这种魅力对他的吸引如此之强烈，令他仿佛进入了一个独特的“和平的神界”。不久后，赫恩又发现日本人民的生活方式、性格以及世界观，与自己是那么相似，于是萌生了长期定居日本的念头。但根据与出版公司签订的合约，他仅能在日本停留两个月。一个偶然的机会，他得知自己的报酬仅仅是搭档的一半。于是，矛盾终于爆发了。愤怒的赫恩索性毁约赔钱，义无反顾地留在了日本。经著名语言学家、《古事记》的英译者张伯伦教授推荐，赫恩在岛根县松江中学得到了一个英语教师的职位。从此，他人生最后14年的命运与事业，就跟这片开满樱花的土地紧密联系在了一起。而他文学生涯中最好的作品，也都创作于这一时期。

岛根县古称出云，是日本神话的发祥地，再加上松江地处偏远，尚未被欧化风潮波及，故普通民众在生活中仍保有古朴、自然的习惯。赫恩非常喜欢这种朴素的民风，并深深热爱着这片土地，闲暇之余便四处游历，积极探寻日本神话的奥妙。1891年1月，赫恩在教务主任西田千太郎的撮合下，与出身武士家庭的英语教师小泉节子成婚，这更加坚定了赫恩永久居留日本的决心。1891年底，由于不能抵受岛根县的严寒，赫恩在九州岛熊本县获得了另一个教师职位，任教于第五高中。在熊本县，他度过了3年时光。1894年11月，与熊本县第五高中合约到期，赫恩离开学校，重新成为一名记者，并移居神户县。1896年1月15日，赫恩正式归化，加入日本国籍，并用夫人的姓“小泉”，结合日本最古老的和歌“八雲立つ，出雲八重垣”中的“八云”二字，为自己取了个日本名字——小泉八云。

作为近代西方有名的日本通，小泉八云的名字在日本广为人知。国际型家庭环境的熏陶，少年时代所受的良好教育，成年后的勤于练笔，业余时间的海量翻译，周游世界所得的丰富阅历，在这五大成长要素的共同作用下，小泉八云具备了深厚多元的文化基础，这成了他从事东洋学术研究的学问底子。他以日本文化的猎奇者、推介者的视角，在日本生活了14年，直至生命的终点。这14年里，他花了无数心血细致入微地观察日本民族的传统和国民性，研究这个国度的文学、艺术、宗教、神话、民俗、教育等各个领域，妙笔生花写下了浩繁的相关著作，体裁包括小说、随笔、日记、游记、杂论等，堪称写作的丰熟期。其中主要作品有：《陌生日本的一瞥》（1894）、《来自东方》（1895）、《佛田的落穗》（1897）、《异国风情及回想》（1898）、《灵之日本》（1899）、《影》（1900）、《日本杂录》（1901）、《骨董》（1902）、《怪谈》（1904）等。这些作品不仅向西方介绍了日本的宗教信仰、风俗习惯、历史文化，还向西方揭示了日本的心。这些著作使他在西方声誉日隆，成为西方人透视日本的一面镜子，也使他在世界文学史上取得了一席之地。

自从大洪水以来便被分隔在两个世界里的东西方，地理上的隔绝造就了文化上的隔膜，单从物质层面入手，想要相互深入了解，基本是不可能的。西方人真想了解东方，第一，必须怀有客观的、无利害冲突的心态；第二，必须具备诗人般的同情之心。历来到过东方的诸多西洋观察家，能真正透彻了解东方的人文美、人情美，并做到同东方文明水乳交融的人中，小泉八云是重要代表之一。

十九世纪末，对于普通西方人而言，日本在很大程度上仍然是不为人知和充满异国情调的国家。然而，随着日本美学的引入，特别是在1900年的巴黎世界博览会上，日本风格在西方国家成了一种时尚，小泉八云及其有关日本的著作不但广为西方人所知，在日本也赢得了广泛的追捧。一百多年来，他以英文书写的对日本的亲身感悟和体验，在日本被反复翻译，并一直流行到了今天。一个西方人写日本的书，之所以对日本读者有如此强大的吸引力，甚至能让他们产生亲近感，在于其用独到的观察视角，提供了一个更古老、更神秘的日本风貌给现当代的日本读者，让他们得以反向回望。在此之前，太多日本本土作家在国家激烈地陷入工业化的过程中丢失了这种视角。小泉八云在寻寻觅觅间，找到了安身立命的事业——对日本的一切进行比较维度上的深度研究。这一事业令他的心田里萌生着快乐，灵魂获得了安慰，求知欲更得到了极大的满足。

当然，小泉八云对日本“异文化”的认识，也经历了一个由表及里、从带着隔膜朦胧不清到纤毫毕见的过程。他的观念随时间的演进，产生了深刻的变化，从浮浅渐至深刻，从感性的体会渐至理智的分析。一般而言，随着对“异文化”的浸润与吸收，特别是长期生活在这种文化中，由此引发出对该文化的“情意”，继而引为“精神上的第二故乡”，也是人类文明的共性。日本文化在西方文化视野中，恰是奇异的他者，科学理性的审视与分析在此毫无必要。受了东方充满魅力的文化的影响，小泉八云从民俗与情感方面入手，用敏锐的观察力，去解释、透视日本人的灵魂。当时的日本正在向西方学习，全民沉迷于物质追求与享受中，传统的习俗、风土、民情逐渐丧失。他看到了明治时期投身于欧化汹涌浪潮中的日本人的各种苦恼与烦躁，也看到了旧式生活中蕴含的艺术气息，便用笔记录了下来。对许多日本人而言，小泉八云聚焦于逐渐丧失的日本固有感性的质朴描写，恰好保存了在工业化进程中被丢弃的大和民族特色，客观上起到了发掘并保护传统的作用。而在探究日本文化的实质时，小泉八云也的确抓住了日本文化的本质特征，即日本文明拥有神道教和佛教两者的文化精魂，在西方视野里便大有其奇异之处。这种奇异引发的效果几乎具有魔力。小泉八云把这种奇异感发挥到了极致，古怪、荒谬……再加上他擅长用灵动轻巧的文风表达浓重的忧伤情绪，技巧精致而不矫饰，十分符合欧美读者的阅读口味，故而东西方的人们都喜欢他的文字，也就合情合理了。

1896年，小泉八云应邀赴东京（帝国）大学担任文学部讲师，教授西洋文学。他没有正规学历，薪水却比同僚高，而且更受学生们的欢迎，故而遭到同事的排挤。1903年，看重小泉八云的老校长离职，小泉八云随即被东大解聘。不舍的学生们愤而发起留任请愿活动，受惊的新校长不得不恳请小泉八云留下，但遭到了小泉八云的婉拒。1904年，小泉八云完成了他日本研究的集大成之作——《日本：解释的一个尝试》，堪称是他研究日本的“毕业论文”。此后他转入早稻田大学文学部任教，开设英国文学史讲座，广受学生喜爱。同年9月26日夜，准备赴英国讲学的小泉八云，因工作过劳导致心力衰竭而骤逝于东京寓所。根据他的遗愿，其墓建于杂司谷陵园中，与夏目漱石、泉镜花、竹久梦二等日本大文豪相伴长眠。

小泉八云是小说家、翻译家、评论家、民俗学者、英语文学家，也是日本佛教阐释者，他为后世留下了宝贵的精神财富。他就像常年往返于濑户内海的艄公，其日本文化之旅的舵柄上，浸润着日本的山风天雨、世故人情。他被誉为“浪漫的诗人”“富有异国情调的随笔家”“风格多变的东方描绘者”，是“最能理解大和魂的外族人”。这一切，都源于他将自己的生命全部融入了这个国度。

日本，或许真的是小泉八云的故乡！

值得一提的是，小泉八云对二十世纪二三十年代的中国文学界影响颇大。鲁迅、朱光潜等人都曾撰写过专文介绍小泉八云，在当时的中国引起了热烈的反响。老舍先生的《文学概论讲义》中，曾大量引用小泉八云的著作作为参考。1923年胡愈之也曾在《东方杂志》上评价小泉八云：“历来到过东方的许多西洋观察家中，真正能和东方达到‘神契灵化’的，只有拉夫卡迪奥·赫恩。”“他是对于西方的‘东方的解释者’，他是从情绪方面解释东方，而不是单从物质方面解释的。所以，到了后来，连他自己也东方化，变成了一个慈祥文秀的小泉八云了。”倪庆饩先生不止一次在翻译小泉八云的作品时，感叹他居然把英语的魅力发挥到令人沉醉的地步。1930年，胡山源翻译了《日本与日本人》一书，此书系落合贞三郎从小泉八云评论日本的文章中选辑、编汇而成，从心理上、哲学上解剖了日本人的内心，堪称呈现小泉八云日本观的代表作品。

二、《怪谈》这本书

小泉八云学识渊博，在典籍方面涉猎广泛，翻译介绍之作极多，他后半生主要致力于东西方文化的转介，因此被许多西方人和日本人认为是最了解日本民族特性的西方研究者之一。但除此之外，他在文学上的成就不亚于在日本社会、日本民族性研究方面的成就。这一点，较为突出地展现在小泉八云的系列怪谈文学中。

小泉八云钦佩安徒生与拉·封丹，深知寓言及民间故事对于一国文化研究的重要性。因此，在一切文学形式中，他选择了日本的民间故事和传说，认为发掘、整理它们，最有利于自己的研究工作。于是，他一边教书，一边通过回归故事原始传播形态——口述的方式，从妻子、乡人、旅人那里收集了大量的日本妖怪故事和乡野传说，又从《夜窗鬼谈》《雨月物语》《古今著闻集》《通俗佛教百科全书》《宇治拾遗物语》《百物语》《十训抄》《新著闻集》等书中钩沉、采撷篇章，而后含英咀华、推敲、淬炼，以极大的热情——“炼句枯肠动，霜夜费思量”，对内容、语言都进行加工润色，“每成一文，易稿数十次”，终于陆续改编完成了数十篇怪谈故事。他的增补、改写水平极高，文字力道强劲，极大地提升了素材的艺术性，赋予这些民间奇谈崭新的文学生命力。他将市井乡谈的“璞石”，雕琢成了一块块美玉。最终，他的热情，他的执着，他的努力，使这些怪谈故事超越了单纯的怪力乱神，变为典雅、精湛的文学瑰宝。当与他同一时代的西方文豪们正致力于揭露社会的污秽和腐朽时，他却沉迷于亦真亦幻的“除却我与月，天地万物无”的玄远境界中难以自拔。

小泉八云的怪谈创作，其本质属于“再话文学”。所谓“再话文学”，照平井呈一的说法，即“retold tales”（重述故事）或“twice told stories”（二度讲述的故事）的意思。小泉八云非常擅长此种手法，常在已有文字原典的基础上进行“retell”（重述）。因此，他的再话文学，既不是完全的翻译，也不是一般意义上的摘编，而是属于具有艺术价值的高级改写。日本著名作家井原西鹤、上田秋成、芥川龙之介等，都是相当优秀的再话文学作家。

综观小泉八云一生的文学创作，再话文学无疑占据了相当大的比例。

在早期的《异乡文学拾零》和《中国鬼怪故事》这两部尝试性的再话作品集之后，他在日本的创作成熟期里，总共改编撰写了69篇日本怪谈故事，原典在中国或日本的古籍中尽是早已有之。小泉八云辑录、会通，无视时空的束缚，将妖怪的世界与人的世界无限制地联系了起来，使读者得以在其间纵览往来。不过，小泉八云如此耽于“再话”，多少也属无奈之举。他虽在日居留14年，但日语口语水平止于入门级别，勉强够日常对话使用，对现代日文的掌握也只是初级水平，且全然看不懂古日文。他在一封致友人的信中对此说得明白：“我甚至到现在还没有掌握日本的语言，我看不了日语的报纸，我只是学了些假名，能够用来给家人写信。”所以，小泉八云要改编日本文化语境下的怪谈故事，就需要依靠“中介”们，这些人包括他的妻子、邻居、朋友、学生等，他们把民间传说讲述给他听，或是将日文原文翻译成英文，然后他再根据自己的理解进行二度创作。这种复杂的方式注定了小泉八云的怪谈作品是一种多重合力的再话型创作。这些作品的合集，名字就叫作《怪谈》。

小泉八云以《怪谈》出名，但1904年出版的《怪谈》一书，实际上只有17篇怪谈故事，其他篇目则分散于《骨董》《日本杂录》《影》等多本书中，更有部分故事是在游记、散文中以转述的形式出现（详见本书译后记）。他的作品原文是英文，日本多位作家在将其翻译为日文时，将这些故事辑录、综合起来，汇编到一本书里，也定名为《怪谈》或《怪谈·奇谈》。

依据《广辞苑》的定义，所谓“怪谈”，是指“与鬼怪相关的故事，比如与妖怪、幽灵、鬼、狐、狸等相关的迷信和传说”。小泉八云发掘了隐藏在主流文学史下的大量民间奇谈故事。《怪谈》也被誉为日本近现代怪谈文学的鼻祖，是生活在十九世纪末期东西方文明冲突中的小泉八云，以东方素材结合西方思想，在竭力消化、领悟日本文化的精髓后写成的最著名的作品，在读者中反响相当大，对后世东方恐怖文学亦有深远影响。诚如美学大师朱光潜所言："希腊人的锐敏的审美力，拉丁人的强烈的感官欲与飘忽的情绪，爱尔兰人的诙诡的癖性，东方民族的迷离梦幻的直觉，四者熔铸于一炉，其结果乃有小泉八云的天才和魔力"。

尽管从内容上看，小泉八云的"再话"可以说是古代传说的"高级翻译"，但在形式上却非常现代。作为异文化者，小泉八云因从小的遭遇及青年时期形成的独特文学观，对怪谈类作品情有独钟。他在赴日前就积淀了大量关于怪谈的知识，晚年所撰写的自传性质散文《梦魇的感触》《哥特式的恐怖》《我的守护天使》等，更明确证明了灵体与妖怪在他的认知中是一种多么切实的存在。因此，他能横跨东西文化，将两种怪谈文化结合在一起，运用合适的语言进行有原则的艺术加工，同时在选材上剔除以往怪谈中血腥和极端、恐怖的要素，把西方的文学理念和人文思想巧妙地熔铸其中，从而创作出一种"新怪谈"文学。论其"新"，新在东方古典原作中陈述性的精练文字，都被小泉八云参照西欧浪漫主义文学的技法进行了深度改造。因此，他的作品在风格上不同于日本怪谈原本的乡土气息，更接近于现代西方小说。小泉八云在汲取日本古典文学精髓时，又深受"爱重于死"、"泛灵论"和"永恒的女性"等西方文学思想的影响。这种将东西方风格结合的二次创作方式，让读者同时拥有两种不同的阅读体验。西方读者能够体验到东方风情，而东方读者则能够感受到西式浪漫，两者互相作用，带来了深层次的阅读感受与沉浸式的情感代入。

不过，无论小泉八云笔下的故事已在此前被改造了多少遍，即使对像《牡丹灯笼》这样已属于四度翻案的作品，他的创作态度都是非常严谨的。在改编中，小泉八云极少改动原作的情节主干，大部分细节里他也尽量保持了日本的原有风味，常常保留日语的词句，比如人名、地名、器物名、人物对话等，他宁可先用罗马字记音，再做解释，也不使用意译，从而更准确地从字词间捕捉到大和民族的情绪与心理。经过小泉八云苦心改造的作品，比起原作来显然更能打动现代读者的心。像《无耳芳一的故事》《果心居士的故事》《画猫的男孩》等，尽管早有日文原作，但久远广泛地流传开的，反倒是小泉八云的译本。

小泉八云于再话作品上所耗费的精力并不在原创之下，在“二次新生”的特殊价值之外，《怪谈》作为日本近现代怪谈文学的鼻祖，亦有着多方面的艺术审美价值。

首先，日本受中华文化影响甚深，并结合了自身的宗教、审美、历史、民族性格等元素，形成了异彩纷呈的叙事艺术。小泉八云在创作主题上也继承了中国文学中常见的“梦”“蝶”等要素，他在《蝶》一文中曾说过：“日本文学中关于蝴蝶的记述几乎都起源于中国，而最有趣的信仰就是活着的人的灵魂会转化为蝴蝶而四处徘徊。”至于“梦”，对小泉八云来说，是一切怪谈、妙幻想象的源泉。《怪谈》中关于梦的故事不少，或许梦对于创作非现实的故事是非常适合的形式吧，比如《鸳鸯》《安艺之助的梦》《伊藤则资的故事》等。小泉八云在《小说中超自然要素的价值》一文的最后写道：“在描写非现实的文艺作品中，梦几乎是所有美丽事物的第一源泉。”因而当小泉八云接触到中日原典时，便被其间的现实与梦境的美妙交错所吸引，将其继承下来作为自己文学创作的素材。但原典中的梦境更多的是让人体悟“浮生若梦”，一切最终都是过眼云烟、梦幻泡影，而小泉八云作品中的梦境却是神秘、美好、理想的象征。

其次，小泉八云在美国做新闻记者时，就热衷于爱伦·坡式故事的创作，非常擅长对恐怖氛围的渲染。在行文风格上，他又受到唯美主义诗人泰奥菲尔·戈蒂耶的影响，追求浪漫的感官体验式描述。这两者都在《怪谈》中，通过对恐怖事物进行细节性的铺衍，将恐怖美学中的“内在恐惧”和“外在恐怖”表现得淋漓尽致，在传递出日本本土怪谈的灵异气息的同时，又呈现了西方哥特文学的神秘元素。尤其是在《无耳芳一的故事》《安艺之助的梦》《牡丹灯笼》等篇章中，他对视觉凄美、听觉恐怖及情节的再现式体验，成功烘托了故事阴冷诡异的氛围，给读者以强烈的心理冲击与深层战栗。

最后，也最重要的，是“万物有灵”思想在《怪谈》中的频繁展现。在西方信仰中，人类是区别于万物的一种特殊存在，人类具有灵魂（anima），其他的生物都没有灵魂。但与之相对，在东方世界中，并非只有人类才有灵魂，自然界中的一切生物皆有灵魂。小泉八云是从西方一神教支配的世界中逃脱出来，到东方寻求新天地的人，东方“万物有灵”的世界深深吸引了他。同时，由于古希腊人拥有不同于其他西方宗教的认知，也认为所有的事物中都有“灵”的存在。生在希腊，在希腊文化中成长的小泉八云，随着在日本游历的深入，赫然发现自己的“泛灵论”自然观竟与日本“万物有灵”的固有信仰有着颇多的相似之处，共鸣立即发生。于是，自然而然地，就有了东西方“灵”元素的相遇、碰撞与融合。他在《小说中超自然要素的价值》一文中曾指出：“认为在优秀的文学作品中，包含超自然要素的故事已经过时是个错误。它非但没有过时，反而在创作诗、散文之类的优秀文学作品时，起到很重要的作用……在欧洲文学史上，真正伟大的作家，无一不在超自然要素题材的作品创作上一展才华。”所以，在《怪谈》的世界中，“灵”就成了人类与未知世界之间的交流媒介。

在小泉八云那深信“众生有情”的眼中，那些古老的奇谈无疑体现了人与自然万物的灵魂交流。《怪谈》中的花草动物，作为一个个鲜活的生命个体而存在，它们被赋予了“人化”的精气神与意识感知。它们有感情，有思想，和人类一样，有着各自的生活和灵性，有着对生命价值的体验，一举一动都刻上了人类的意愿与气息。这种“人化”的情节设置，可以看出作者对自然界生命的尊重态度和对世间万物生命形态的认可。“自然的人化”和“人的自然化”在《怪谈》里相辅相成，万物众生在大自然的舞台上平等地共同谱写生命的欢歌。这不仅弘扬了东方“天人合一”的自然本体意识，而且将以人的生命体验为核心的审美观与西方以人的对象化和审美形象观照为核心的审美观进行了有机结合，形成了独特的审美理念与范畴。

小泉八云虽然不是日本人，却比许多日本人更加钟爱和了解日本文化。他曾经说：“我在日本喜爱的是整体的日本人民，这个国家里贫穷、质朴的大多数人……我喜爱他们的神，他们的风俗，他们的衣着，他们的房屋，他们的迷信，他们的过失……”从他的大量著作里可以看出，他对日本文化的倾心，并自然而然地被日本妖怪文化所吸引。他笔下的精怪风物，恰又属于当时日本读者开始青睐的自然主义作品中少数能够被理解的虚构元素。因此，他的作品更容易为日本人民所接受，甚至产生“这就是土生土长的日本人所书”的错觉。冈仓天心称赞他是“日本人生活与理想解释者的第一人”，此言绝非过誉。

小泉八云的祖辈据说是中世纪的流浪民族，母亲的血统又同时裹蕴着希腊与阿拉伯文明的特质，所以在小泉八云的血统中既含有流浪者特具的江湖艺术气质，又有着希腊人满怀诗意的审美力与阿拉伯人梦幻浪漫的艺术直觉。这些特点通过他灵敏纤巧、润泽婉转的笔触，深刻地展现在《怪谈》中。全书并不刻意描摹鬼怪的狰狞可怖，而是透过鬼眼看人生，描绘了一个个在黑暗中或孤独或寂寞的故事，甚至还平淡地讲述了许多人与妖之间的爱情，恍兮惚兮、似幻似真，可谓深得日本文学之三昧。摇曳的烛光、暗溢的香熏，幻化无常地潜伏在黑夜中的幽灵鬼怪，自小泉八云笔下飘然而出，那原本陌生的、遥远的怪谈物语竟不可思议地使人有种奇特的亲切感。其间的故事，虽然行文间没有华丽辞藻，却大多弥漫着浓厚的日本原生态气息。还有一部分则源于古老的中国，历经上千年的传播、衍变，在传入日本并在民间广泛流传之后，也具有了日本独特的文化风情与民族特性。它们有的将日本山海的雄浑瑰丽形诸文字，有的把自然描写和神话传说糅于一体，试看此中多少篇章，看似怪诞甚或恐怖，摊开来竟是满目萧索、幽雅而凄迷。鬼神的背后，是警示，是诙谐，是讽喻，是深远的情思。那种阴阳两界间的对话、跨越、互换，还有超越死亡的爱情、逸逾世俗的奇遇，是那么精彩、诡谲、可怖，将“雅”与“正”的人间伪态化，就虚避实地全然抹去，令读者在渊秘、幽玄中不住地感慨世态炎凉，叹息世间诸多无奈。

此外，不得不佩服的是，《怪谈》的叙述方式和语境相当日本化，字里行间充溢着浓浓的大和气息。一位从前的西方人，精通英语、法语、希腊语、西班牙语、拉丁语等多种语言，以英文作为表达思想、阐述异域文化的载具，若出现偏颇与“违和感”，本也无可厚非。但小泉八云却用他深具东方意境的疏懒文笔、地道的东方情感，结合西洋文化哲学的背景，去理解和叙述东洋的妖魔鬼怪世界，以渊博的学识和细腻的审美境界，卸去了鬼怪恐怖的力量，通过一个个或缺憾或圆满的经历，幻灭与永恒的结合，将日本审美意识中的重要元素“物哀”表现得如梦似幻，营造出令人惋惜惆怅的情境，精准、地道、洗练、本真地传达了大和民族纤细、哀婉、凄幽的美。他的幻想，他的热忱，他的偏执，乍看之下朴质无华，细细品味，却赫然有如大自然的夺目光华，裂空而来，霹雳一响，予心扉以最深沉、最猛烈的撞击，进而使人迸发出源自内心的共鸣。从某种意义上说，《怪谈》就是日本历史间接的体现，同时也承载着东方共有的文化美感。全书所呈现的东西方文明交融的文学境界，具有极高的欣赏价值和研究价值。其神秘玄妙的东方美学意境，也达到了极致。

最后顺带一提，作为妖怪文学的滥觞，《怪谈》在1964年被小林正树改编为同名电影。全片耗资巨大，拍摄历时9个月，获得第18届戛纳国际电影节评委会特别奖，在世界影坛上有着举足轻重的地位。影片从原著中选取四则故事《无耳芳一的故事》《雪女》《茶碗之中》《黑发》（书中原题为《和解》）——加以演绎。四则故事表面看上去毫无关联，内里却都表达了“信任与背叛”这一人类亘古不变的道德困境。通篇悬疑奇绝，环环相扣，余韵无穷，充满了超现实主义的叙述，处处渗透出阴暗、诡异的美，于低迷哀婉中隐显出噬人的惊悚。小林正树在电影中运用了能剧平稳淡定的叙事方式，人物造型与歌舞伎相似，在重现源氏和平氏的海上战斗时更用了浮世绘的手法，诸般艺术技法巧妙融合，再加上对白抒情细腻，场景雅致华丽，对意境与氛围塑造得精巧幽旷，呈现了空前的恐怖美学，上映后大获好评，被赞赏为“最精致的恐怖”，是日本妖怪电影中思想、内容均臻上乘的经典代表作！

2022年夏　增补修订序于福州

图文解读

日本怪谈文学史

平成时代以来，日本与妖怪有关的影视、动漫和游戏层出不穷，甚至在全世界都掀起了文化风潮。其实，日本一向崇尚“万物有灵”，妖怪文化更是源远流长。远在文字诞生之前，相关故事就在民间口耳相传。到平安时代，已有约六百种形形色色的妖怪形象。有心的民间文人开始整理村野夜话，并集结成书，怪谈文学由此慢慢发展起来。

这些文学作品赋予了妖怪或凄苦或感人或有趣的故事，使它们的形象从模糊变得有血有肉，其中更蕴含了日本独特的美学观和民族性，是了解日本文化不可错过的瑰宝。

绳纹时代至奈良时代（约前12000—794年）

从绳纹时代开始，日本民众便笃信“八百万神明”的传说。那时的人们与自然关联密切，许多无法解释的事件在他们心中经过恐怖情绪的发酵，就成了口口相传的“妖怪[1]”。但直到奈良时代，一些民间口头流传的故事才有了最原始的文本记录。

·奈良时代　《古事记》　［日］太安万侣

正如《山海经》对中国志怪文学的影响一样，日本怪谈文学的起步也离不开《古事记》这类神话与史实交融的典籍。《古事记》是日本现存最早的文学著作之一，全书分上、中、下三卷，上卷记录了创世神话和诸神的由来，充满了瑰丽的想象，中卷及下卷则记录了神武天皇至推古天皇共三十三代日本天皇的故事。

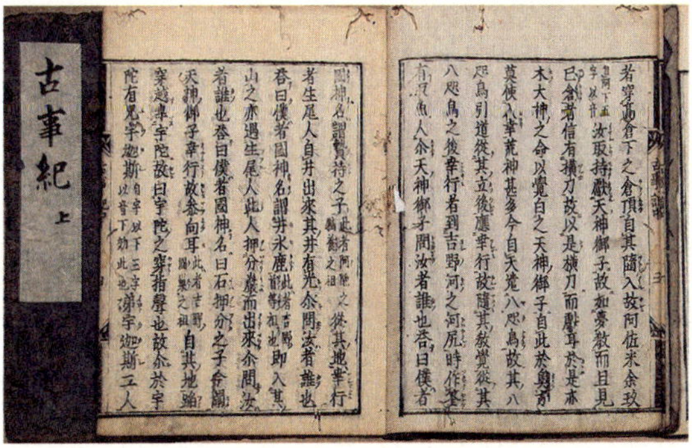

1644年版《古事记》书影

1　日本的“妖怪”概念与我国不同，其内涵包括我国普遍认知中的神仙、妖怪、精怪、鬼等超自然的存在。最初，日本并没有“妖怪”一词，都是以“化物”称之。十九世纪九十年代，井上圆了第一个提出“妖怪”这一概念并创立了“妖怪学”，这一学科目前在日本已经成为一门显学。——编者注

平安时代至安土桃山时代（794—1598年）

平安时代可谓日本妖怪文化的繁荣发展期，现今记录在册的一千多种妖怪中，约有六百种是平安时代流传下来的。当时天灾不断，贵族生活奢靡，民众生活困苦，因此人心动荡，鬼神之说前所未有地盛行，甚至出现了阴阳师，负责占术、咒术、祭祀、祈祷等。此外，中国民间流行的六朝志怪、唐传奇等传入日本，大受欢迎。这样的环境催生了许多与妖怪有关的文学创作，《今昔物语集》《日本灵异记》《宇治拾遗物语》都是其中的代表作。

·平安时代　《日本灵异记》　［日］景戒

《日本灵异记》全称《日本国现报善恶灵异记》，由汉文写成，记录了从雄略天皇至嵯峨天皇近四个世纪里的各种善恶因果、鬼神报应等奇异故事，其劝善惩恶的基本思想为后世日本怪谈文学的主题奠定了基调。

·镰仓时代　《宇治拾遗物语》　［日］佚名

《宇治拾遗物语》记录了中国、印度和日本三个国家的奇闻怪事，故事主角涉及贵族、僧侣、商人、武士和村夫等，描绘了人的软弱、愚蠢、可笑和对物质的渴望，为后世的怪谈故事提供了大量素材。本书中《常识》一篇即取材于该书中猎人射佛的故事；芥川龙之介的《地狱变》一文也取材于该书中《绘佛师良秀喜欢火烧自家记》的故事。

江户时代（1603—1868年）

到了江户时代，妖怪在人们心中逐渐从不可控制的超自然现象，转变为反映人间百态或为大众提供娱乐、消遣的存在，遍布绘画、文学等媒介。被称为“日本《山海经》”的《怪奇鸟兽图卷》，以及妖怪画最高成就——鸟山石燕的代表作《画图百鬼夜行》均出自江户时代。这些画卷使人们想象中的妖怪有了具体、直观的视觉形象。此时，中国的“三言二拍”、《剪灯新话》等传奇、话本大批传入日本，日本作家的创作方式也由原来的翻写、仿写走向了创新，怪谈文学正式步入了繁盛期。

鸟山石燕《画图百鬼夜行·河童》

·江户时代　《雨月物语》　［日］上田秋成

上田秋成的《雨月物语》被誉为日本近代以前怪谈小说的巅峰之作，直接影响了明治、大正时期的众多作家，成为日本后世怪谈文学的素材来源。

《雨月物语》由九个短篇构成，其中四个改编自《剪灯新话》，五个改编自“三言”。这些故事有着“变形”“离魂”“梦游”三大特点。变形，即人与动物、植物、神及其他物体之间可互相转换变形，如本书中《兴义法师的故事》即取材于《梦应之鲤》一篇；离魂，即人的魂魄可以离开躯体前往任何地方再回归肉体；梦游，即人也可以在睡梦中前往其他地方，体验经历各种事情。

1766年初版《雨月物语》插画

明治时代至昭和时代（1868—1989年）

进入明治时代，日本接受了近现代科学思想的洗礼，逐渐开化，出现了柳田国男、井上圆了等一批民俗学学者。他们把荒诞不经、神秘、诡异的妖怪文化变得更具科学性，“妖怪学”一词便是在这一时期由井上圆了首次提出的。在此时期，怪谈风潮也更加盛行，出现了一批文学性、思想性、艺术性兼具的佳作。昭和时代，日本电影行业的发展更是带动了怪谈文学的传播。经典的怪谈作品，如《雨月物语》《怪谈》等都被搬上大荧幕，成为家喻户晓的名作。

·明治时代　《夜窗鬼谈》和《东齐谐》　［日］石川鸿斋

《夜窗鬼谈》与《东齐谐》是同一本书的上下册，前者常被称为“日本的《聊斋志异》”，后者则常被称为“日本的《子不语》”。从内容上来说，其故事大致可分为谈鬼论神、日本民间传说、动物幻化成精及冥界

1891年初版《夜窗鬼谈》插画

仙境之想象等几个类型。全书强调德行修养、因果报应，除了故事情节可圈可点、结构精巧之外，还有很强的思想性和艺术性。

·明治时代　《怪谈》　［日］小泉八云

小泉八云在日本文学史上堪称最特殊的存在，他生于希腊，却一生都痴迷于日本文化。他首次将日本种种民间怪谈故事汇总、整理，融入自己的理解，进行再话，介绍给西方，堪称日本近代怪谈文学的鼻祖。因特殊的文化视角和成长经历，他笔下的妖怪超越了简单的怪力乱神，成为有自我意识、有人的情感的存在，整个故事也变得典雅、有趣。全书呈现了东西方文明交融的美学境界，具有极高的欣赏价值。这本书中的四个短篇故事《黑发》《雪女》《无耳芳一的故事》和《茶碗中》，在1964年被改编成同名电影《怪谈》。电影由小林正树导演，获得了第38届奥斯卡金像奖最佳外语片提名、第18届戛纳国际电影节评审团特别奖，堪称日本恐怖片的鼻祖。

1904年初版《怪谈》封面

平成时代（1989至今）

二十世纪后叶，随着战后日本经济的迅速复苏，妖怪文化以各种崭新的形式融入大众生活。一些作家尝试在怪谈文学中融入悬疑推理、奇幻等元素，“新怪谈文学”由此华丽诞生。除了文学形式上的创新，妖怪文化与动漫、电影等影视媒介的结合也相当成功，妖怪文化的感染力和娱乐性达到了前所未有的高度。

· 平成时代　《百鬼夜行》系列　［日］京极夏彦

妖怪因其自带诡异、惊悚的气氛，与悬疑推理小说相得益彰。京极夏彦的妖怪推理小说便是这两种元素融合的代表作。他的《百鬼夜行》系列以日本战败后的东京为背景，讲述主人公中禅寺秋彦着手解决诸多看上去像是灵异现象的悬疑事件的始末。因京极夏彦本人有极高的民俗学素养和深厚的文字功底，该系列作品的第一部长篇小说《姑获鸟之夏》1994年一出版便广受欢迎，后来被改编为电影、动画等。

· 平成时代　《阴阳师》系列　［日］梦枕貘

在“新怪谈文学”中，梦枕貘无疑是佼佼者，他被誉为“日本奇幻小说超级霸主”。他的《阴阳师》系列取材自古籍《今昔物语集》，以幽远的平安时代为背景，虚构了一个神秘典雅的人鬼共处世界，讲述了主人公阴阳师安倍晴明和武士源博雅游走于阴阳两界，破解桩桩离奇事件，为人鬼解忧的经历。梦枕貘借鬼神、灵异之事来思索人生的哲学问题，书中关于人性的讨论寓意深远，可读性极强。《阴阳师》出版之后，由此衍生出的影视、动画和游戏也迅速风靡全球。

读客三个圈经典文库

精神成长树

你想成为什么样的人？
对你来说什么是重要的？
这个世界应该是什么样子？

我们在生命中遇到的问题，每个时空的人都经历过，一些伟大的人留下一些伟大作品，流传下来，就成了经典。正是这些经典，共同塑造并丰富着人类的精神世界。

我们重新梳理了浩若烟海的文学经典，为您制作了精神成长树。跟随读客三个圈经典文库，汲取大师与巨匠淬炼的精神力量，完成你自己的精神成长！

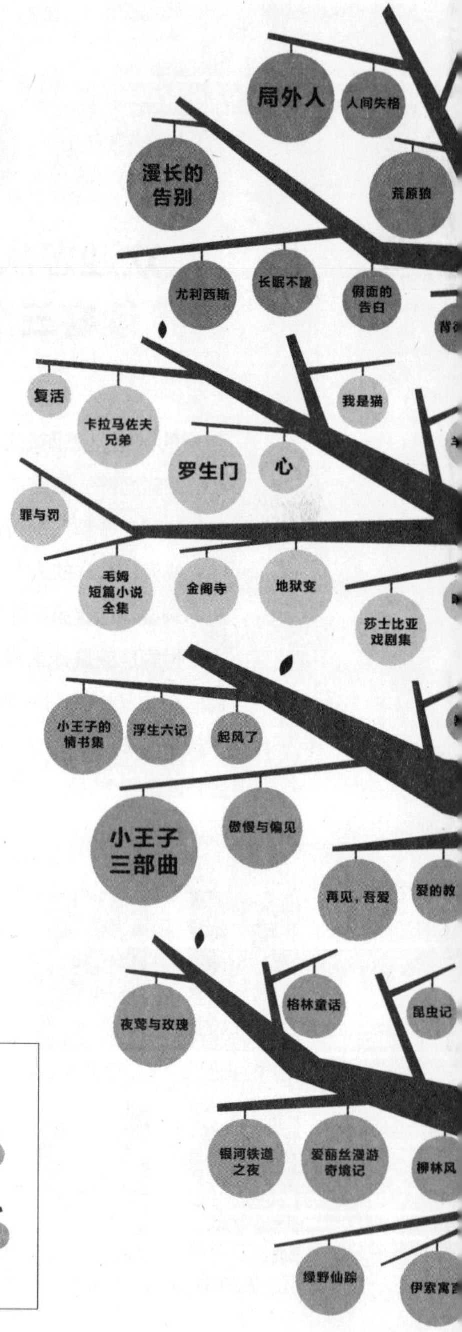

树干：

不同的精神成长主题，您可以挑选任意感兴趣的主题进行深入阅读

例如：
寻找人生意义
探索自己的内心
拥有强大意志力
理解复杂的人性
…………

枝丫上的果实：

我们为您精选的经典文学作品

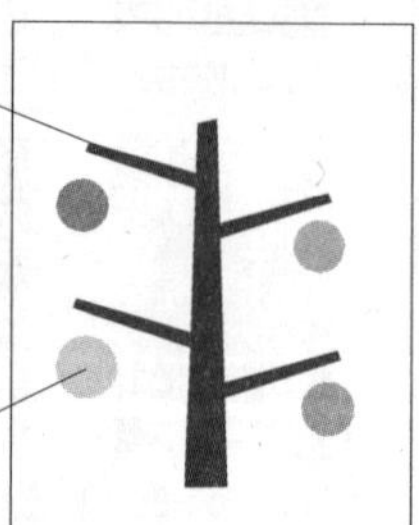

精神成长树示意图

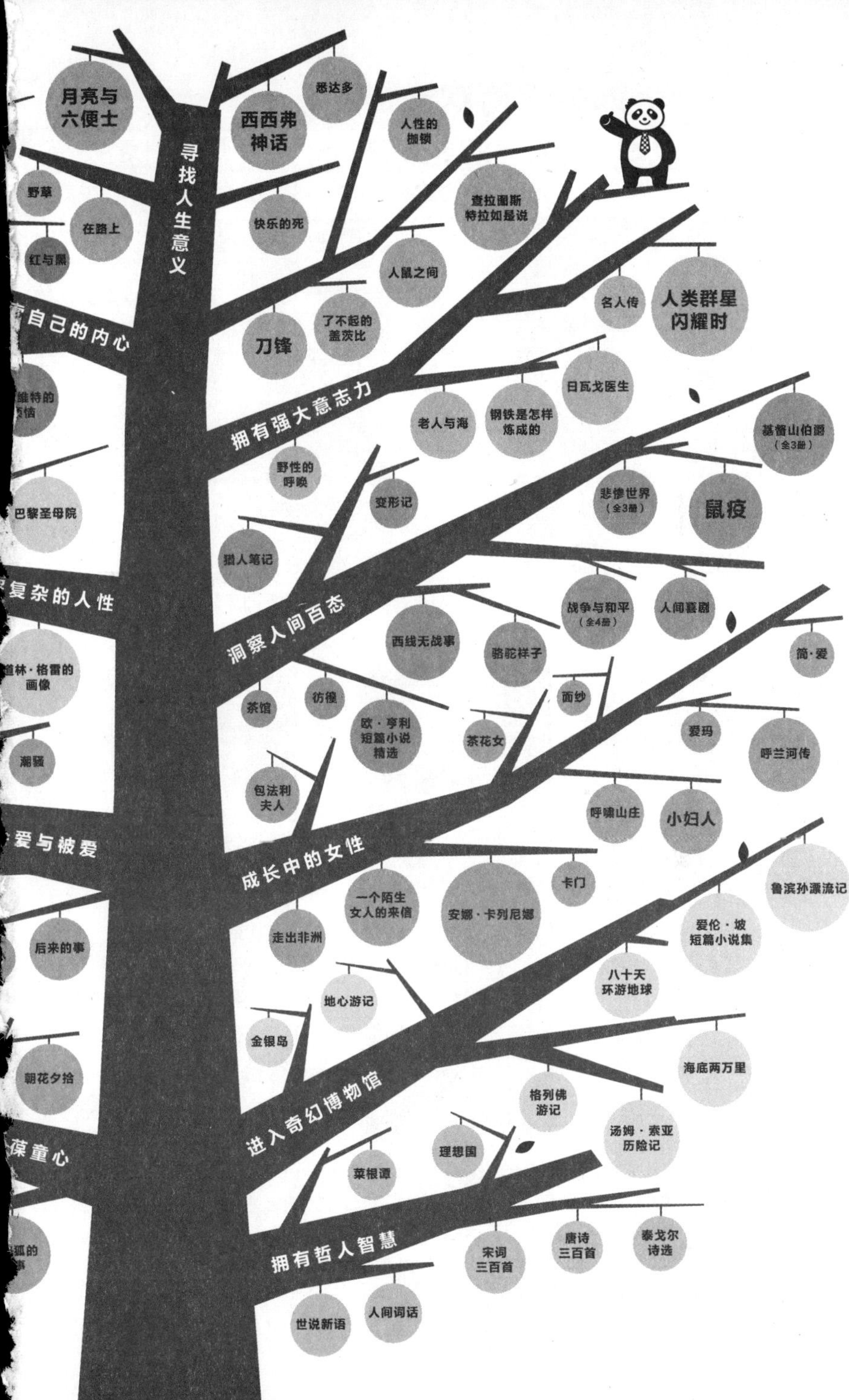

寻找人生意义
月亮与六便士
西西弗神话
悉达多
人性的枷锁
野草
在路上
红与黑
快乐的死
查拉图斯特拉如是说
人鼠之间
名人传
人类群星闪耀时
自己的内心
刀锋
了不起的盖茨比
拥有强大意志力
老人与海
钢铁是怎样炼成的
日瓦戈医生
野性的呼唤
变形记
基督山伯爵（全3册）
悲惨世界（全3册）
鼠疫
巴黎圣母院
猎人笔记
复杂的人性
洞察人间百态
西线无战事
骆驼祥子
战争与和平（全4册）
人间喜剧
简·爱
道林·格雷的画像
茶馆
彷徨
欧·亨利短篇小说精选
茶花女
面纱
爱玛
呼兰河传
潮骚
包法利夫人
呼啸山庄
小妇人
爱与被爱
成长中的女性
一个陌生女人的来信
安娜·卡列尼娜
卡门
鲁滨孙漂流记
后来的事
走出非洲
爱伦·坡短篇小说集
八十天环游地球
地心游记
金银岛
海底两万里
朝花夕拾
进入奇幻博物馆
格列佛游记
汤姆·索亚历险记
理想国
菜根谭
葆童心
拥有哲人智慧
宋词三百首
唐诗三百首
泰戈尔诗选
世说新语
人间词话

如果你喜欢《怪谈》
你可能也会喜欢“理解复杂的人性”书单

《罗生门》

文库编号：023

《罪与罚》

文库编号：111

《心》

文库编号：156

《金阁寺》

文库编号：163

《我是猫》

文库编号：072

《复活》

文库编号：061

《卡拉马佐夫兄弟》

文库编号：138

《巴黎圣母院》

文库编号：036